UNE SCANDALEUSE AUBAINE

LES INSAISISSABLES : LES IMPOSTEURS
LIVRE DEUX

DARCY BURKE

Traduit par
SOPHIE SALAÜN

UNE SCANDALEUSE AUBAINE

Après avoir été amené par la ruse à se marier il y a cinq ans, Thomas Devereaux, lord Rockbourne, se retrouve soudain veuf. Des rumeurs circulent selon lesquelles la mort de sa femme pourrait ne pas être un accident et, compte tenu des secrets troublants que Thomas garde enfouis, même lui n'en est pas tout à fait sûr. Mais une femme a été témoin de ce qui s'est passé et il accepte de l'aider à dissimuler les faits, en échange de quoi il ne dévoilera pas sa conduite suspecte. Leur arrangement se complique sous la force d'une attirance mutuelle ardente.

Abandonnée par son duc de père après la mort de sa mère, sa maîtresse bien-aimée, Beatrix Linley s'est battue pour devenir une fille dont il pourrait être fier et qu'il regretterait d'avoir délaissée. Elle devient la coqueluche de la saison jusqu'à ce que sa propension à chaparder de jolies choses menace de mettre au jour le passé illicite qu'elle doit désespé-rément garder caché. Bientôt, le scandale et les ténèbres que redoutent Beatrix et Thomas apparaissent au grand jour, les obligeant à affronter enfin leurs démons, au risque de les séparer à jamais.

PROLOGUE

Décembre 1804, Séminaire pour dames de Mme Goodwin

Beatrix Linley essaya très fort de ne pas pleurer alors qu'une autre calèche quittait l'école, emmenant ses occupants chez eux pour la période des fêtes. La directrice avait pourtant prévenu la jeune fille que personne ne viendrait la chercher, mais elle refusait de le croire. Comment son père pouvait-il l'ignorer ? C'était déjà assez dur qu'il n'ait pas écrit depuis huit mois qu'elle était là, et qu'il ne l'ait pas ramenée à la maison pour quelque jour de fête que ce soit.

— Mais c'est Noël !

— Quoi donc ? s'enquit Selina Blackwell, qui leva les yeux de son livre.

Elles étaient les deux seules filles à être restées dans le dortoir ce matin-là. La dernière à être partie était en chemin pour chez elle et ne rentrerait qu'après l'Épiphanie.

— Rien, répondit Beatrix, regardant à nouveau par la fenêtre.

La journée était aussi sombre et morose qu'elle-même l'était, avec des nuages gris qui laissaient craindre la pluie. C'était sans doute un jour horrible pour voyager. Elle se consolerait ainsi.

— Oh ! s'exclama Maria, s'arrêtant brusquement en entrant dans le dortoir. Je ne m'étais pas rendu compte qu'il restait quelqu'un ici.

Son ton suffisant déplut à Beatrix.

Les boucles sombres de Maria rebondirent quand elle entra ; son regard se posa sur la jeune fille, puis sur Selina, avant de revenir à Beatrix.

— Je ne devrais sans doute pas être surprise que vous soyez encore là, toutes les deux. Personne ne vient vous chercher ?

Selina, âgée de quatorze ans, soit un an de moins que Maria, la fixa d'un regard ennuyé.

— Ne perds pas ton temps à poser des questions dont tu connais déjà la réponse ou qui ne t'intéressent pas vraiment.

Maria pinça les lèvres.

— Inutile d'être grossière.

Selina plissa légèrement les yeux.

— Vraiment ?

Beatrix réprima un rire et le regretta aussitôt. Maria ne s'en donnerait pas la peine, alors pourquoi devrait-elle le faire ?

— Maria !

Une voix familière et mélodieuse se fit entendre dans le dortoir.

Se préparant, Beatrix tourna le dos à la porte et se concentra sur un chêne de l'autre côté de l'allée.

— Tu es prête ? s'enquit Deborah.

Maria et elle étaient des amies proches.

Bien qu'elle ne soit pas face à la porte, Beatrix savait que Deborah était maintenant dans le dortoir.

— Presque, répondit Maria. Je suis revenue récupérer ma troisième paire de gants préférée. Je n'arrive pas à croire que je l'ai oubliée !

Troisième préférée. Beatrix n'avait que trois paires de gants. Selina n'en possédait qu'une. Maria et Deborah profitaient de la moindre occasion pour montrer leur supériorité.

Beatrix pivota légèrement pour pouvoir les regarder, surtout pour savoir quand elles seraient parties.

Maria se dirigea vers la commode à côté de son lit.

— Où sont-ils ? s'écria-t-elle.

Elle ouvrit tous les tiroirs et en fouilla le contenu.

Une fois qu'elle les eut tous passés en revue, elle se retourna et regarda Deborah, qui se tenait derrière elle, les mains sur les hanches.

— Ils ont disparu.

Deborah se tourna vers Selina.

— Je parie qu'elle les a pris.

Selina les regarda par-dessus son livre, l'air toujours aussi indifférent.

— Que voudrais-tu parier ?

— Rien, cracha Deborah. Je ne le disais pas comme ça.

— Alors, choisis plus soigneusement tes mots, répliqua Selina, qui reporta son regard sur son livre.

Deborah s'avança jusqu'au lit de cette dernière, qui était allongée en train de lire.

— Je dirais ce qui me plaît.

Selina souffla, sans jamais quitter son livre des yeux.

— Je suppose que oui. Peut-être pourrais-tu le faire plus discrètement. *Certaines* d'entre nous aiment lire.

L'insulte était évidente, du moins aux yeux de Beatrix. Deborah ne se concentrait pas sur ses études, ce qui ne semblait pas déranger les professeurs, alors que d'autres

étaient punies pour la même transgression. C'était parce que
le père de Deborah était comte.

Beatrix se souvenait très bien de ce qui s'était passé lorsqu'elle avait été réprimandée parce qu'elle n'avait pas bien
suivi ses leçons. Elle avait demandé en quoi cela comptait
puisque son père était duc. Mlle Everly avait rétorqué que
cela n'avait aucune importance en raison des circonstances
de sa naissance, et que personne ne se souciait de *qui* était
son père.

— Tu te crois meilleure que moi ? demanda Deborah.

Beatrix retint son souffle en regardant la grande brune se
tenir au-dessus du lit de Selina pendant que cette dernière
continuait à lire.

— Réponds-moi ! s'exclama Deborah qui claqua le livre
hors des mains de sa camarade.

Il atterrit sur ses genoux.

Selina soupira, ramassa le livre et le mit de côté. Puis elle
se leva lentement du lit. Deborah était grande, mais Selina la
dépassait de quelques centimètres.

— Oui.

Ce simple mot mit Deborah dans une colère noire. Elle se
jeta sur Selina, la repoussant sur le lit. Cette dernière attrapa
les bras de son assaillante et l'entraîna dans sa chute. Dans un
mouvement rapide, Selina roula sur Deborah et lui cracha au
visage.

— Meilleure que toi dans tous les domaines qui
comptent. Tout le monde se fiche de ton stupide comte de
père.

— Au moins, j'ai un père ! gronda Deborah, tentant de se
débarrasser du poids de l'autre fille.

— Au moins, j'ai un cerveau, répliqua Selina. Un jour, ton
père mourra, et je serai toujours plus intelligente que toi.

Deborah inspira brusquement. Elle ramena sa main en
arrière et gifla Selina.

Le visage de cette dernière s'assombrit, et elle plissa les yeux. Sa lèvre se recourba, et Beatrix ressentit un frisson de peur.

Agrippant le devant de la robe de Deborah, Selina se leva et entraîna celle-ci avec elle. Elle se tourna, tirant l'autre fille jusqu'à ce que leurs nez se touchent presque.

— Touche-moi encore une fois, et je te ferai souffrir à un point que tu n'imagines pas. Tu crois que je suis une sorte de sauvage. Ne me donne pas l'occasion de te montrer à quel point tu as raison.

Selina la poussa fort pour qu'elle tombe par terre.

— Je les ai trouvés ! s'exclama Maria, dont la voix porta à travers le dortoir.

Elle se tenait près de la commode de Beatrix.

Trop concentrée sur l'affrontement entre Selina et Deborah, Beatrix n'avait pas remarqué ce que faisait Maria. À présent, elle voyait les gants de sa camarade, ses troisièmes préférés, pendre de ses doigts au-dessus du tiroir inférieur ouvert de sa commode.

La panique lui coupa le souffle.

— Je… je ne les ai pas pris.

Elle ne *se souvenait pas de* les avoir pris.

— Alors pourquoi sont-ils dans ta commode ? insista Maria, les yeux brillants.

— Parce que c'est une voleuse, intervint Deborah en se relevant.

Elle posa un regard méfiant sur Selina en rejoignant Maria.

— Allons le dire à Mlle Everly.

— Non ! s'exclama Beatrix qui courut vers elles, mais s'arrêta avant de les atteindre. Je te jure que je ne les ai pas pris !

Maria montra les dents.

— Ils étaient dans *ton* tiroir. Tu es une menteuse et une voleuse.

— N'oublie pas « bâtarde », ajouta Deborah avec une joie non dissimulée. Et fille d'une prostituée.

Les larmes brûlèrent les yeux de Beatrix.

— Retire ça, murmura-t-elle, luttant de toutes ses forces contre la boule qui lui obstruait la gorge.

— Pourquoi ? demanda Deborah, dont les yeux enfoncés brillaient d'une fausse innocence. Tout est vrai.

— Ce n'est pas pour autant que c'est gentil, remarqua Selina, qui se tenait maintenant près de son amie.

Maria agita ses gants vers Beatrix.

— Quand Mlle Everly entendra parler de ça, tu seras punie. Tu pourrais même être renvoyée. Où iras-tu ? Visiblement, ton père ne veut pas de toi. Et ta mère est morte. Peut-être pourrais-tu aller dans l'orphelinat d'où *elle* est sortie, ajouta Maria en pointant Selina du doigt.

— Oh ! Je ne sors pas d'un orphelinat, répliqua Selina qui esquissa un lent sourire, plutôt malveillant. Je viens de l'*East End* de Londres. Tu veux savoir ce que je cache dans mon tiroir du bas ?

Elle s'interrompit, puis se pencha vers elles, les yeux brillants de fierté.

— Un *couteau*.

Maria et Deborah haletèrent à l'unisson.

— Mademoiselle Everly ! s'écria Maria. Mademoiselle Everly !

— Bon sang ! jura Selina. Je n'ai pas de couteau, bande d'idiotes.

Beatrix tourna la tête vers Selina.

— Pourquoi as-tu dit ça ?

— Parce que, pendant un instant, j'ai été aussi stupide qu'elles, répondit-elle, la mâchoire crispée, avant de poursuivre à voix haute. J'ai pris tes horribles gants. C'était une plaisanterie.

— Une plaisanterie aux dépens de la bâtarde ? s'enquit Deborah. Sinon, pourquoi les mettre dans sa commode.

— Quelqu'un venait et j'ai dû les cacher quelque part.

Selina adressa un regard d'excuse à Beatrix.

Cette dernière n'était pas en colère. Comment aurait-elle pu l'être, alors que Selina la couvrait ? Même si Beatrix ne se souvenait pas d'avoir volé les gants, elle savait qu'elle l'avait fait. Ce n'était pas la première fois que quelque chose disparaissait et que Beatrix le retrouvait dans sa commode. Cependant, elle ne pensait pas que quiconque était au courant.

— Deborah ! Maria ! s'exclama la voix de Mlle Everly dans le dortoir. Votre calèche est ici.

— J'arrive, mademoiselle Everly ! cria Deborah, avant de gratifier Beatrix et Selina d'un sourire arrogant. Nous informerons la directrice de ton vol avant de partir. Viens, Maria. J'ai tellement hâte que tu viennes visiter le domaine de mon père pour les fêtes !

Comme si Beatrix et tout le monde n'étaient pas déjà au courant que Deborah avait invité Maria à l'accompagner.

— Crois-tu qu'elles seront encore là à notre retour ? demanda Maria alors qu'elles se tournaient vers la porte.

— S'il y a une justice, elles ne seront plus là. De toute façon, elles n'ont pas leur place ici.

Deborah lança un regard vicieux par-dessus son épaule avant de disparaître. Beatrix s'affaissa, le corps tremblant. Selina passa un bras autour de ses épaules.

— Ne t'inquiète pas. Elles vont sans doute me faire manger de la bouillie pendant une semaine et me demanderont de nettoyer l'arrière-cuisine.

— Et si elles te renvoient ?

Les larmes que Beatrix s'était efforcée de contenir menaçaient à nouveau de jaillir.

Selina haussa les épaules.

— Ce ne serait pas la pire chose qui m'arriverait.

Beatrix faillit lui dire que ce serait la pire chose qui *lui* arriverait, mais ce n'était pas vrai. Elle avait perdu sa mère bien-aimée et avait été envoyée ici par son père, qu'elle n'avait même pas vu depuis le décès. Ils avaient formé une famille heureuse, la plupart du temps, jusqu'à ce que sa mère tombe malade. Beatrix était consciente qu'il avait une autre famille, tout comme elle savait qu'il les aimait davantage, sa mère et elle. Combien de fois l'avait-elle entendue dire qu'il l'aimait, et qu'il détestait la quitter pour aller dans son autre maison ?

Non. Beatrix avait perdu sa famille, et c'était vraiment la pire chose qui pouvait arriver. Elle observa Selina d'un œil méfiant. Avait-elle même une famille ? Son amie n'aimait pas parler de son passé. En fait, elle n'en avait jamais parlé davantage que ce jour-là.

— Viens-tu vraiment de l'est de Londres ? s'enquit Beatrix.

Comme elle avait grandi à Bath, elle ne savait pas grand-chose de Londres, mais elle avait entendu dire que l'*East End* était loin d'être agréable.

Selina retira son bras.

— Oui.

Beatrix se souvint de la façon dont Selina avait menacé l'horrible Deborah et de l'assurance qu'elle avait dégagée. Un sentiment de jalousie envahit la poitrine de Beatrix.

— J'aimerais pouvoir être aussi courageuse que toi.

— Tu le deviendras, la rassura Selina, comme si c'était un fait acquis. Rappelle-toi, je suis plus âgée de quelques années.

— Comment apprendrai-je à être courageuse si tu es renvoyée ? demanda Beatrix.

Avant que Selina puisse répondre, Mᵐᵉ Goodwin, la directrice, entra dans le dortoir. Les deux filles se redressèrent et la saluèrent, comme elles avaient été formées à le faire depuis leur arrivée.

Il était rare que Mme Goodwin vienne au dortoir. En dehors des cours, c'était généralement Mlle Everly qui s'occupait d'elles.

Mme Goodwin sourit ; ses aimables yeux bleus les scrutèrent. Beatrix brossa une poussière sur son tablier.

— Mlle Ledbetter m'a informée que vous lui aviez volé ses gants, annonça la directrice, les yeux rivés sur Selina. Est-ce vrai, mademoiselle Blackwell ?

— Oui, madame Goodwin, confirma Selina qui répondit sans détour, le menton haut et fort. C'était censé être une plaisanterie. Je regrette d'avoir dû cacher les gants dans le tiroir de Mlle Linley. Elle n'avait absolument rien à voir avec tout cela.

Mme Goodwin semblait sceptique. Son regard oscilla entre Selina et Beatrix. Finalement, il se posa sur cette dernière.

— Est-ce vrai ?

Beatrix déglutit. Selina poussa doucement le dos de sa main.

— Oui.

Le mensonge lui brûla la langue, mais, apparemment, c'était ce que voulait son amie.

Pinçant les lèvres, Mme Goodwin afficha un regard sévère.

— Je vous aime bien, les filles. Mademoiselle Blackwell, vous travaillez très dur, et mademoiselle Linley, vous avez un point de vue brillant et charmant en dépit de vos... problèmes. Cependant, vous devez travailler plus dur pour vous entendre avec les autres filles. Vous êtes... différentes d'elles, et même si je déteste le dire, les gens auront des attentes différentes à votre égard, expliqua-t-elle, et ses traits s'adoucirent. J'en sais quelque chose.

Beatrix avait envie de lui demander comment, mais Mme Goodwin inspira profondément avant de poursuivre.

— Mlle Everly décidera d'une punition appropriée, mademoiselle Blackwell.

— Oui, madame Goodwin.

La directrice les observa encore un moment.

— Ne vous inquiétez pas, les filles. Je vous verrai au dîner.

Elle leur adressa un clin d'œil avant de se retourner et de quitter le dortoir. Beatrix laissa échapper le souffle qu'elle retenait, puis se tourna vers son amie.

— Pourquoi as-tu menti pour moi ?

— Parce que je sais que tu voles des choses et que tu ne peux pas t'en empêcher.

— Comment…

Selina haussa ses sourcils pâles.

— Je suis observatrice. Tu dois t'en empêcher… de voler, je veux dire. Une paire de gants ou une cuillère du réfectoire ne te causeront pas trop d'ennuis, mais si tu subtilises quelque chose de plus précieux, tu te retrouveras dans un pétrin dont je ne pourrai pas te tirer.

— Je ne m'en rends même pas compte, murmura Beatrix. Et je ne crois pas l'avoir fait avant. Avant de venir ici, je veux dire.

Selina lui adressa un signe de tête encourageant.

— Tout ira bien. Tu dois travailler à en prendre conscience. Ensuite, tu ne dois plus le faire. J'essaierai de t'aider, si je le peux.

— Pourquoi ?

Selina répondit en haussant légèrement une épaule.

— Parce qu'il semblerait que nous ayons toutes les deux besoin d'une famille.

Les larmes menaçaient à nouveau de couler, mais Beatrix décida à cet instant qu'elle serait courageuse. Et qu'elle avait une sœur à aimer.

CHAPITRE 1

Le dos de Beatrix commençait à lui faire mal. Après être restée perchée si longtemps sur la branche de l'arbre, elle ajusta son poids pour atténuer la douleur. Elle souffla quand le sang afflua dans sa hanche et sa cuisse. C'était bien mieux.

Elle reporta son attention sur la maison voisine de l'arbre dans lequel elle était perchée. Plus précisément, elle regarda la fenêtre dans le coin du rez-de-chaussée où le duc de Ramsgate était assis dans un fauteuil près de l'âtre, un verre de cognac dans une main et un journal dans l'autre.

Ses cheveux bruns avaient éclairci au cours des quinze dernières années et étaient maintenant un peu clairsemés sur le sommet, mais ses traits étaient les mêmes : des yeux bruns chauds familiers, un nez légèrement crochu et un menton fort, avec une fossette. Il avait quelques rides et il était plus lourd qu'avant, mais c'était toujours l'homme dont elle se souvenait. Le père qu'elle aimait.

Pensait-il seulement à elle ?

Forcément que oui. Il était impossible qu'il ait adoré la mère de Beatrix, qu'il ait pris soin de sa fille et qu'il l'ait ensuite simplement oubliée. Après tout, il avait payé sa scolarité.

En revanche, il n'a jamais écrit et ne t'a jamais rendu visite, et lorsque tu as quitté l'école, il n'a jamais fait d'effort pour te retrouver.

Beatrix débattait contre elle-même : comment aurait-elle pu savoir s'il avait ou non fait des démarches ? Depuis leur départ du séminaire pour ladies de Mme Goodwin des années plus tôt, Selina et elle avaient passé leur temps à se déplacer. Les deux jeunes femmes n'étaient pas faciles à trouver.

Mais maintenant, Beatrix était ici, à Londres, et bientôt, *elle le trouverait*. Il serait d'abord choqué, puis il serait ravi de voir qu'elle était devenue une jeune femme accomplie et respectée.

Elle avait maîtrisé la partie « accomplissement » entre l'école qu'il avait payée et le temps qui s'était écoulé depuis. La partie « respect » était encore en cours, et elle ne se révélerait pas à lui avant d'être certaine qu'il serait fier et ravi d'affirmer qu'elle était sa fille. Peut-être pas publiquement ; Beatrix ne s'attendait pas vraiment à cela de sa part, mais en privé. Elle allait récupérer son père.

Beatrix était installée dans l'arbre de la maison voisine de celle de son père. Soudain, un cri aigu suivi d'un fracas retentit, attirant son regard sur la fenêtre du premier étage de celle-ci. La silhouette de la femme qui vivait là se déplaçait derrière les rideaux diaphanes.

Un instant plus tard, l'homme qui vivait là, son mari, apparut sur le petit balcon. La balustrade était assez basse, ce qui permit à Beatrix de bien le voir. Elle eut soudain le souffle court. Il ne portait ni veste ni cravate, et elle voyait clairement le triangle de chair révélé par l'ouverture de sa chemise au-dessus de son gilet, qui était déboutonné. Ses cheveux noirs étaient ébouriffés, certains dressés et d'autres retombant sur son front. Il était exceptionnellement beau, avec une mâchoire carrée et des pommettes fortes. Si Beatrix venait dans le jardin de lord Rockbourne pour observer son père, voir le vicomte était devenu un avantage bienvenu.

Il avait l'air troublé ce soir-là, mais c'était souvent le cas. À l'évidence, son mariage n'était pas heureux. Pour autant que Beatrix puisse le dire, lady Rockbourne était une mégère, toujours en train de crier après le vicomte. La dernière fois qu'elle était là, la vicomtesse lui avait lancé quelque chose. Malgré cela, la jeune femme entendait rarement lord Rock-bourne élever la voix. C'était sans doute l'une des raisons pour lesquelles elle s'était éprise de lui.

Les autres étaient sa beauté, aussi superficielle que ce soit, et sa manière de s'asseoir dans sa bibliothèque au rez-de-chaussée pour lire, un peu comme son père. C'était idiot, mais c'était tout simplement un spectacle incroyablement domestique, du moins aux yeux de Beatrix. Et rien n'était plus attirant à ses yeux qu'un foyer.

— Où étais-tu ? s'écria lady Rockbourne d'une voix aiguë qui résonna dans le jardin.

Beatrix se tourna vers son père, mais il ne semblait pas entendre ce qui se passait dans la maison voisine. D'un autre côté, sa fenêtre était fermée.

La vicomtesse sortit sur le balcon. Ses cheveux blond pâle retombaient en vagues lâches sur ses épaules. Elle était petite, plus petite même que le mètre soixante de Beatrix, mais elle redressait ses épaules de manière à paraître plus grande, si c'était possible.

Lord Rockbourne était beaucoup plus grand, probablement un mètre quatre-vingt-cinq. Il se tourna pour faire face à sa femme, se plaçant de profil par rapport à Beatrix.

— Comment oses-tu me menacer ! cria-t-elle à son mari.

— Je ne t'ai pas menacée, répondit-il calmement.

Beatrix dut se pencher en avant et lutter pour l'entendre.

— J'ai dit que ton comportement donnerait une mauvaise image de toi. C'est un fait, pas une menace.

— Tout le monde s'en fiche, tout le monde a des liaisons ! Tu es en colère à l'idée que les autres te voient comme un mari trompé.

Il y avait de la fierté dans la voix de la femme. Beatrix fronça les sourcils. Pourquoi se comportait-elle de façon aussi horrible ?

— *Moi*, je n'ai pas de liaison ! constata-t-il.

— Peut-être que tu devrais !

Lord Rockbourne passa une main dans ses cheveux, qu'il ébouriffa davantage.

— Oui, peut-être que je devrais.

Ils se dévisagèrent, et Beatrix retint son souffle. Rockbourne marcha lentement vers sa femme. Il y avait quelque chose d'effrayant dans ses mouvements. Beatrix songea à un chat traquant une souris en le voyant.

— Nous sommes mariés, et cela ne changera pas, malgré toutes tes transgressions. Je te suggère de trouver un moyen de faire la paix avec cela. Dieu sait que j'essaie tous les jours, et je continuerai à le faire, malgré ce que tu viens de me dire, parce que je n'ai pas d'autre maudit choix !

Le visage de lady Rockbourne se crispa juste avant qu'elle ne laisse échapper un cri inintelligible. Elle dit quelque chose, mais Beatrix n'aurait su dire quoi. Puis elle se jeta sur son mari, levant la main. Il se tourna pour l'éviter. Elle heurta la rambarde, qui lui arrivait à peine à la cuisse. Elle agita les bras, et quelque chose tomba au sol. Beatrix n'oublierait jamais le regard d'horreur gravé dans les traits pâles de la femme alors qu'elle suivait l'objet et tombait sur les pavés en contrebas.

Trop tard, Beatrix plaqua une main sur sa bouche pour bloquer son cri de stupeur. Le son s'échappa malgré tout. Son regard se porta à nouveau sur le balcon, où elle vit le regard sombre de lord Rockbourne rivé sur elle. Puis il disparut, entrant à la hâte dans la maison.

Beatrix descendit de l'arbre. Elle aurait dû s'enfuir. Au lieu de cela, elle se précipita vers la vicomtesse, étalée bizarrement sur le côté, les yeux ouverts, le corps immobile. Les mains tremblantes, Beatrix s'accroupit et porta ses doigts devant le nez et la bouche de la femme. Elle ne respirait pas.

— Attention, il y a du sang.

Beatrix tourna brusquement la tête et vit des bottes noires qui brillaient d'un éclat presque irréel. Levant le regard du pantalon noir vers la chemise blanche sous un gilet bordeaux, puis vers ce triangle de chair saisissant, elle s'arrêta finalement sur le visage impassible de lord Rockbourne.

Beatrix baissa les yeux et constata qu'il y avait bel et bien du sang qui ruisselait sous la tête de la vicomtesse et qui s'écoulait le long de la pierre jusqu'à ses propres bottes. Haletant, elle se leva si vite qu'elle perdit l'équilibre.

Le vicomte lui attrapa le bras et l'empêcha de tomber.

— Ça va ?

Il demandait à Beatrix si *elle* allait bien ?

Incapable de former des mots, elle hocha simplement la tête. Il la relâcha, puis fixa sa femme.

— Je ne crois pas qu'elle respire, murmura Beatrix.

Elle jeta un coup d'œil à la femme, mais dut détourner le regard pour ne pas subir cette vision dérangeante. À la place, elle se concentra sur le vicomte.

Rockbourne se baissa et posa les doigts sur le cou de la vicomtesse.

— Elle ne respire pas.

Son visage prit une teinte grise choquante. Il retira sa main et se couvrit la bouche.

Beatrix se rapprocha de lui, prise d'un besoin instinctif de le réconforter. Mais comment l'aurait-elle pu ? Elle ramena sa main vers elle avant de le toucher.

Toujours accroupi, Rockbourne abaissa lentement la sienne. Il toucha doucement le front de la vicomtesse et il ferma les yeux.

— Je n'arrive pas à croire…

Des rides d'angoisse se creusèrent sur son visage, tiraillant le cœur de Beatrix.

Elle se répéta qu'elle devait fuir, qu'elle n'avait rien à faire ici, mais ses pieds restèrent ancrés au sol tandis que le reste de son corps commençait à trembler. Elle ne pouvait pas le quitter.

Tournant les yeux vers la maison, elle s'interrogea au sujet des domestiques. L'un d'entre eux allait certainement sortir d'un moment à l'autre.

— Je n'arrive pas à croire qu'elle soit partie.

Rockbourne passa la main sur les yeux de lady Rockbourne, puis il retira son gilet pour le poser sur le haut de sa poitrine et sur son visage. Il se releva lentement, un souffle rauque s'échappant de ses poumons.

— C'est ma faute !

— Non, ce n'était pas votre faute, répondit Beatrix d'un ton qu'elle voulait calme et ferme, mais sa voix tremblait. Elle est tombée par-dessus la rambarde. Ce n'est pas comme si vous l'aviez poussée.

Il était tendu et ses émotions rayonnaient, troublant l'atmosphère.

— Nous étions en train de nous disputer.

— Cela ne veut pas dire que vous…

Elle ne pouvait pas se résoudre à dire « *l'avez tuée* ». Car, alors, elle devrait admettre que la femme était vraiment morte. Mais elle l'était, et rien ne pourrait changer cela. Beatrix faillit lui attraper la main, mais elle s'en empêcha à nouveau.

— Ce n'était pas votre faute.

— Thea, murmura-t-il. Pourquoi en sommes-nous arrivés là ?

Il fixait la vicomtesse. Il ferma les yeux une fois encore, tandis que les muscles de sa mâchoire se contractaient.

— Que vais-je dire à ma fille ?

Il avait une fille ? L'horreur noua la gorge de Beatrix. La pauvre enfant. Beatrix se demanda quel âge elle avait, et elle songea aussitôt à sa « sœur » Selina, qui avait perdu ses parents si jeune qu'elle ne se souvenait plus du tout d'eux. À bien des égards, cela semblait bien plus facile que ce que Beatrix avait enduré. Elle avait perdu sa mère des suites d'une maladie quand elle avait onze ans, puis perdu son père quand il l'avait envoyée à l'école et l'avait rayée de sa vie. Elle espérait que la fille de Rockbourne était assez jeune pour se remettre mieux que Beatrix.

Le vicomte semblait figé, le visage couleur de cendre. Et pourquoi en aurait-il été autrement ?

— Où sont les domestiques ? s'enquit-elle.

— Ils se cachent très probablement. Ils se réfugient toujours dans les recoins de la maison lorsque lady Rockbourne et moi nous disputons.

— Croyez-vous qu'ils vont penser que vous l'avez poussée ?

— Non, répondit-il en secouant la tête, se passant une main dans les cheveux. Je ne sais pas.

Soudain, il se tourna vers elle, le regard vif, tandis que son visage reprenait des couleurs.

— Qui êtes-vous ? Et pourquoi étiez-vous dans mon arbre ?

— Je suis Beatrix Lin…

Bon sang ! Elle avait failli divulguer son vrai nom. Cela faisait des années qu'elle n'avait pas commis cette erreur.

— Mlle Beatrix Whitford. Je, euh… je regardais le duc de la maison voisine, répondit-elle.

Elle ne voulait pas discuter de cela avec lui. Et elle ne pouvait pas non plus, compte tenu de ce qui s'était passé.

— Vous ne pouvez pas être tenu responsable de cela. C'était un accident. Je l'ai vue se précipiter vers vous.

— Et vous seriez prête à être mon témoin ?

Rockbourne la toisa, depuis ses bottes d'homme jusqu'à son costume d'homme trop grand, en passant par le haut-de-forme qu'elle portait sur la tête.

— Et d'abord, pourquoi Bow Street vous écouterait ?

— Parce que mon futur beau-frère est un coureur*.

Il eut soudain l'air surpris, et ses yeux s'écarquillèrent brièvement.

— Peut-être, mais être mon témoin porterait atteinte à votre réputation de manière irrémédiable, remarqua-t-il, se concentrant sur elle. Avez-vous une réputation ?

— Sans doute que oui.

Elle essayait de se distinguer en tant que jeune femme de haute qualité afin d'impressionner son père. De plus, sa sœur allait épouser le fils d'un comte. Il n'avait pas tort : sa réputation était d'une importance vitale pour elle qui espérait gagner les faveurs de son père. Et protéger Selina, ce qui était tout aussi crucial.

Beatrix entendait la voix de son amie dans sa tête : *Alors, pourquoi te promènes-tu dans les jardins sombres habillée en homme ?*

Elle grimaça intérieurement. Elle s'était montrée très prudente, et, sans les événements malheureux de ce soir-là,

____

* *Note de la traductrice (NdT)* : les coureurs de Bow Street furent les premières forces de police professionnelles de Londres.

elle n'aurait pas été démasquée. Pendant des années, elle s'était glissée dans des endroits sans se faire repérer.

— Si vous êtes une lady avec une réputation, vous ne pouvez pas être témoin. Vous ne devriez même pas être ici.

La voix de Rockbourne se brisa et il détourna le regard, prenant une profonde inspiration. Un long moment s'écoula avant qu'il ne poursuive en murmurant :

— Mais je suis heureux que vous le soyez.

Elle était ravie, elle aussi.

— C'est une horrible tragédie, mais personne ne pensera qu'il s'agit d'autre chose que d'un malencontreux accident.

— Je ne suis pas aussi confiant que vous, répondit-il, la contemplant d'un air amusé. Pourquoi êtes-vous encore ici avec moi ? Vous auriez dû partir dès qu'elle est tombée.

— Je sais. Pardonnez-moi, mais cela fait un certain temps que je vous écoute vous disputer… enfin, c'est surtout elle qui crie.

Rockbourne haussa un sourcil sombre.

— Ce n'est pas votre première visite dans mon jardin ? Pour espionner Ramsgate ?

Beatrix ignora la question dans son regard.

— Non.

Un jour, elle lui expliquerait. Sans doute. Ou pas.

— Pourquoi pensez-vous que l'on vous tiendra pour responsable de cela ? l'interrogea-t-elle, mais ce n'était pas vraiment la question qu'elle voulait poser. Pourquoi croyez-vous que c'est votre faute ?

— Peut-être ignorez-vous certains faits essentiels. Premièrement, nous nous méprisions mutuellement. Deuxièmement, elle avait une liaison et je le savais. Troisièmement, j'ai récemment appris, de manière plutôt publique, qu'elle m'avait piégé pour que je l'épouse.

Il faisait référence à la manipulation orchestrée par sa femme et son beau-frère, qui avait conduit Rockbourne à l'épouser cinq ans plus tôt et qui avait été rendue publique la semaine précédente. Il n'était pas étonnant qu'il soit en colère, et Beatrix ne pouvait pas lui en vouloir.

— Quatrièmement, je l'ai provoquée ce soir parce que…, dit-il avant de s'interrompre, pinçant les lèvres jusqu'à ce qu'elles deviennent blanches. J'ai plein de raisons de lui souhaiter la mort, et *beaucoup* de gens le savent.

Beatrix brûlait d'envie de savoir pourquoi il l'avait provoquée, mais, visiblement, il ne souhaitait pas en parler. Alors, elle n'insisterait pas. De toute façon, cela n'avait pas d'importance.

— Provocation ou pas, ce n'était pas votre faute.

Elle pencha la tête sur le côté, étudiant cet homme qu'elle ne connaissait pas du tout, mais qu'elle ressentait le besoin de protéger.

— Espériez-vous qu'elle tomberait ?

Il fronça les sourcils, et des lignes verticales formèrent le nombre onze sur son front.

— Ce n'était pas mon intention.

Elle sentait qu'il avait plus à dire, mais il se tut.

— Eh bien, si elle vous méprisait et qu'elle avait une liaison, je dirais qu'elle espérait que *vous* tomberiez. Peut-être qu'*elle* essayait de vous tuer pour pouvoir épouser son amant.

— Non, répliqua-t-il avec une froideur sans appel.

La glace dans ses yeux la fit frissonner. Rockbourne fit un pas vers elle.

— Elle ne ferait jamais une chose pareille, et vous ne le suggérerez pas. Est-ce que c'est clair ?

— Si vous pouvez prouver qu'elle voulait vous tuer, et je pense que c'est probablement le cas, pourquoi ne pas le faire pour vous disculper ?

— Parce que je ne le ferai pas, point final.

Sa voix était douce, mais sombre et lourde d'avertissement.

Beatrix aurait voulu en débattre, mais elle se rendit compte que cela ne servirait à rien. Il était fermement décidé. Et c'était plutôt intimidant.

— Rien de tout cela n'a d'importance puisqu'il s'agit d'un accident.

N'est-ce pas ? Après avoir assisté à la scène, elle en était tout à fait sûre. Pourtant, le comportement de cet homme était étrange.

— Qu'allez-vous faire maintenant ? s'enquit-elle.

Rockbourne contempla sa femme un instant, puis il passa brièvement une main sur sa bouche et son menton. Avant de l'abaisser pour lui répondre.

— Je vais convoquer la maisonnée. À l'exception de ma fille, expliqua-t-il, le visage couleur de cendre. Que vais-je lui dire ? Elle n'a que trois ans. Presque quatre.

— Dites-lui que vous l'aimez et que vous serez toujours là pour elle.

Beatrix fut surprise de sentir sa gorge se serrer. Leurs regards se croisèrent ; les profondeurs grises des yeux de Rockbourne brûlaient d'angoisse.

— Vous n'avez pas répondu à ma question. Que faites-vous ici, avec moi ?

— Je vous aide, j'espère, répondit-elle avec un sourire hésitant.

— Vous espionniez Ramsgate, et votre beau-frère est un coureur de Bow Street. Pourquoi l'espionnage, et qui est votre sœur ?

— Ma sœur est lady Gresham, et je n'espionne pas Ramsgate. Je me contente de… le regarder.

— Je ne suis pas sûr qu'il soit en quête d'une nouvelle duchesse. Son fils, cependant, cherche une épouse. Vous feriez mieux de jeter votre dévolu sur lui. Au moins, il est proche de votre âge. Ramsgate pourrait être votre père.

Beatrix ne put retenir un rire aigu. Un bruit en provenance de la maison les poussa tous deux à se retourner. Rockbourne regarda Beatrix.

— Ce pourrait être mon majordome, ou quelqu'un d'autre. Vous devez partir.

— Oui.

Beatrix commença à se tourner vers le coin arrière du jardin, où elle s'était faufilée par le portail. Sur un coup de tête, elle fit demi-tour. Se hissant sur la pointe des pieds, elle déposa un baiser sur sa mâchoire… Elle ne pouvait pas aller plus haut.

— Bonne chance.

Elle sortit à la hâte du jardin et franchit le portail. Abaissant son chapeau sur sa tête, elle rentra rapidement chez elle.

~

Thomas Devereaux, vicomte Rockbourne, avait connu de nombreuses nuits blanches au cours de ses cinq années de mariage, en grande partie à cause des colères incessantes de sa femme, mais la dernière avait été la pire. Ensuite, il avait vécu la plus dure matinée de sa vie quand il avait dû annoncer à sa fille que sa mère n'était plus là. À son jeune âge, elle ne comprenait pas vraiment, preuve en fut lorsqu'elle demanda où était sa maman quelques heures plus tard.

Les domestiques avaient été choqués de voir leur maîtresse étalée sur les pavés du jardin arrière, surtout sa femme de chambre. Spicer s'était mise à sangloter, et elle avait eu besoin d'un cognac pour se calmer. Elle était actuellement en train de dormir, et c'était mieux ainsi.

Thomas était convaincu que la femme s'inquiétait pour son futur emploi, puisqu'on n'avait plus besoin d'elle en tant que femme de chambre. Il ferait ce qu'il pouvait pour qu'elle trouve une nouvelle situation.

L'entrepreneur de pompes funèbres venait de partir et Thomas avait bien besoin d'un cognac lui aussi. Il se rendit à son bureau dans la bibliothèque, et il venait juste de verser la boisson lorsque son majordome, Baines, apparut dans l'embrasure de la porte.

— Mme Chamberlain est ici, my lord. Elle est dans le salon.

La belle-mère de Thomas. Le cognac était plus que jamais nécessaire. Il le but d'un trait.

— Comment va-t-elle ? s'enquit-il, posant le verre vide sur le buffet.

— Comme l'on pourrait s'y attendre, répondit Baines avec délicatesse.

De taille moyenne et de corpulence légère, le majordome possédait des yeux sombres et gentils, un nez long et pointu et un crâne dégarni. Il était une véritable force de calme et d'organisation dans la maisonnée, un excellent contrepoids au penchant de Thea pour l'agitation.

Mme Chamberlain était une version un peu moins frénétique de sa fille. Pourtant, elle devait être à la limite de l'hystérie, et Thomas ne pouvait pas lui en vouloir.

Prenant une profonde inspiration, il se dirigea vers le salon où il entra à grands pas. Mme Chamberlain était assise sur le canapé, le visage pincé et les yeux rouges.

— Où est-elle ? s'enquit-elle avant que Thomas puisse la saluer.

— Dans le salon du matin.

Ou peut-être était-ce maintenant le salon du chagrin, se demanda Thomas de façon ironique. Deux valets de pied l'avaient transportée à l'intérieur la veille au soir. Elle reposait actuellement sur une table rectangulaire.

Mme Chamberlain se leva.

— Conduisez-moi auprès d'elle.

Thomas hésita.

— Êtes-vous certaine de vouloir…

La voix de la femme s'éleva, prenant une tonalité stridente qui ressemblait tellement à celle de Thea que Thomas tressaillit.

— C'est ma *fille* !

Sans mot dire, il se retourna et la conduisit dans le salon du matin, à l'arrière de la maison. Mme Chamberlain laissa échapper un sanglot quand elle entra derrière lui. Se précipitant vers la table, elle jeta ses bras par-dessus l'abdomen de Thea et se mit à gémir.

Thomas serra les dents. Il aurait voulu lui demander d'être un peu plus discrète pour ne pas bouleverser Regan, mais il ne voulait pas non plus intervenir dans le chagrin de cette femme. Heureusement, la petite fille ne pouvait pas l'entendre, car elle se trouvait deux étages plus haut avec sa nourrice. Il passa de l'autre côté de la table et s'appuya contre l'embrasure de la porte donnant sur le jardin, les bras croisés.

Mme Chamberlain se redressa brusquement, les yeux rivés sur lui.

— Votre message disait qu'elle est tombée du balcon. Comment est-ce arrivé ?

— Elle a sans doute perdu l'équilibre.

— *Sans doute ?* Vous n'avez pas vu ce qui s'est passé ?

— Non.

Après le départ de Mlle Whitford, il était entré dans la maison et avait croisé Baines. Thomas n'avait pas prévu de mentir, mais quand il avait raconté au majordome ce qui s'était passé, l'histoire était sortie de cette manière : il se trouvait dans le salon quand il avait entendu Thea faire un bruit, puis il avait entendu un bris de verre et un bruit sourd. Il s'était précipité dehors et l'avait vue allongée sur les pavés en contrebas.

— Cela n'a pas de sens. Comment aurait-elle pu tomber ?

— Comme vous le savez, la rambarde du balcon n'est pas

très haute. Elle mesure à peine une soixantaine de centimètres.

— Oui, mais Thea est petite, comme moi.

Mme Chamberlain était à peu près de la même taille que Thea, et elle possédait les mêmes cheveux blonds. Contrairement à Thea, elle était plutôt ronde, avec des joues charnues et de petits yeux bruns qui rappelaient à Thomas son fils, le beau-frère de Rockbourne. Gilbert Chamberlain avait été arrêté pour extorsion juste avant son mariage, cinq jours plus tôt. Si Thomas se fichait de Mme Chamberlain, elle avait subi pas mal de choses ces derniers temps, il ne pouvait s'empêcher d'éprouver de la peine pour elle.

— Je ne comprends pas comment elle aurait pu perdre l'équilibre, insista Mme Chamberlain, plissant les yeux vers Thomas. C'est très étrange.

Il était impossible de ne pas voir la méfiance dans son expression et son ton. La sympathie que Thomas éprouvait à son égard commençait à s'estomper. Thea avait rempli la tête de cette femme d'histoires sur les déficiences de Thomas, telles qu'elle les voyait, et Mme Chamberlain avait depuis un certain temps cessé de masquer l'aversion qu'elle éprouvait pour lui.

— Elle était ivre, dit-il sans détour, indifférent à l'indélicatesse de son propos. Vous savez comment elle peut être quand elle boit.

Encore pire que lorsqu'elle était sobre, et Thea pouvait être une véritable harpie. Son épouse n'avait en fait rien à voir avec la jeune femme qu'il avait courtisée. La propre mère de Thomas avait été amenée à se marier avec quelqu'un qui s'était avéré ne pas être ce qu'il paraissait être.

— Évidemment, vous dites cela, cracha Mme Chamberlain. Vous êtes toujours en train de critiquer ma chère Thea.

En vérité, c'était le contraire : sa chère Thea critiquait constamment Thomas. Mais il ne la corrigea pas. Rien de ce qu'il pourrait dire à cette femme ne la ferait changer d'avis à son sujet, ou, plus important encore, sur sa fille.

— Vous m'avez demandé ce qui s'était passé, et je vous le dis. Elle avait bu plus de verres de porto que je n'aurais pu les compter.

C'était vrai. Cela faisait longtemps qu'il ne prêtait plus attention à ce que faisait Thea, sauf quand cela concernait leur fille. Et quand il était question de Regan, son épouse ne faisait pas grand-chose.

Mme Chamberlain caressa le visage pâle de Thea.

— Ma pauvre douce fille, dit-elle avant de se tourner vers Thomas, l'angoisse et la fureur se lisant sur ses traits. Vous auriez très bien pu la pousser.

Il la dévisagea, bouillonnant de colère.

— J'aurais pu, mais je ne l'ai pas fait.

Il vit le choc dans le regard de sa belle-mère.

— Je devrais aviser Bow Street et leur demander d'enquêter.

Bon sang !

— Ce serait une perte de temps, mais je suis sûr que vous ferez ce que vous avez à faire, répondit-il, s'éloignant de la porte en décroisant les bras. L'entrepreneur de pompes funèbres vient de partir. Ils envoient des femmes préparer Thea. Le service et l'enterrement auront lieu mercredi.

La mère de Thea le regarda, bouche bée.

— Vous avez planifié tout cela sans moi ?

— Thea était ma femme, madame. Il est de mon devoir de prendre soin d'elle, dans la mort comme dans la vie. J'ai toujours pris mes vœux de mariage au sérieux.

Il regretta aussitôt d'avoir ajouté la dernière phrase. L'aiguillonner de la sorte ressemblait à ce qu'il avait fait à Thea la veille au soir.

Vraiment ? Thea l'avait poussé d'abord, lui révélant des vérités qu'il soupçonnait depuis longtemps, mais qu'il n'avait jamais voulu affronter. Il repoussa cette pensée. Il faisait de son mieux pour contenir la rage et la douleur qui l'habitaient.

Mme Chamberlain ricana.

— Vous n'avez rien fait de tel. Thea m'a parlé de chacune de vos incartades.

Thomas voulait lui demander en quoi elles auraient bien pu consister, mais à quoi cela servirait-il ? Malgré les occasions et les désirs, il n'avait jamais été infidèle.

— Je vais vous laisser seule, annonça-t-il, et il commença à s'éloigner, mais la voix de sa belle-mère l'arrêta.

— Je vais la préparer. Où est sa femme de chambre ?

— Elle dort. Elle était hystérique.

Mme Chamberlain retira son chapeau et ses gants.

— Je vais rester… jusqu'à mercredi. Où est Regan ? Je voudrais voir ma petite-fille.

Thomas se retourna pour faire face à sa belle-mère.

— Pas aujourd'hui. Je ne veux pas la bouleverser. Elle a perdu sa mère, et elle le comprend à peine.

Elle lui lança un regard de défi.

— Vous ne pouvez pas m'empêcher de la voir.

Il s'avança vers elle, la lèvre retroussée. Il se fichait d'avoir l'air menaçant.

— Je le peux, et je le ferai. Ne me poussez pas. C'est ma maison, et je vous autorise à rester par respect pour ma défunte épouse. Cependant, je ne vous permettrai pas de bouleverser ma fille. Vous pouvez rester. Pour le moment. Ne me faites pas regretter ma décision.

Après l'avoir foudroyée du regard un instant, Thomas tourna les talons et quitta la pièce à grands pas. Il faillit heurter Baines, qui rôdait dans le couloir.

— Mme Chamberlain restera jusqu'aux funérailles de mercredi. S'il vous plaît, faites préparer la chambre d'amis.

Baines inclina la tête.

— Bien sûr.

— Prévenez tout le monde qu'elle ne *doit pas* voir Regan aujourd'hui. Et lorsqu'elle la verra demain, je serai présent.

— Je vais m'en occuper tout de suite.

— Elle veut voir Spicer quand elle se réveillera. Pourrez-vous également vous occuper de cela ?

Baines hocha la tête.

— Y a-t-il autre chose ?

— Pas pour le moment. Je me rends à l'étage.

Thomas se rendit dans le salon situé entre sa chambre et celle de Thea. Il regarda la porte menant à cette dernière et eut envie de brûler tout ce qui s'y trouvait. Peut-être pas tout. Il devrait sans doute garder certains objets pour Regan. Elle voudrait avoir des choses de sa mère. Si elle s'en souvenait… il était probable qu'elle grandirait sans se rappeler la femme qui lui avait donné la vie.

Si cela le rendait triste, il en était également reconnaissant. Elle n'avait rien de bon à se rappeler. Il conserverait quelques souvenirs et inventerait des histoires pour les accompagner de sorte que Regan croirait que sa mère l'avait aimée. C'était le mieux qu'il pouvait faire.

En parlant de souvenirs, il se rendit compte qu'il n'avait jamais retrouvé le canif que Thea tenait la veille quand elle s'était jetée sur lui sur le balcon. Elle avait pointé la lame vers le creux de sa gorge. Voilà pourquoi il avait fait un pas de côté, et qu'elle s'était précipitée par-dessus le balcon.

S'il n'avait pas bougé, elle aurait planté sa lame dans son corps. Il n'en serait sans doute pas mort. Mais peut-être ne le serait-elle pas non plus.

Était-il vraiment en train de se dire qu'il aurait dû la laisser le poignarder ? Après tous les autres mauvais traitements qu'il l'avait laissée lui infliger ces dernières années ? Il prit une figurine sur le bureau et la jeta à travers la pièce.

À la seconde où le chien de berger se brisa, il regretta son geste irréfléchi. Un sentiment de dégoût envers lui-même et de peur lui monta à la gorge. Il travaillait très dur pour contenir sa colère.

Il prit de profondes inspirations pour apaiser son pouls qui s'emballait. Se tournant, il sortit sur le balcon. Le début de l'après-midi était chaud, avec quelques hauts nuages, dont l'un cachait actuellement le soleil. Après avoir cherché la veille au soir et ce matin-là, il scruta à nouveau le balcon à la recherche du canif. Il n'était toujours pas là.

Il s'avança vers la rambarde basse et contempla le jardin en contrebas. Il avait également fouillé les pavés et les alentours, en vain. C'était comme si le canif avait disparu. Peut-être avait-il imaginé ce maudit objet.

Retournant à l'intérieur, il fouilla le bureau où elle le rangeait habituellement et où elle l'avait pris la veille. Le couteau n'était pas là non plus.

Il aurait dû également inspecter sa chambre, sans doute, mais il ne pouvait se résoudre à y entrer. Pas ce jour-là.

La tristesse et la lassitude imprégnèrent ses os. Ce n'était pas ce qu'il avait voulu. Il avait épousé Thea en espérant qu'ils auraient une vie heureuse ensemble, une famille pleine d'amour. Au moins, il avait Regan.

S'accrochant à la seule lueur de bonheur qu'il avait et qui lui avait permis de tenir le coup ces dernières années, il partit à la recherche de sa fille. Elle était sa joie et son amour, et il ferait n'importe quoi pour la protéger.

CHAPITRE 2

La nuit était claire, et la lune presque pleine éclairait le jardin. Thomas regarda dans l'arbre, mais Mlle Whitford n'était pas là. Il n'imaginait pas vraiment qu'elle reviendrait ce soir-là, ou n'importe quel autre soir, après ce qui s'était passé.

Pourtant, il ne pouvait s'empêcher de la chercher. Il se rendit compte qu'il voulait qu'elle revienne.

Depuis l'arbre, elle avait eu la position idéale pour assister à tout ce qui s'était produit la nuit précédente. *Presque* tout. Elle n'avait pas pu entendre ce qui s'était dit avant que Thea et lui sortent sur le balcon. Et elle n'avait pas paru savoir que cette dernière avait un canif.

Mlle Whitford croyait fermement qu'il n'avait rien à se reprocher.

Bien sûr, elle avait tort. Thomas n'avait peut-être pas poussé Thea par-dessus la balustrade, mais il avait provoqué sa colère. Sa chute tragique, quoique accidentelle, était la raison pour laquelle il était si important qu'il ne perde jamais le contrôle, ne serait-ce qu'un instant, comme il l'avait fait plus tôt lorsqu'il avait jeté la figurine.

Mais tu t'es ressaisi.

Néanmoins, il n'y avait qu'à voir ce qui était arrivé à Thea. Thomas avait la nausée.

Le fait que sa belle-mère et la femme de chambre aient passé l'après-midi et la soirée enfermées avec Thea et qu'elles soient sans doute en train de se plaindre de la dépravation de Thomas et de sa responsabilité dans la mort de sa femme n'arrangeait rien. D'innombrables compositions florales avaient été livrées, et toutes avaient été entassées dans le salon du matin pour aider à éloigner l'odeur de la mort.

Baines lui avait annoncé un peu plus tôt que les deux femmes s'étaient retirées et que Spicer l'avait informé qu'elle irait travailler pour Mme Chamberlain. Thomas était reconnaissant de n'avoir pas à se préoccuper de l'emploi de la femme de chambre.

Il serait heureux quand elles auraient toutes deux quitté sa maison. Ce qui signifiait que Thea serait partie, elle aussi. Il n'avait jamais osé rêver d'une paix permanente. À présent, il y aspirait de tout son être, de toutes ses forces.

Un mouvement dans le coin arrière du jardin attira son attention. Une petite silhouette vêtue de noir s'avançait vers le balcon. Elle leva le menton, et leurs yeux se croisèrent.

Sans un mot, elle s'avança vers le treillis et y grimpa avec rapidité et agilité. Alors qu'elle enjambait la rambarde, il remarqua la courbe de son dos et le galbe de sa hanche. Quand elle pénétra dans la lumière des fenêtres du salon, il fixa l'arc prononcé de ses sourcils pâles, l'intensité brûlante de ses yeux noisette, la manière coquine dont son nez se retroussait, la courbe séduisante de ses lèvres rose foncé et l'arrondi puissant de son menton. Elle était un chat, il se demanda brièvement s'il n'était pas sa proie.

— Vous êtes revenue, dit-il simplement.

— Je le devais.

— Pour Ramsgate.

Elle posa une main sur sa hanche.

— Ai-je lancé un seul regard vers sa maison ?

Il faillit sourire, ce qui en soi était un prodige compte tenu de la journée écoulée.

— Je n'en ai pas l'impression. Comment se fait-il que vous soyez si habile en escalade ?

— M'habiller comme un homme aide.

Elle lui adressa un rapide sourire qui fit apparaître ses fossettes. Il y avait de la joie dans cette femme, et l'entrevoir manqua de faire tomber Thomas à genoux.

— Vous n'avez pas répondu à ma question. Et pendant que vous le faites, dites-moi aussi pourquoi vous êtes habillée comme un homme.

— Je ne peux pas vraiment m'introduire dans les jardins tard dans la nuit pour observer le duc de Ramsgate habillée en femme, d'autant plus que je dois grimper à un arbre pour le voir.

— Merci. Mais vous ne m'avez pas non plus expliqué *pourquoi* vous l'espionnez. Et ne me dites pas que vous ne l'espionnez pas. Ce que vous faites, c'est assurément de l'espionnage.

Elle le regarda en plissant les yeux.

— Vous avez beaucoup de questions ce soir. Cherchez-vous à vous distraire ?

— Absolument.

Elle soupira.

— Je ne peux pas vous en vouloir, affirma-t-elle en s'approchant de lui, les traits marqués par l'inquiétude. Comment vous sentez-vous ?

— Affreusement mal. Ma belle-mère est ici.

— *Doux Jésus !* Vous ne vous entendez pas ?

Il se passa une main dans les cheveux.

— C'est une jolie manière de le dire. Je ne suis pas charitable. Cette femme a beaucoup souffert ces derniers jours.

— Vous voulez parler de l'arrestation de son fils en plus de la mort de sa fille.

— Vous vous tenez au courant des commérages.

Elle leva une épaule.

— C'est le fiancé de ma sœur qui a arrêté Chamberlain.

— Votre sœur épouse Harry Sheffield ?

Il était le frère de lord Northwood, que Thomas connaissait bien.

— *Vous*, en revanche, n'êtes pas très au fait des commérages. Ce qui n'est pas étonnant.

— Je le suis rarement.

— C'est mieux pour vous, déclara Mlle Whitford, qui hésita avant de poursuivre. Comment va votre fille ?

— Elle comprend à peine ce qui se passe, et c'est tant mieux. Thea n'était pas un parent… euh… particulièrement dévoué.

En effet, des jours entiers pouvaient s'écouler sans que Thea rende visite à Regan dans la nurserie. Ce mépris était peut-être la principale raison pour laquelle Thomas s'était mis à la détester.

— Je suis certaine que votre fille a beaucoup de chance de vous avoir pour père, déclara Mlle Whitford avec une grande confiance et peut-être même une pointe de nostalgie.

— Je ne sais toujours pas pourquoi vous avez choisi de m'aider au lieu de vous enfuir du jardin, remarqua Thomas, qui croisa les bras et s'appuya contre le mur extérieur de la maison. Allez-vous me le dire ou éviterez-vous aussi cette question ?

— J'aime me rendre utile, et vous aviez manifestement besoin d'aide. Comme vous l'avez dit, votre fille a besoin d'un père.

Il avait eu le sentiment que Mlle Whitford n'était pas au courant de l'existence de Regan, mais pourquoi en aurait-il été autrement ? Mlle Whitford avait pénétré dans son jardin pour observer le duc voisin, pas lui.

— Depuis combien de temps venez-vous dans mon jardin ?

Un léger rougissement teinta le haut de ses joues.

— Quelques semaines.

— Je vois. Le duc doit être très important pour vous, constata Thomas, qui s'éloigna du mur, laissant retomber ses bras le long de ses flancs. Si je peux vous retourner la grande faveur que vous m'avez faite hier soir, j'espère que vous me le direz.

Il s'avança vers elle.

Elle battit des cils tout en levant la tête pour le regarder. Il y avait une grande différence de taille entre eux : elle était à peine plus grande que Thea. Le ventre de Thomas se noua. Il refusait de les comparer.

— Puis-je vous apporter mon aide ? lui demanda-t-il. Avec le duc, je veux dire.

— C'est mon père.

Les mots avaient jailli rapidement de sa bouche. Si vite qu'il se demanda pourquoi elle avait évité de le lui révéler, car il semblait que c'était ce qu'elle avait fait. Peut-être avait-il mal compris.

— Oh !

Thomas était un peu à court de mots. Pourquoi une jeune femme en viendrait-elle à espionner son propre père ? Il ne voyait qu'une seule explication à cela.

— Est-ce qu'il… euh… Est-ce qu'il vous connaît ?

Par-dessus son épaule, elle lança un regard frustré vers la maison de Ramsgate.

— Avant, oui. Il me connaissait plutôt bien quand je vivais à Bath avec ma mère. Il passait beaucoup de temps avec nous. Il aimait ma mère. Et moi, confia-t-elle avec une conviction simple qui toucha Thomas en plein cœur. Ma mère est tombée malade, et il a cessé de nous rendre visite. Elle est morte quand j'avais onze ans. C'est alors que j'ai été envoyée dans un pensionnat.

Elle s'interrompit, les yeux écarquillés, et posa sur Thomas un regard horrifié.

— Je n'aurais pas dû vous dire quoi que ce soit de cela, murmura-t-elle. Ni à propos de mon père, ni à propos de l'école, ni de rien. S'il vous plaît, pourriez-vous oublier que je l'ai fait ?

C'était impossible.

— Il semblerait que nous connaissions chacun un secret sur l'autre. Je promets de ne pas révéler le vôtre.

— Je promets la même chose, répondit-elle en lui tendant la main. C'est une aubaine pour nous deux, alors.

Thomas prit les doigts gantés de Beatrix dans les siens, mais, à sa grande surprise, elle retira sa main. Après avoir ôté son gant, elle pressa sa paume contre celle de Rockbourne, et l'entoura de son pouce et de ses doigts. La sensation de la chair de Mlle Whitford contre la sienne lui coupa le souffle. Il essaya de se rappeler depuis combien de temps il n'avait pas touché une femme.

— Une aubaine, répéta-t-il, puis il lâcha rapidement sa main. Pourquoi l'observez-vous ?

— Parce que c'est tout ce que j'ai pour le moment. J'espère qu'il me remarquera cette saison, et qu'il souhaitera renouer avec moi.

Il se souvenait de ce qu'elle lui avait dit la veille, à propos de sa sœur, lady Gresham. Si Mlle Whitford était une bâtarde, lady Gresham était-elle née hors mariage, elle aussi ? Ramsgate avait-il deux filles illégitimes ? Il était curieux, mais n'allait pas demander à Mlle Whitford de divulguer d'autres secrets. Il doutait même que son nom soit vraiment Whitford. Il avait remarqué son faux pas lorsqu'elle avait commencé à lui donner un autre nom la veille.

— Mademoiselle Whitford, j'espère que vous ne me trouverez pas trop insistant, mais j'étais sincère lorsque je vous ai proposé mon assistance. Je serai heureux de vous aider de quelque manière que ce soit, et je ne divulguerai aucun de vos secrets ni de ceux de votre famille. Je ne vous jugerai pas non plus.

Il était la dernière personne à exiger des gens qu'ils respectent une quelconque norme.

— Merci. Vous êtes très gentil, répondit-elle avec un sourire. Peut-être pourriez-vous m'inviter à danser un jour.

Soudain, son sourire disparut dans une grimace.

— C'est tellement stupide de ma part ! Évidemment, vous ne pouvez pas ! Vous êtes en deuil, maintenant.

— C'est vrai.

Il n'y avait pas vraiment pensé. Il n'avait pas pensé plus loin que cette journée.

— Eh bien, je suis sûr que je pourrai vous aider d'une autre manière. En attendant, vous êtes libre d'utiliser mon arbre, dit-il avec un geste vers le jardin.

— Vous êtes très obligeant, my lord.

— S'il vous plaît, appelez-moi Rockbourne.

Il avait failli dire Thomas, mais cela aurait été trop osé. Mlle Whitford acquiesça.

— Ce soir, je suis simplement venue voir comment vous alliez. Cela vous dérangerait-il si je le faisais à nouveau ?

— J'attendrai cela avec impatience, en réalité.

À quand remontait la dernière fois qu'il avait eu une chose à attendre avec impatience, qui ne consistait pas à lire une histoire ou à jouer à la poupée ?

— Parfait.

Elle tourna les talons et entreprit d'enjamber la balustrade. Alors qu'elle s'accrochait d'une main au treillis, elle le salua avec l'autre.

— À bientôt !

— Quand vous m'expliquerez vos talents de chat.

Elle éclata de rire.

— Il n'y a pas grand-chose à dire. Il y avait un arbre dans notre jardin à Bath et j'y grimpais presque tous les jours.

Rockbourne soupçonnait qu'il y avait *plus que cela*, et il espérait qu'elle lui révélerait tout… un jour.

Après être descendue le long du treillis, elle s'arrêta sous le balcon et leva la tête vers lui.

— Je viens juste de penser à quelque chose. J'ai besoin d'un bon pour Almack*. Si vous pouviez m'aider…

Elle lui adressa un clin d'œil avant de s'éloigner dans le jardin.

Il l'observa jusqu'à ce qu'elle disparaisse dans le coin sombre où se trouvait le portail. Il attendait sa prochaine visite avec beaucoup d'impatience.

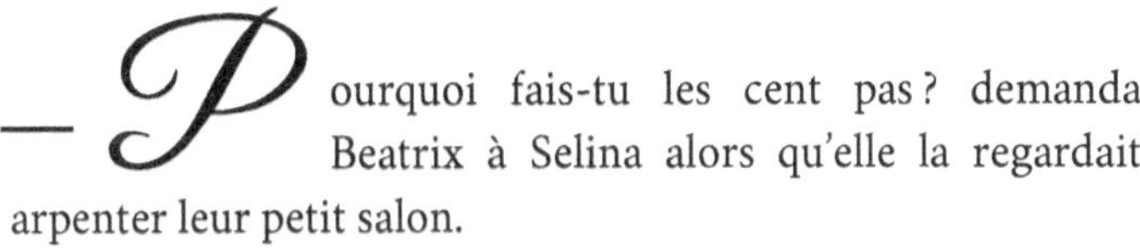

— **P**ourquoi fais-tu les cent pas ? demanda Beatrix à Selina alors qu'elle la regardait arpenter leur petit salon.

— Rachel sera bientôt là, répondit son amie sans s'arrêter.

En réalité, elle semblait même avoir accéléré. Grande, avec de longues jambes, elle parcourait la distance en deux fois moins de temps que Beatrix l'aurait fait.

— Oui, et ce n'est que Rachel. Tu aimes Rachel. Ce n'est pas comme si lady Aylesbury venait. Et même si c'était le cas, tu n'aurais pas lieu d'être nerveuse.

Rachel était la sœur du fiancé de Selina, et lady Aylesbury était leur mère. Toutes deux étaient des femmes adorables.

---

* *NdT* : Club social exclusif, où les membres de la haute société se rendaient pour voir et être vus, dans l'espoir de trouver un partenaire idéal pour le mariage. On n'y était admis que si l'on disposait d'un bon, qui ne pouvait être obtenu que si l'on était approuvé par l'une des dames patronnesses du lieu.

Selina fronça ses sourcils brun miel tout en continuant à faire les cent pas.

— Je me rends compte que tu as été éduquée dans l'idée que tu serais amenée à évoluer dans de tels cercles, mais pas moi.

Élevée dans l'*East End* de Londres et obligée de voler pour subvenir à ses besoins, Selina avait toujours du mal à se faire à l'idée qu'elle allait épouser le fils d'un comte. Peu lui importait que Beatrix et elle aient passé plus d'une décennie à se faire passer pour des femmes de bonne famille.

— Si je peux me permettre, nous sommes très douées pour faire semblant de faire partie de la bonne société.

Selina lui lança un regard qui disait qu'elle n'était pas sûre d'être d'accord. Beatrix se leva de son fauteuil.

— En outre, elles t'adorent déjà, presque autant que Harry t'aime.

Elle sourit à sa sœur, qui n'était pas vraiment sa sœur, mais qui était l'unique famille de Beatrix. Celle-ci voulait renouer avec son père et espérait pouvoir le faire très bientôt.

Bloquant le chemin de Selina, Beatrix lui saisit les mains.

— C'est la vérité.

— Harry le dit, confirma Selina d'une voix douce, baissant ses yeux bleus. Je n'arrive toujours pas à croire…

Elle secoua la tête. Beatrix attira Selina vers elle pour l'étreindre.

— Je sais que tu crois ne pas mériter Harry, mais c'est le cas. C'est un nouveau chapitre de ta vie… de vos vies à tous les deux. Ne regarde pas en arrière.

Selina acquiesça, sa tête frôlant celle de Beatrix qui la serra dans ses bras en retour.

— Merci.

Elles se séparèrent ; toutes les deux avaient les yeux brillants de larmes.

— Tu as davantage pleuré au cours de la semaine dernière que depuis que je te connais, affirma Beatrix en riant, tout en cillant pour chasser les larmes.

— C'est vrai. Je suis devenue une maudite fontaine, répondit Selina, s'essuyant les yeux au moment où elles entendirent la voix de l'intendante. Rachel doit être arrivée.

Se redressant, Selina prit une profonde inspiration. Elle passa ses mains sur ses joues et hocha la tête.

— Mme Hayes est arrivée.

Mme Vining, leur intendante, apparut brièvement avant de faire un pas de côté pour permettre à la sœur de Harry d'entrer dans le salon.

Avec ses cheveux auburn et ses yeux brun brillant, Rachel était la deuxième des trois sœurs de Sheffield, toutes mariées. Elle était également la plus proche de son frère, et elle s'était prise d'affection pour Selina.

— Lady Gresh…, commença-t-elle avant de s'interrompre, levant les yeux au ciel. *Selina.* C'est une mauvaise habitude, j'en ai peur.

Selina sourit.

— S'adresser de façon appropriée aux gens n'est pas une mauvaise habitude.

Beatrix réprima un petit rire. Et ce n'était pas vraiment une façon appropriée de s'adresser à elle. Selina n'était pas plus lady Gresham que Beatrix n'était Mlle Whitford. Sir Barnabus Gresham avait été l'une des nombreuses personnes riches qu'elles avaient cherché à escroquer. Il avait vu clair dans leur ruse, ce qui n'arrivait presque jamais, mais il avait tellement apprécié Selina qu'il leur avait donné l'argent nécessaire pour aller à Londres et avait déclaré qu'il se fichait qu'elle se fasse appeler lady Gresham. Il s'était avéré qu'il était malade, et qu'il était heureux d'aider quelqu'un dans le besoin avant de mourir.

— Asseyons-nous, dit Beatrix.

Elle s'installa à nouveau dans le fauteuil qu'elle avait laissé vacant, tandis que Selina et Rachel prenaient place ensemble sur le canapé.

Apparemment, cette dernière s'était débarrassée de son chapeau et de ses gants dans l'entrée. Une fois assise, elle arrangea sa jupe avec élégance, et son regard oscilla entre Selina et Beatrix, avec une expression reflétant un enthousiasme à peine contenu.

— J'ai de merveilleuses nouvelles !

— À propos du mariage ? s'enquit Selina, car c'était la raison de la visite de Rachel, discuter de ce qui devait être fait.

Rachel secoua la tête.

— J'ai des bons pour Almack pour chacune de vous, annonça-t-elle avec un large sourire.

Selina tourna la tête pour regarder Beatrix, une lueur de joie dans le regard.

— Ce sont *effectivement* de merveilleuses nouvelles !

Beatrix joignit les mains sur ses genoux et les serra. Enfin, elle allait pouvoir prétendre à une saison couronnée de succès. Elle avait commencé à croire que ce ne serait pas possible ; elles étaient arrivées tardivement dans la saison et ne connaissaient personne qui aurait pu défendre leur cause auprès d'une dame patronnesse.

— Merci, dit Beatrix sincèrement.

Elle relâcha ses mains et aplatit ses paumes des deux côtés de ses cuisses sur le fauteuil.

— Ne me remercie pas. Ma mère a insisté auprès de son amie qui est la cousine d'une des patronnesses, mais elle n'était pas sûre que cela puisse se faire. Tout à coup, ce matin, elle a reçu un message lui disant que vous étiez approuvées. Vos bons devraient vous parvenir dans le courant de l'après-midi. Honnêtement, ma mère n'est pas sûre de ce qui a fait pencher la balance en votre faveur, mais cela n'a pas d'importance.

Selina jeta un regard de détresse voilée à Beatrix.

— Les bons sont-ils valables pour ce soir ?

Les bals avaient lieu tous les mercredis soir. Beatrix allait avoir besoin d'une nouvelle robe, et elle n'aurait pas le temps de s'en procurer une pour ce soir-là.

— Je crois qu'ils sont valables pour tout le mois de juin, les informa Rachel.

Beatrix et Selina échangèrent des regards soulagés.

— Oh, parfait ! Je ne crois pas que j'aurais pu être prête pour ce soir.

— Je suis tellement ravie d'avoir pu vous annoncer la nouvelle en personne ! s'exclama Rachel, s'adossant au canapé. Maintenant, nous devrions parler du mariage… mais sans trop de détails. Ma mère m'a fait promettre que nous garderions la plus grande partie de la discussion pour ce vendredi, lorsque vous viendrez déjeuner sur la terrasse. Harry et toi, avez-vous décidé de l'endroit où vous allez vivre ?

— Pour l'instant, nous vivrons ici, mais il a exprimé le souhait de trouver une demeure plus grande, répondit Selina.

Cette maison était plutôt petite, et elles ne la louaient que pour la saison. Celle de Harry n'était pas plus grande, et il avait insisté sur le fait qu'il était plus simple pour lui de déménager que pour Selina. En réalité, il s'introduisait dans la chambre de sa future épouse la plupart des nuits, si bien qu'il vivait déjà presque ici.

La conversation porta sur la robe de Selina, puis sur les préparatifs du petit déjeuner de mariage organisé par les parents de Harry.

— Ma mère a hâte de te présenter toutes ses amies, dit Rachel. Mais je suppose que tu en rencontreras déjà beaucoup au bal de votre frère.

Le frère de Selina, Rafe, qui avait également évolué depuis son passé de voleur dans l'est de Londres, était désormais un riche gentleman possédant une somptueuse demeure sur Upper Brook Street. Ils avaient décidé qu'il était plus simple d'expliquer que Selina et Rafe étaient les demi-frère et sœur de Beatrix, et qu'ils avaient la même mère. Pour être honnête, aux yeux de Beatrix, c'était un vrai fouillis et elle craignait parfois de compromettre la supercherie en parlant à tort et à travers.

Rafe était venu au dîner de fiançailles de Harry et Selina chez lord et lady Aylesbury l'autre soir et avait exprimé son désir d'organiser un bal de fiançailles. Ce devait être un bal masqué, qui aurait lieu le vendredi de la semaine suivante. Les invitations étaient déjà parties. Beatrix avait envie que Rockbourne participe.

— J'ai hâte d'y être, dit Rachel. Cela fait longtemps que je veux voir l'intérieur de la maison que votre frère a récemment achetée.

Rafe avait acquis l'une des plus belles demeures de la rue, et il se hâtait de finir de la rénover avant le bal. Ce devait être son introduction à la bonne société autant que celle de Selina et de Beatrix. Plus important encore, il avait invité le père de cette dernière. La jeune femme espérait que le duc viendrait.

Ce pourrait très bien être la nuit qui changerait sa vie. Rien que d'y penser, son cœur se mit à battre la chamade.

Elles discutèrent du bal pendant quelques minutes encore, avant de revenir au mariage à proprement parler. Il se tiendrait à l'église Saint-Georges à Hanover Square.

— Ce sera charmant, déclara Rachel en regardant Selina. Que ressent Harry à l'idée de convoler à l'endroit même où il a arrêté un futur marié il y a moins d'une semaine ?

— C'est un peu étrange, répondit Selina.

Ce futur marié était bien sûr le beau-frère de Rockbourne. Heureusement, l'arrestation avait eu lieu avant la cérémonie. Néanmoins, la future épouse, Mlle Anne Pemberton, se trouvait toujours mêlée au scandale.

— Il est parfaitement injuste que Mlle Pemberton subisse les conséquences des actes de son fiancé, déclara Beatrix. C'était *lui* l'extorqueur.

— Oui, eh bien, certains pensent, mais ce n'est pas *mon cas*, qu'elle aurait dû faire preuve de plus de discernement, ricana Rachel. Les femmes sont toujours astreintes à des critères différents. Prends la sœur de Chamberlain. Sa mort est une tragédie absolue, mais tout le monde sait qu'elle était difficile et peut-être même infidèle. Quelqu'un reproche-t-il à Rockbourne de l'avoir épousée ?

— Personne ne le lui reproche ? s'enquit Beatrix.

La haute société la fascinait, mais elle voulait surtout en savoir plus sur Rockbourne. Rachel secoua la tête en affichant une moue dédaigneuse.

— Bien sûr que non. Comme je l'ai dit, nous sommes soumises à des normes différentes.

Beatrix ne put s'empêcher de poursuivre sur ce sujet.

— Est-ce qu'il n'aurait pas dû faire plus attention ?

— Je l'ignore. Mais le fait est que, si les rôles avaient été inversés, on aurait fait des reproches à lady Rockbourne, et l'on aurait vénéré son mari. En fait, qui peut dire où se trouve la vérité dans cette histoire ? Rockbourne a toujours été une énigme, et si les rumeurs d'infidélité de sa femme sont répandues, peut-être ne sont-elles que cela : des rumeurs.

Beatrix savait que ce n'était pas le cas. À moins que le vicomte ne lui ait menti, et elle n'y croyait pas.

— Quoi qu'il en soit, je me sens mal pour lui, dit Selina d'une voix douce.

Rachel hocha la tête en signe d'approbation.

— C'est très triste. À mon avis, il n'aura pas de mal à trouver une nouvelle vicomtesse. Après son deuil, bien sûr.

Mais, c'est là un autre exemple des différences de normes entre les hommes et les femmes. Parce que Rockbourne est un homme titré et sans héritier, on s'attendra à ce qu'il remplace sa femme. Et comme il doit s'occuper de sa fille, il pourra le faire rapidement. Si Rockbourne était mort, lady Rockbourne aurait dû rester enfermée pendant des mois. En vérité, cela n'aurait dérangé personne qu'elle ne se remarie jamais.

Rachel sourit.

— À bien y réfléchir, c'est peut-être un avantage.

— Je te croyais heureuse en ménage, répliqua Selina.

— Oh, je le suis ! répondit précipitamment Rachel. Simplement, je voulais dire qu'une fois veuve, une femme peut jouir d'une liberté que d'autres femmes ne peuvent pas avoir.

Elle s'interrompit et regarda Selina.

— Mais tu le sais, n'est-ce pas ?

— Oui, murmura Selina, qui baissa le regard sur ses genoux.

Ce mensonge à propos de son veuvage leur avait permis, à Beatrix et à elle, de venir à Londres. Et d'entrer dans la société. Elles n'auraient pas pu le faire si elles avaient été toutes les deux célibataires.

— Crois-tu que Rockbourne va se remarier ? s'enquit Beatrix, attirant le regard curieux de Selina.

Rachel haussa les épaules.

— Je ne le connais pas très bien, mais il me semble que North, oui.

Elle faisait référence au frère jumeau de Harry, le vicomte Northwood. La plupart des membres de la famille l'appelaient North.

— Peut-être lui poserai-je la question. Je suis sûre que lady Rockbourne et lui auraient été invités au petit déjeuner de mariage. Avant sa mort, bien sûr.

Beatrix éprouva un sentiment de déception à l'idée que Rockbourne ne soit pas là. La visite se prolongea un peu plus longtemps, puis Rachel prit congé.

— Ça s'est très bien passé, dit Beatrix une fois qu'elle eut quitté la maison.

S'éloignant de la porte après avoir raccompagné sa future belle-sœur, Selina haussa un sourcil en regardant son amie.

— Pourquoi es-tu à ce point intéressée par lord Rockbourne ?

Beatrix avait espéré que son amie ne poserait pas la question. Elle ne lui avait pas raconté leur rencontre. En l'occurrence, Selina ne voyait pas d'un très bon œil que Beatrix aille espionner son père. Espionner ? Rockbourne s'amuserait de son choix de mots.

— Tu souris. Pourquoi ? s'enquit Selina, plissant les yeux. Raconte-moi.

Beatrix souffla.

— Comme tu m'as tout raconté au sujet de Harry quand tu étais en train de tomber amoureuse de lui ?

Selina resta bouche bée et traversa la pièce pour se placer devant Beatrix. Celle-ci était encore debout près de son fauteuil, qu'elle avait quitté quand Rachel était partie.

— Que se passe-t-il avec Rockbourne ?

— Rien. Je ne connais même pas cet homme.

C'était assez proche de la vérité. Elle n'avait pas dit qu'elle ne l'avait pas *rencontré*. Et, à dire vrai, elle ne le connaissait pas vraiment.

— Je ne sais pas ce que tu caches, mais il y a quelque chose, insista Selina, dont les traits s'adoucirent. N'ayons pas de secrets l'une pour l'autre. Je suis désolée de ne pas avoir été tout à fait honnête à propos de Harry. Je ne pensais pas que quoi que ce soit puisse se passer entre nous. C'était comme un rêve. En parler aurait rendu les choses réelles, et je… je ne pouvais pas le supporter.

Elle s'interrompit, puis se passa une main sur le front.

— Tu as raison. Nous méritons toutes les deux d'être heureuses.

— Oui, c'est vrai, et nous sommes en bonne voie.

Beatrix saisit l'occasion pour changer de sujet. De toute façon, il ne servait à rien de discuter de Rockbourne. Si Harry avait été un rêve pour Selina, Rockbourne relevait davantage du domaine de l'impossible. Non pas que Beatrix pensait à lui de la même façon que Selina pensait à Harry.

— Almack ! s'exclama Beatrix. Je me demande si mon père sera présent.

Elle avait entendu dire qu'il y faisait une apparition de temps en temps. Son fils était sur le marché du mariage, en quête d'une épouse, et il était considéré comme l'un des meilleurs partis de la saison.

— Avec un peu de chance, il assistera au bal de Rafe, dit Selina.

— C'est ton bal, pas celui de Rafe.

— Sans doute, mais Rafe l'organise et le paie, répliqua Selina avec une grimace. Sais-tu ce que nous pourrions faire avec l'argent que coûte l'organisation d'un bal de la haute société ?

— Je peux deviner. Rafe ne te donne-t-il pas d'argent pour le nouveau projet des Femmes de tête ?

Beatrix et Selina avaient rejoint une association de la haute société, appelée Société des femmes de tête. Au départ, il s'était agi d'un petit groupe de femmes indépendantes qui faisaient fi des règles de la société, mais qui avaient fini par s'unir pour aider les moins fortunées. Leurs effectifs croissaient et, la semaine suivante, elles devaient se réunir pour discuter des projets de construction d'une nouvelle école et d'un centre de réinsertion pour les femmes et les enfants pauvres. Selina était à la tête du projet, et elle avait trouvé un soutien surprenant en la personne de la duchesse de Clare, qui était aussi passionnée qu'elle par cette idée. Pour Selina, c'était personnel. Elle voulait sauver des filles comme elle de la rue.

— Si, il m'en donne. Je ne sais pas combien, mais j'ai peur de lui demander à quel point il est devenu riche.

— Pas moi. Je le ferai la prochaine fois que je le verrai, affirma Beatrix en riant, et Selina se joignit à elle.

Une fois calmée, cette dernière posa les mains sur ses joues.

— J'ai du mal à croire que nous soyons arrivées là. Et tu es sur le point de réaliser ton rêve. Ton père verra à quel point tu es charmante, à ta place dans la société, et votre relation sera renouée.

— Je l'espère.

Ces quinze dernières années, son principal objectif avait été de rentrer dans les bonnes grâces de son père. S'il la rejetait, elle ignorait ce qu'elle ferait. Il était le seul parent qu'elle avait. Certes, elle avait Selina, mais elles n'étaient pas vraiment de la même famille. Et maintenant, après dix-neuf ans de séparation, Selina avait retrouvé son frère.

Beatrix voulait avoir sa propre famille. Elle en avait eu une, et elle souhaitait la récupérer.

CHAPITRE 3

— *P*apa ! s'exclama Regan qui entra en sautillant dans son bureau, faisant se balancer ses boucles d'un blond pâle. Alice et moi sommes venues pour nos câlins.

Elle s'arrêta devant son fauteuil près de l'âtre et lui tendit sa poupée.

Elle ne ressemblait pas à une enfant dont la mère avait été enterrée la veille, et, pour cela, Thomas était exceptionnellement reconnaissant.

— Ce doit être l'heure de la sieste, dit-il, prenant Alice, qui le fixait de ses grands yeux bleus. Dors bien, Alice.

Il étreignit la poupée, puis la rendit à Regan.

— À mon tour ! s'exclama la petite fille en grimpant sur ses genoux, et il la serra contre lui.

L'amour qu'il éprouvait pour elle comblait son âme.

Thomas déposa un baiser sur le haut de sa tête. Elle sentait le savon à la lavande et cette énergie que seule une petite fille possédait.

— Dors bien, mon amour.

— Oui, papa.

Elle s'échappa de ses bras et sautilla vers la porte où sa nourrice l'attendait avec un sourire chaleureux.

Inclinant la tête vers la jeune femme, Thomas mima un « merci ». Un instant plus tard, son majordome apparut dans l'embrasure de la porte.

— Mme Holcomb est ici, my lord. Je l'ai conduite au salon avant.

— Merci.

Thomas se leva pour aller voir sa tante, heureux qu'elle soit arrivée.

Charity Holcomb se tenait debout devant les fenêtres donnant sur Grosvenor Square. Si ses cheveux étaient gris, elle paraissait presque dix ans plus jeune que ses cinquante-trois ans. Elle rappelait aussi beaucoup à Thomas sa mère, sa sœur aînée. Il était certain qu'elle ressemblerait à peu près à cela aujourd'hui si elle avait survécu à la naissance de son deuxième enfant.

— On dirait que tu as dormi, dit-elle en s'approchant de lui. Je savais qu'une fois qu'elle serait inhumée, tu te sentirais mieux.

— Je ne peux pas dire que « mieux » soit approprié, répondit-il. Vas-tu venir voir comment je vais tous les jours ?

— Dans un avenir proche, oui. À moins que tu me demandes de ne pas le faire.

En vérité, sa présence était un réconfort pour Thomas.

— Tu devrais sans doute séjourner ici.

— Sottises ! La dernière chose dont tu as besoin en ce moment, c'est de quelqu'un qui s'immisce dans ton foyer. Je suis bien chez mon frère. Comment va Regan ?

— Bien. Tout est normal, en fait. Elle n'a pas du tout réclamé sa mère.

Ce qui n'avait rien d'inhabituel, car elle s'était habituée à ne pas voir Thea tous les jours.

— C'est tout aussi bien, répondit la tante Charity qui alla

s'asseoir sur le canapé. C'est une bonne chose qu'elle ne soit pas attachée à elle.

Tante Charity faisait rarement allusion à Thea par son nom, préférant les pronoms. Elle ne cachait pas qu'elle ne l'avait jamais aimée, même si elle s'était toujours montrée polie. Thea ne l'aimait pas non plus. Par conséquent, Thomas n'avait pas passé autant de temps qu'il l'aurait souhaité avec sa tante bien-aimée, qui vivait à une cinquantaine de kilomètres de là, à Wycombe.

— C'est une bénédiction, remarqua Thomas, même s'il aurait souhaité qu'il en soit autrement.

Il détestait le fait que Thea n'ait pas été proche de leur fille. Un enfant, c'était l'amour à l'état pur. Qu'un parent puisse tourner le dos au sien le déroutait. Non, ce n'était pas vrai. Cela *l'enrageait*.

— Dis-toi simplement que ce sera merveilleux quand tu te remarieras et que Regan aura une vraie mère.

Alors qu'il était en train de s'asseoir dans un fauteuil, Thomas tomba lourdement sur le siège quand il entendit les propos de sa tante.

— Euh, oui.

La tante Charity pencha la tête sur le côté.

— Tu ne peux pas me dire que tu n'y as pas déjà pensé. Après cinq ans de mariage avec… *elle* ? s'exclama-t-elle avec un frisson. Je ne veux pas dire du mal des morts, mais je suis heureuse que tu aies une nouvelle chance de bonheur.

Vraiment ? Thomas s'était tellement fourvoyé lors de sa première tentative qu'il n'était pas certain d'être capable de faire un meilleur choix la deuxième fois.

— Je ne suis pas pressé.

— Raconte cela à la bonne société de Londres. Les spéculations vont déjà bon train.

Thomas appuya un doigt sur sa tempe.

— Pourquoi ?

— Tu es titré, riche, terriblement beau, et tu as besoin d'une épouse pour jouer le rôle de mère auprès de ta fille, et d'un héritier. Il y a aussi des paris ; mais je suis sûr que tu es déjà au courant.

Il ne l'était pas en fait, pourtant il n'avait aucun mal à l'imaginer. Les gens étaient impitoyables.

— Cela ne signifie rien pour moi.

— Bien sûr que non. Je n'en ai parlé que pour dire que les gens s'attendent à ce que tu te remaries bientôt, répondit-elle avec un haussement d'épaules. Si tu le voulais, tu pourrais.

Thomas voyait clair dans son jeu. Et, franchement, il était plutôt choqué.

— *Tu* veux que je le fasse.

— Je veux que tu sois heureux, répliqua-t-elle d'un ton ferme. Marie-toi, ne te marie pas… fais ce qu'il faut pour trouver du réconfort. Tu me le promets ? Tu sais combien je t'aime.

C'était vrai, mais cela ne signifiait pas qu'il voulait son avis sur cet aspect de sa vie.

— Regan et moi allons bien, comme tu le sais.

— Je vois que mes conseils ne sont pas nécessaires, dit-elle, levant les mains pour l'apaiser. Tu me diras si je peux t'aider d'une manière ou d'une autre ?

— Oui,

Thomas pensa à l'autre femme qui lui avait apporté son aide. Mlle Whitford n'était pas revenue depuis lundi. Et il l'avait attendue tous les soirs.

— Me raconteras-tu tes projets ? s'enquit la tante Charity.

— Dès que j'en aurai.

Pour l'instant, il ferait ce qu'il avait toujours fait : il se concentrerait sur sa fille et sur ses responsabilités de vicomte. Il songea à nouveau à Mlle Whitford.

Il n'imaginait pas comment l'intégrer à ses plans.

— Thomas.

La tante Charity exhala son nom, et même si elle ne dit rien de plus, ce mot était à la fois plein d'interrogation et d'inquiétude.

— Pardonne-moi, mais je m'inquiète pour toi.

Elle l'avait toujours fait.

— Je n'arrive pas à savoir ce que tu ressens à propos de tout cela. Es-tu triste ? Soulagé ? Caches-tu ta joie ? l'interrogea-t-elle avant d'agiter la main. Oublie ma dernière question. Bien sûr que tu n'es pas heureux.

Non, mais s'il était honnête avec lui-même, il était soulagé. Il n'avait plus à se soucier de protéger Regan des accès de rage de sa mère. Et il n'avait plus à les subir lui-même.

— Peu importe à quel point Thea était horrible, elle ne méritait pas de mourir, dit-il d'une voix douce. C'est… une situation terrible. Honnêtement, je ne sais pas ce que je suis censé ressentir.

Alors, il choisissait de ne rien ressentir. Ce n'était pas difficile. À part avec sa fille, il avait appris à enfouir toute émotion au cours des cinq dernières années. Même cela ne lui avait pas posé de difficulté, car il avait commencé à le faire à l'âge de dix ans, à la mort de sa mère.

Peut-être était-il censé concentrer tous ses sentiments sur Regan. Non, pas tous, juste les bons. Le reste, il l'enfouissait. Quand il ne le faisait pas, de mauvaises choses se produisaient, comme la mort de sa femme.

— Tu restes pour le dîner, j'espère ? Regan voudra te voir, et elle est en train de faire la sieste en ce moment.

— Oui, bien sûr. As-tu de la correspondance avec laquelle je pourrais aider entre-temps ?

— Absolument, confirma-t-il avec un sourire. Ça, c'est un soulagement.

Elle lui offrit un large sourire.

— Ça, c'est mon garçon. Dis-moi simplement de quoi tu as besoin.

Il montra d'un geste le pupitre dans le coin près de la fenêtre à l'avant.

— Tu peux utiliser ce bureau. Il y a beaucoup de messages de condoléances, mais aussi quelques invitations qui sont arrivées soit avant sa mort, soit avant qu'elle soit annoncée. Tu devrais sans doute y répondre, à moins que les gens ne partent du principe que je ne viendrai pas.

— Je répondrai. Comme je te l'ai dit, personne ne te reprochera de sortir, surtout si les gens considèrent que tu as besoin d'une épouse. En fait, ils pourraient s'attendre à ce que tu viennes.

Thomas se leva.

— Je vais chercher tout cela et je te le rapporte.

Elle hocha la tête et il se tourna pour partir.

— Oh, je me suis occupée de ta demande au sujet d'Almack, et j'espère que tu me diras qui sont Mlle Whitford et lady Gresham pour toi.

— Merci.

Thomas ne la regarda pas avant de partir dans son bureau.

Alors qu'il rassemblait la correspondance, l'une des missives attira son attention. C'était une invitation à un bal pour célébrer les fiançailles de M. Henry Sheffield et lady Gresham. Thomas lut les détails. C'était un *bal masqué.*

Les paroles de sa tante lui revinrent à l'esprit. Il *pourrait* y aller…

Il mit l'invitation de côté et apporta le reste à sa tante Charity.

⌒

Il régnait dans l'air une humidité qui laissait présager la pluie. Beatrix leva les yeux vers le ciel nocturne et le supplia silencieusement de rester sec. Juste pour une heure ou deux. Peut-être un peu plus longtemps.

Elle n'aurait sans doute pas dû s'aventurer dehors, mais elle n'avait pas pu résister. Désormais en possession d'un bon pour Almack ainsi que de quelques invitations prestigieuses à des événements de la société au cours des quinze prochains jours, elle savait que le moment où elle se retrouverait face à face avec son père était proche. Elle pourrait alors cesser de l'espionner depuis le jardin de Rockbourne.

Sauf que… cela signifiait qu'elle cesserait d'aller dans son jardin. Elle s'était rendu compte qu'elle aimait s'y rendre. Ou, plus exactement, qu'elle aimait aller voir Rockbourne.

Mais ce soir-là, elle voulait voir son père. Du moins, c'était ce qu'elle se racontait lorsqu'elle franchit le portail.

Elle se pressa le long du chemin de gravier concassé qui traversait les parterres en leur milieu et se dirigea vers l'arbre. D'abord, elle jeta un coup d'œil vers la maison, comme elle le faisait depuis la première nuit où elle était venue. Elle devait s'assurer que personne ne la voyait depuis la demeure.

Debout sur le balcon, le regard rivé sur elle, se trouvait Rockbourne. Comme l'autre soir, il ne portait pas de veste. Mais contrairement à ce jour-là, il avait toujours sa cravate. Dommage… elle avait plutôt aimé contempler l'étroit triangle de sa poitrine.

Dans un élan exalté, Beatrix se précipita vers le treillis et grimpa rapidement sur le balcon. Il la retrouva au niveau de la rambarde et lui tendit la main pour l'aider à la franchir.

— Quel galant homme, dit-elle en souriant quand elle posa ses doigts dans ceux de Rockbourne.

Elle plaça son pied sur la rambarde, et il posa son autre

main sur sa taille en l'aidant à monter sur le balcon. Instinctivement, elle agrippa son épaule.

Rockbourne ne la relâcha pas immédiatement. Ils se tenaient tout près l'un de l'autre, les mains jointes, la paume de Rockbourne contre la hanche de Beatrix, qui touchait sa clavicule du bout des doigts.

— C'est presque une valse, dit-elle d'une voix douce.

Il déplaça sa main dans son dos et la fit tourner, comme s'ils dansaient effectivement une valse.

— Je n'ai pas encore valsé. Mais je sais le faire.

Après leur arrivée à Londres, Selina avait engagé une femme pour donner à Beatrix des leçons de danse et de bonne tenue. Il la relâcha alors, et elle ignora le sentiment de déception qui l'envahit.

— Vous êtes très douée.

Elle éclata de rire, autant à cause de sa déclaration que pour masquer sa réaction.

— Et vous êtes un excellent menteur.

— En fait, c'est vrai, affirma-t-il.

Avant qu'elle puisse lui demander ce qu'il voulait dire, il fit un geste vers la porte étroite qui menait à l'intérieur.

— Voudriez-vous venir prendre un verre de madère ? Ou ce que vous préférez.

Beatrix aurait aimé ne pas porter un costume d'homme. Elle aurait voulu qu'il la voie dans l'une des robes qu'elles avaient fait confectionner pour sa saison, surtout celle qu'elle porterait au bal de fiançailles de Selina. Rafe avait insisté pour que les deux jeunes femmes soient somptueusement habillées pour l'occasion, à ses frais.

— Du madère, ce serait parfait, merci.

Elle le précéda dans un salon. Décorée de jaune vif et de rose, la pièce dégageait une atmosphère très féminine. Elle remarqua qu'il y avait trois autres portes, menant vraisem-

blablement à des pièces intérieures. Deux étaient entrouvertes et la troisième, sur la droite, était fermée.

— C'était sa chambre, expliqua Rockbourne, qui tendit un
verre de madère à Beatrix.

Elle s'était tellement concentrée sur l'étude de son envi-
ronnement qu'elle n'avait pas remarqué qu'il avait versé les
boissons.

— Merci.

Leurs doigts se touchèrent, mais la jeune femme portait
encore des gants. Il était sans doute préférable qu'elle les
garde. Elle but une gorgée de vin.

— Mmmh, délicieux. Voyez-vous un inconvénient à ce
que je retire mon chapeau ?

Elle se rendit compte qu'elle n'avait pas besoin de
demander.

— Pas du tout.

Elle ôta son chapeau noir qu'elle posa sur un petit bureau
situé à côté de la porte.

Au centre de la pièce se trouvait un petit canapé, tout
juste assez large pour deux personnes, ainsi que deux
fauteuils. Beatrix s'assit sur l'un d'eux et but une nouvelle
gorgée de vin. Elle jeta un coup d'œil à la porte fermée qui se
trouvait à sa droite.

— Vous ne partagiez pas de chambre ?

Dès que la question franchit ses lèvres, elle voulut la
reprendre. D'ailleurs, qu'est-ce que cela voulait dire ? Beaucoup de couples mariés de son rang ne partageaient pas leur
chambre. Du moins, c'était ce qu'elle avait entendu dire.

— Je vous demande pardon. C'était très inapproprié.

— Vous vous trouvez dans le salon attenant à ma
chambre, après avoir escaladé un treillis en vêtements
d'homme. Il n'y a rien d'approprié dans tout cela. Je ne peux
pas dire que cela me dérange.

Il lui jeta un regard par-dessus son verre de vin, tout en

s'asseyant sur le canapé en face d'elle. Il semblait l'occuper totalement. Peut-être n'était-il finalement pas assez grand pour deux. À moins d'avoir envie de s'asseoir vraiment très près de la personne avec qui on le partageait. Beatrix n'y aurait pas vu d'inconvénient si Rockbourne était la personne en question.

— Donc, vous partagiez une chambre à coucher ? insista-t-elle, puisqu'ils avaient convenu qu'ils se fichaient des convenances.

Il secoua la tête.

— La mienne est ici, répondit-il, inclinant la tête de l'autre côté de la pièce. Cela vous gênerait-il beaucoup que nous ne parlions pas d'elle ? L'enterrement a eu lieu hier et je suis… las.

— Bien sûr.

Beatrix brûlait d'envie d'effacer ce « onze » stressant entre ses sourcils.

— Parlez-moi de votre père. Qu'avez-vous décidé de faire une fois que vous serez de nouveau dans sa vie ?

— Ce n'est pas compliqué. Je veux retrouver mon père.

— Je vois, répondit-il, la contemplant tout en buvant son vin.

— Vous vous demandez ce qui se passera s'il ne souhaite pas renouer notre relation. Je n'envisage pas cette possibilité. J'espère que je l'impressionnerai tellement qu'il sera ravi de m'avoir retrouvée.

Une partie d'elle espérait qu'il la cherchait depuis qu'elle s'était enfuie du séminaire.

— Vous espérez seulement gagner… son affection ? s'enquit-il, l'air sceptique.

— Regagner. Nous étions proches, autrefois, avant la mort de ma mère. Je me rends compte qu'il ne me reconnaîtra pas publiquement, et je ne m'attends pas à ce qu'il le fasse.

— Vous êtes au courant qu'il a d'autres enfants ?

Beatrix pinça les lèvres.

— Oui. Un fils et deux filles mariées. Je suis optimiste et je pense qu'il a de la place dans sa vie pour une autre fille.

— J'ai bien peur d'être un peu pessimiste, pour ma part. J'ai besoin de gens comme vous dans ma vie.

Il étira ses jambes, et si Beatrix avait été assise dans l'autre fauteuil, elle aurait pu étendre ses propres orteils et le toucher.

Les paroles de Rockbourne lui donnèrent envie de sourire.

— C'est donc un heureux hasard que vous habitiez à côté de mon père, ce qui a fait que nos chemins se sont croisés.

— Pour tant de raisons, murmura-t-il. Je pourrais simplement vous présenter à Ramsgate.

— Comment cela se passerait-il ? Vous et moi ne nous connaissons pas officiellement.

— C'est malheureusement vrai.

— Quoi qu'il en soit, j'ai un bon plan. J'ai à présent en ma possession un bon pour Almack, affirma-t-elle en souriant.

— Vraiment ? C'est merveilleux ! s'exclama-t-il, levant son verre. À votre conquête de Londres !

Beatrix leva son verre à son tour, et ils burent tous les deux.

— En réalité, c'est plutôt extraordinaire. Je n'ai même pas rencontré l'une des patronnesses.

En général, elles rencontraient tout le monde avant d'offrir un bon.

— Votre sœur va épouser le fils d'un comte. Je suis sûr que cela s'est révélé utile. Je suppose que le bon la concerne également ?

— Effectivement, confirma-t-elle, le regardant en plissant les yeux. Auriez-vous quelque chose à voir avec cela ?

Il haussa les épaules.

— Eh bien, si c'est le cas, merci.

— Je suppose que lady Gresham n'est pas la fille du duc ?

La question semblait anodine, mais c'était l'un des fils ténus qui tenaient les mensonges de Beatrix en place.

— Non. Notre mère était mariée à son père, qui est mort peu après sa naissance.

Elle inventa rapidement l'histoire et la répéta en silence pour se souvenir de ce qu'elle avait dit. Si son père décidait de la reconnaître publiquement, Selina et elle expliqueraient à la famille de Harry qu'elles avaient menti en disant qu'elles étaient sœurs pour protéger Beatrix. Elles ne voudraient pas que ces gens pensent que la mère de Selina était une ancienne courtisane et la maîtresse d'un duc. La réalité, c'était que cette femme pouvait être n'importe qui.

Quel fouillis ! Tant de choses dépendaient de ce que le duc déciderait de faire une fois que Beatrix et lui seraient réunis. Voilà pourquoi elle n'avait pas prévu ce qu'elle dirait dans ce cas, car elle n'avait jamais révélé sa filiation à qui que ce soit. Elle jouait un jeu dangereux avec Rockbourne.

Une tête d'enfant se faufila par l'ouverture de la troisième porte, celle qui ne menait à aucune des deux chambres. Des boucles blondes entouraient un visage de chérubin. Elle se glissa dans le salon, son bras entourant une poupée. Beatrix lui sourit, ce qui poussa Rockbourne à tourner la tête. Il posa son verre de vin sur la table à côté du canapé et se leva d'un bond.

— Regan !

La fillette avait les yeux rivés sur Beatrix.

— Papa, qui est-ce ?

— Ah ! C'est… une amie.

Regan s'approcha de Beatrix.

— Je suis Regan. Puis-je être ton amie aussi ?

— Avec plaisir ! lui répondit Beatrix.

Elle posa son verre sur une table entre les deux fauteuils, puis elle se pencha vers la petite fille.

— Qui est ton amie ? s'enquit-elle, penchant la tête vers la poupée.

— Voici Alice. Mais, chut ! Elle dort. Je l'ai amenée parce qu'elle n'aime pas être seule.

— Tu es très gentille, la complimenta Beatrix avec un doux sourire. Je n'aime pas particulièrement être seule non plus.

Regan pencha la tête sur le côté, ses yeux verts rivés sur Beatrix.

— Qui te tient compagnie ? Est-ce que c'est mon papa ?

Elle jeta un coup d'œil par-dessus son épaule à Rockbourne, debout devant l'autre fauteuil. Le regard de Beatrix croisa le sien pendant un bref et brûlant instant.

— Parfois, dit-elle. Quand je viens lui rendre visite. La plupart du temps, c'est ma sœur qui me tient compagnie.

— Je veux une sœur.

— Tu as Alice. Peux-tu faire comme si elle était ta sœur ? demanda Beatrix à la petite fille, qui hocha la tête. Quel âge as-tu, Regan ?

— Trois ans.

— Elle en aura quatre cet été, intervint Rockbourne.

— Quel âge as-tu ? l'interrogea Regan.

Beatrix détestait mentir à une enfant, mais elle mentait toujours au sujet de son âge. À vingt-six ans, elle était assez âgée pour devenir vieille fille.

— Vingt-deux ans.

Regan bâilla.

— Papa, es-tu aussi vieux ?

— Plus vieux encore, si tu veux bien me croire, dit-il, réprimant un sourire. J'ai *trente* ans. Et toi, mon amour, tu devrais être au lit.

Il la souleva dans ses bras. Elle posa la tête sur son épaule.

— D'accord.

Il se retourna et entra dans sa chambre à coucher. Beatrix se demanda si elle devait partir. Pendant qu'elle hésitait, il revint, refermant la porte derrière lui avec un léger déclic.

— Demain matin, je lui dirai qu'elle ne doit parler à personne de mon « amie ».

— C'est un excellent plan, merci, répondit Beatrix. Votre fille sait compter.

— Jusqu'à dix. Ensuite, elle se perd.

Il s'assit de nouveau sur le canapé. Beatrix fit une grimace.

— Pourtant, elle savait que vingt-deux ans, c'était *vieux*.

Rockbourne rit.

— C'est un concept nouveau et passionnant pour elle. Ma tante a passé du temps avec nous ces derniers jours, et ses cheveux sont complètement gris. Regan a posé des questions à ce sujet et tante Charity lui a expliqué que les cheveux de certaines personnes deviennent gris en vieillissant. Cela a déclenché toute une conversation sur ce que signifiait « être plus âgé ».

Beatrix sourit.

— J'aurais aimé pouvoir l'entendre. Elle est adorable.

— C'est ce que je pense.

Il avait l'air d'être un père fier. Le cœur de Beatrix se serra.

— Vous lui permettez de dormir dans votre chambre ?

— C'est plus simple que de l'emmener à l'étage, et sa nourrice sait que cela ne me dérange pas. Regan doit la prévenir lorsqu'elle vient au milieu de la nuit. De cette façon, Mlle Addy ne se réveille pas en panique quand sa protégée n'est pas dans son lit. Regan adore me réveiller en plantant son doigt dans mon front et en répétant « papa » une cinquantaine de fois.

— Voilà qui semble charmant ! s'exclama Beatrix avant de soupirer. Vous êtes un excellent père.

— Pardonnez-moi de le dire, mais je pense que le vôtre est un imbécile de vous avoir abandonnée.

Beatrix le contempla un instant avant de trouver ses mots.

— Merci. Avant, je me disais qu'il était submergé de chagrin après avoir perdu ma mère.

— J'aurai cru que cela le lierait davantage à vous, constata Rockbourne, qui ne cachait pas son dédain.

— Je suis obligée de me dire qu'il avait une bonne raison.

Elle *voulait* le penser. Non, elle *devait* le penser, sinon elle devrait accepter qu'il ne l'ait jamais aimée. Il était beaucoup plus simple de se dire que la voir lui avait été trop douloureux après avoir perdu sa mère.

Rockbourne reprit son vin et le termina.

— Vous avez sans doute raison. Voulez-vous plus de madère ?

— Non, merci. Je n'ai pas tout à fait terminé.

Il lui en restait presque la moitié et elle n'avait pas envie de le boire plus vite. Quand son verre serait terminé, elle devrait partir. Ou bien, elle pourrait en prendre un second, puisqu'il ne semblait pas pressé qu'elle parte.

Et, en réalité, elle aurait dû partir. Elle n'aurait même pas dû être ici. Rockbourne se leva et se dirigea vers le petit buffet près de la porte de sa chambre à coucher. Après avoir rempli son verre, il retourna au canapé.

— Le mariage de votre sœur est imminent, n'est-ce pas ?

— Mardi de la semaine prochaine à Saint-Georges, à Hanover Square, l'informa-t-elle en grimaçant. Mes excuses. Je me rends compte que c'est là que votre beau-frère devait se marier la semaine dernière.

— Il est mieux à la prison de Newgate. Je ne peux pas dire que je sois surpris qu'il ait extorqué de l'argent à des gens, et pas seulement parce que je préfère largement croire lord Colton plutôt que Chamberlain.

Lord Colton était l'homme qui avait le premier accusé Chamberlain d'extorsion. Après cela, d'autres s'étaient manifestés.

— Il est aussi venimeux que l'était sa sœur.

Rockbourne saisit son verre de vin et en but une gorgée. Beatrix remarqua les muscles tendus de sa mâchoire et de son cou. Elle chercha à détourner la conversation une fois de plus. Il avait dit qu'il ne souhaitait pas parler d'elle, et Beatrix avait la nette impression qu'il ne voulait même pas y penser à cet instant. Elle but davantage de son vin.

Rockbourne la regarda attentivement.

— Allez-vous continuer à me rendre visite ?

— Cela dépend. Allez-vous continuer à m'inviter à boire un madère ?

— Si c'est ce qu'il faut, alors oui.

— Donc, vous aimez ma compagnie ?

— Oui. En ce moment, c'est… difficile pour moi d'être seul avec mes pensées.

Beatrix aurait voulu pouvoir se serrer contre lui sur le canapé, mais elle n'osait pas.

— Pourquoi ?

Avec un soupir, il posa son verre de vin sur la table.

— À cause de ma culpabilité ?

Elle se pencha en avant.

— Je vous ai dit que ce n'était pas votre faute.

— Mais je devrais me sentir triste, n'est-ce pas ?

— Vous pouvez ressentir exactement ce que vous voulez.

Elle faillit lui dire que sa sœur avait parfois du mal à s'autoriser à ressentir les choses, mais lui révéler cela susciterait de nombreuses questions auxquelles elle ne pourrait pas répondre. C'était déjà bien assez qu'il sache qu'elle était la fille de Ramsgate. Personne n'était au courant en dehors de Selina, Harry et Rafe.

— Je ne sais pas si je peux, répondit-il.

Il baissa les yeux sur le sol, qu'il examina un instant. Puis il secoua vivement la tête, et saisit à nouveau son verre de vin.

— Savez-vous quand vous reviendrez ?

Le changement de sujet était brutal, mais Beatrix en comprenait la raison. Il n'était peut-être pas en train de faire le deuil de sa femme au sens habituel du terme, mais sa vie avait changé.

— Non, je ne sais pas, répondit Beatrix. Il y a beaucoup d'événements entre aujourd'hui et le mariage de Selina.

— Je veux savoir comment les choses se sont passées chez Almack, dit-il avec un petit sourire. Je ne peux pas vous demander de me rendre visite après le bal, il sera bien trop tard. En fait, je devrais vous raccompagner chez vous ce soir. Je n'arrive pas à croire que je ne l'ai pas fait avant.

Il avait l'air abasourdi.

— Vous n'avez pas besoin de me raccompagner. Je suis parfaitement capable de me débrouiller seule.

— Et si vous étiez attaquée par un voleur ?

Elle agita les sourcils en le regardant.

— Et si c'était *moi*, le voleur ?

Il y eut un instant de flottement, puis il éclata de rire.

— Je me sentirais mieux si vous me laissiez vous raccompagner.

— Non. Vous devez vous occuper de Regan.

Elle finit le reste de son vin. Il était temps qu'elle s'en aille.

— Vraiment, je suis capable de me débrouiller seule, insista-t-elle en se levant.

Il se leva rapidement à son tour, et combla la majeure partie de la distance entre eux.

— De vous protéger des voleurs ? Comment est-ce possible ?

— Vous ignorez beaucoup de choses sur moi, Rockbourne.

Notamment le fait qu'elle avait été une voleuse lorsque la situation s'était aggravée pour elle.

— Peut-être les apprendrai-je un jour, dit-il d'une voix douce.

Un frisson parcourut les épaules de Beatrix. Elle aurait voulu lui dire qu'elle gardait un petit pistolet dans sa poche et qu'elle savait s'en servir. Elle se languissait de lui montrer qu'elle était capable de semer presque n'importe quel homme.

Au lieu de cela, elle se tourna pour se rapprocher du bureau. Récupérant son chapeau, elle le plaqua sur ses cheveux, qu'elle avait soigneusement attachés sur le sommet de sa tête. Il la devança à la porte et la tint ouverte pour elle. Beatrix sortit sur le balcon et fut légèrement déçue qu'il n'ait pas commencé à pleuvoir. S'il avait plu, elle aurait pu le laisser la raccompagner chez elle.

Sur le balcon, elle se tourna brusquement vers lui.

— Je ne devrais pas revenir vous rendre visite. Nous avons convenu que ce n'était pas correct.

— Mais, apparemment, nous apprécions ces moments tous les deux. De plus, maintenant, vous êtes amie avec ma fille.

Bon sang ! Il avait raison.

— C'est sans doute vrai. Je ne voudrais pas la décevoir.

— Et qu'en est-il de moi ?

— My lord ?

Une voix de femme inquiète leur parvint sur le balcon depuis le salon. Rockbourne écarquilla les yeux.

— C'est Mlle Addy.

Beatrix se précipita vers le treillis et descendit rapidement. À environ un mètre cinquante du sol, elle sauta et courut à travers le jardin, veillant à rester dans l'ombre. Quand elle atteignit le coin, elle se tourna vers la maison. Le balcon était vide.

Elle franchit la grille et rejoignit Duke Street. À la lumière d'une lanterne, elle secoua son poignet jusqu'à ce que le bâton de cire glisse dans sa paume. C'était idiot d'avoir pris cela, mais elle n'y avait pas réfléchi à deux fois. En vérité, elle n'avait pas pensé du tout. Le bâton était là, à côté de son chapeau, et lorsqu'elle avait récupéré ce dernier, la cire l'avait simplement accompagné. Comme c'était un objet banal, il ne lui manquerait sûrement pas, et c'était tant mieux. Pourtant, elle devrait sans doute le lui rendre. Lors de sa prochaine visite. Qu'elle ne devrait sans doute pas faire.

La première goutte de pluie tomba sur sa manche. Rangeant le bâton de cire dans sa poche, elle s'élança dans la nuit.

CHAPITRE 4

L'après-midi suivant, hilare, Thomas souleva Regan dans les airs sur la pelouse au milieu de Grosvenor Square. Elle rit et sa coiffe tomba par terre.

— Oh, non ! s'exclama-t-il, souriant en la faisant descendre au sol.

Regan toucha sa tête, nue à présent.

— Mon chapeau !

Sa nourrice ramassa l'accessoire et sourit à Regan.

— Remettons-le. Nous ne voudrions pas que vous ayez des taches de rousseur.

Thomas aimait les taches de rousseur. Mlle Whitford en avait quelques-unes sur le visage, et elles ne faisaient qu'ajouter à son charme.

— Bonjour, Rockbourne.

Thomas se tourna et vit son voisin, le duc de Ramsgate, marcher vers lui. De taille moyenne, avec des cheveux brun terne et une bedaine ronde, le duc ne ressemblait en rien à sa magnifique fille. À l'exception des yeux : ils avaient la même forme que ceux de Mlle Whitford, mais les siens étaient un mélange chatoyant de brun clair et de vert, alors que ceux du duc étaient simplement bruns.

— Bonjour, Ramsgate.

Le duc le fixa d'un regard circonspect.

— Vous avez l'air d'aller, en dépit des circonstances. Permettez-moi de vous présenter mes condoléances.

— Merci.

Thomas s'efforça de cacher l'aversion qu'il éprouvait désormais envers le duc après avoir fait la connaissance de la fille qu'il avait abandonnée. Non seulement il ne parvenait pas à comprendre qu'un homme puisse ignorer sa chair et son sang, mais cela le rendait furieux.

— J'ai perdu ma femme il y a cinq ans, je comprends donc ce que vous vivez.

Thomas en doutait. Pour de nombreuses raisons.

— C'est un peu différent, bien sûr, poursuivit Ramsgate. Vous n'avez pas encore d'héritier, alors vous voudrez trouver une nouvelle épouse. Je n'avais pas besoin de m'inquiéter de cela.

Était-ce ce qu'il voulait dire quand il affirmait comprendre la position de Thomas ?

— Comment avez-vous fait face à votre deuil, en particulier avec vos enfants ?

Thomas n'était pas sûr de savoir pourquoi il se donnait la peine de poser la question, mais il voulait savoir. Surtout parce qu'il se demandait si le duc avait vraiment pensé à son autre fille, Mlle Whitford.

Ramsgate agita la main et ricana.

— Bah ! Le deuil, c'est pour les chiffes ! Mes enfants allaient bien. Mes deux filles étaient déjà mariées, j'ai donc eu de la chance. S'occuper de filles célibataires peut être si difficile !

Il éclata de rire. Apparemment, il ignorait que, non seulement Thomas avait une fille, mais qu'elle se tenait à quelques pas avec sa nourrice.

Thomas le fixa du regard, mais ne dit rien.

— C'est bien que vous continuiez à vivre, remarqua Ramsgate. C'est ainsi qu'il faut faire.

La nonchalance du duc était exaspérante. Thomas n'arrivait pas à se défaire de sa colère, surtout quand Mlle Whitford était concernée. Elle avait dit que son père avait aimé sa mère. S'était-elle trompée ?

— Alors, vous ne laissez pas la mort ou la perte vous tracasser ?

— Pourquoi devrais-je le faire ? La duchesse a vécu une bonne vie. Nos filles étaient sans doute tristes, mais nous n'en avons pas parlé.

— Papa ! s'exclama Regan, enroulant ses bras autour des jambes de Thomas. Je veux voler encore !

Thomas la souleva et la fit tournoyer. Elle poussa un cri de joie et il la serra contre lui.

— Maintenant, il est temps de rentrer pour manger quelque chose.

Il se tourna vers le duc, qui les regardait, bouche bée, comme si Thomas s'était déshabillé et s'était mis à courir nu tout autour de la place.

Thomas le salua d'un signe de tête avant de se tourner vers sa maison avec Regan.

— Ramsgate.

Au moment où Thomas pénétrait dans son entrée, il se rendit compte que quelque chose n'allait pas. Le majordome, Baines, n'était pas à son poste. Au lieu de cela, l'un des valets de pied avait ouvert la porte. Et le jeune homme semblait nerveux, le regard furtif et l'épaule tremblante.

— Que se passe-t-il, Preston ? s'enquit Thomas.

Le valet de pied jeta un coup d'œil à Regan dans les bras de Rockbourne, qui la remit à la nourrice.

— Je vous rejoindrai dans un instant.

La nourrice serra Regan contre elle et hocha la tête avant de monter à l'étage. Thomas reporta son attention sur le valet de pied.

— Quelque chose ne va pas ?

— Non, my lord. Je veux dire, je ne crois pas. Un coureur de Bow Street, un euh… un constable attend dans le salon. Et un autre est en bas, en train de discuter avec Baines.

Ses joues rougirent, mais il ne détourna pas le regard. Thomas lui adressa un signe de tête encourageant.

— Cela vous perturbe. Ce n'est pas nécessaire.

Apparemment, Mme Chamberlain avait fini par se rendre à Bow Street. Thomas entra dans le salon et reconnut aussitôt le constable.

— Monsieur Sheffield.

Harry Sheffield, le frère de North, vicomte Northwood et ami de Thomas, inclina la tête.

— Bonjour, my lord.

— Je vous en prie, appelez-moi Rockbourne. Votre frère est l'un de mes amis.

Sheffield était un personnage plutôt imposant, avec de larges épaules et quelques centimètres de plus que Thomas. Ses cheveux auburn foncé étaient ramenés en arrière sur son front légèrement marqué.

— C'est pour cela que je suis ici. Mon collègue mène une enquête sur la mort de votre femme, et j'ai demandé à l'accompagner.

Même depuis sa tombe, Thea allait le tourmenter.

— Puis-je demander pourquoi ? Pas pourquoi vous êtes ici, mais pourquoi y a-t-il une enquête ? Thea est tombée du balcon. Ce fut une tragédie. Elle est déjà enterrée.

— Sa mère, Mme Chamberlain, craint que ce ne soit pas un accident. Elle a demandé à Bow Street de mener une enquête. Ce n'est qu'une formalité, Rockbourne.

Thomas pouvait le comprendre.

— Qu'impliquera cette enquête ?

— Nous allons interroger tous les membres de la maisonnée, et nous regarderons où elle est tombée.

Tout le monde ?

— Vous ne parlerez pas à ma fille. Elle comprend à peine ce qui s'est passé.

Sheffield s'agita, et ses traits trahirent un léger malaise de sa part.

— Ce ne sera pas nécessaire. Toutes mes excuses. J'aurais aimé que nous ne vous dérangions pas du tout.

Thomas soupira.

— Je comprends. Puis-je vous servir quelque chose ?

— Non, merci. Pourrions-nous nous asseoir ?

Faisant un geste vers le canapé, Thomas s'assit sur un fauteuil en face. Il attendit que le constable pose sa première question. Sheffield sortit un petit carnet relié et un crayon. Il l'ouvrit et nota quelque chose sur le parchemin.

— Pourriez-vous me dire ce qui s'est passé avant la chute de lady Rockbourne dans la soirée de dimanche ?

Alors qu'il s'efforçait de trouver une position confortable, le corps de Thomas se tendit. Il ne voulait plus penser à ça, et encore moins en parler.

— Nous étions dans le salon, comme c'était parfois le cas à cette heure-là, affirma-t-il.

En vérité, Thomas essayait d'éviter sa femme, mais c'était parfois impossible.

— Elle avait bu beaucoup de porto, ce qui n'était pas inhabituel.

— Sa femme de chambre, Mlle Emily Spicer, a déclaré que vous vous disputiez, et que vous étiez souvent en colère après elle.

Spicer avait témoigné ? Il avait rarement parlé à cette femme. Elle était, ou elle avait été, la femme de chambre de Thea, et elle était à l'entière disposition de sa maîtresse.

Thomas fléchit ses mains, puis les aplatit sur ses genoux.

— C'est ce qu'elle a dit ?

Le regard de Sheffield était impassible.

— Effectivement.

Malheureusement, la femme de chambre n'avait pas tout à fait tort. Ils se disputaient, et Thomas se mettait *parfois* en colère contre Thea. Pour elle, sa colère justifiait son indignation. Elle détestait quand il ne mordait pas à l'hameçon, ce qu'il essayait de faire le moins possible.

— J'aimerais autant ne pas discuter des détails de notre conversation. Ma femme est morte, et je préfère la laisser reposer en paix.

Thomas voulait la paix aussi.

— Pourquoi sa mère penserait-elle que vous l'avez poussée ? Beaucoup de couples mariés se disputent.

— Vraiment ? s'enquit Thomas, qui avait espéré que ses propres parents étaient une aberration. J'ai cru comprendre que vous alliez bientôt vous marier. Vous attendez-vous à vous disputer avec votre épouse ?

Sheffield lui adressa un rapide sourire.

— En fait, oui. Je m'attends également à me réconcilier d'une manière tout à fait agréable.

Thomas avait envie de rire, mais, à vrai dire, il ne pouvait imaginer une telle relation. La jalousie le taraudait.

— Pour répondre à votre question, je ne peux que deviner pourquoi ma belle-mère pense que j'ai poussé ma femme du balcon. Lady Rockbourne me méprisait. Elle a sans doute raconté à sa mère toutes sortes de contrevérités à mon propos, par exemple, que j'étais infidèle. Ce que je n'étais pas.

Thomas ne voyait aucun inconvénient à lui dire quelque chose que la mère de Thea lui avait probablement déjà rapporté, à lui ou à un autre agent.

— Votre épouse vous méprisait ? Qu'éprouviez-vous pour elle ?

Poussant un soupir, Thomas jeta un coup d'œil vers le portrait d'eux accroché dans le coin de la pièce. Il avait été peint peu après le mariage. Il prit note mentalement de le retirer immédiatement.

— Je suppose que je ressentais la même chose envers elle.

Il croisa le regard de Sheffield sans flancher.

— Vous ne voulez pas me dire à quel sujet vous vous disputiez ?

Il ne le ferait pas, du moins, pas entièrement.

— Je l'ai confrontée au sujet de son infidélité… Je doute que sa mère en ait fait mention. La vicomtesse s'est mise en colère. Elle est sortie sur le balcon, et l'instant d'après, elle était tombée. Comme je l'ai dit, elle avait beaucoup bu.

— Était-ce courant ? Son ivresse, je veux dire.

— Oui. Je dirais même qu'il ne se passait pas une soirée sans qu'elle ne boive plusieurs verres de porto. J'ai les reçus pour les quantités que je dois acheter régulièrement.

Sheffield griffonna quelques notes dans son carnet avant de lever à nouveau les yeux sur Thomas.

— Comment avez-vous appris son infidélité ?

— Ce n'est malheureusement pas un secret, répondit Thomas, envahi de dégoût. Je ne veux pas salir sa réputation maintenant qu'elle n'est plus là. Elle reste la mère de ma fille.

La compassion se lut sur les traits de Sheffield.

— Oui, je comprends. Avait-elle une liaison avec un homme en particulier ?

— Je le crois, oui. Mais ne me demandez pas qui, car je n'ai aucune certitude, répondit-il, même s'il avait des soup-çons. Je ne pense pas que son identité ait de l'importance.

— Pour que je puisse le noter dans votre déposition, vous niez l'avoir poussée ?

— Oui. Catégoriquement.

Après avoir pris quelques notes supplémentaires, Sheffield referma son carnet et le remit dans la poche de son manteau avec son crayon.

— Vous n'étiez même pas sur le balcon.

— C'est exact.

— Eh bien, je vous remercie pour votre temps. J'aimerais parler avec les autres personnes présentes dans la maison ce soir-là. Je peux attendre ici.

— Vous souhaitez vraiment vous entretenir avec tous les membres de la maisonnée, y compris les servantes de la cuisine ?

Thomas connaissait la réponse, mais espérait que l'homme avait peut-être changé d'avis.

— Si ce n'est pas trop demander. Mon collègue, M. Dearborn, est en bas et s'entretient avec votre majordome et les autres personnes présentes, de sorte que je peux parler à tous ceux qu'il n'a pas encore entendus.

— Je vais voir ce qu'il en est, répondit Thomas en se levant. Puis-je vous féliciter pour votre prochain mariage ?

Sheffield se leva.

— Merci. J'avais espéré que vous pourriez assister au petit déjeuner, mais je comprendrai si ce n'est pas possible.

— Ma tante me soutient le contraire et affirme que la bonne société est déjà en train de parier sur la date de mon remariage.

— Est-ce votre intention ? l'interrogea Sheffield, qui plissa les yeux.

— Non. Mon intention est de me concentrer sur ma fille, qui n'a plus de mère. Et en dépit de ce que les gens pensent, elle n'en a pas *besoin*.

Thomas grimaça intérieurement. Dans ses efforts pour convaincre Sheffield qu'il ne désirait pas se marier, ce qui lui aurait peut-être donné un motif pour vouloir la mort de sa femme, il venait de dire que sa fille n'avait pas besoin d'une mère. Avec un peu de chance, le constable ne l'interpréterait pas comme un mobile.

— Je vais aller chercher quelqu'un.

Thomas quitta la pièce et alla trouver l'intendante. Dès qu'il lui annonça qu'elle allait être interrogée par le constable, la pauvre femme blêmit de peur. Thomas tenta de la rassurer, lui disant que tout irait bien.

Cependant, la vérité était qu'il n'en savait rien. Il était impossible de savoir ce que sa belle-mère ou la femme de chambre de Thea leur avaient raconté.

Il ne pouvait qu'espérer que c'était exactement comme Sheffield l'avait dit : une formalité, et que cela cesserait bientôt. Et il ne voulait que la paix. Et une autre visite de Mlle Whitford.

~

*A*lmack était un palais scintillant avec des colonnes dorées et une pléthore de miroirs qui reflétaient les étincelantes lampes à gaz en verre taillé. Pour un lieu aussi magnifique, la nourriture et les boissons étaient atroces. Du pain de la veille, des biscuits secs et insipides, et la limonade la plus lamentable que Beatrix ait jamais goûtée.

— Cette nourriture est pire que ce que nous mangeons à la maison, dit Beatrix à Selina.

Leur intendante faisait aussi office de cuisinière, et elle n'avait absolument aucune compétence culinaire. Selina l'avait engagée parce qu'elle était digne de confiance, qualité primordiale, compte tenu du fait que la jeune femme exerçait une activité de diseuse de bonne aventure sous une autre identité et que Beatrix volait des bijoux pour payer sa saison. Depuis, la première avait cessé son activité illicite, et elles avaient restitué tous les objets volés par la seconde.

Les épaules de Selina tressaillirent.

— Je ne croyais pas cela possible, mais tu as raison. J'avoue que j'ai hâte de déménager à Cavendish Square et d'avoir une nouvelle cuisinière.

L'après-midi même, Harry avait annoncé la bonne nouvelle : il avait loué la maison de Cavendish Square appartenant à leur amie, la marquise de Ripley. C'était devenu le siège de la Société des femmes de tête, ce qui ne dérangeait pas Selina puisqu'elle était très impliquée dans le groupe maintenant. Beatrix et elle prévoyaient de s'y installer le vendredi suivant, et Harry emménagerait après le mariage.

— Moi aussi, répondit Beatrix avec enthousiasme. Je suis heureuse que Mme Vining puisse retourner à son ancien emploi à l'auberge.

Leur intendante-cuisinière n'avait pas été déçue à l'idée de quitter leur service. En fait, elle avait même été soulagée de retourner à son précédent poste, moins exigeant.

— Pose ce biscuit, lui intima Selina. Un autre gentleman arrive par ici.

Beatrix avait déjà dansé avec plusieurs messieurs. Elle avait été impressionnée par leur comportement, mais elle s'était rendu compte que les bons étaient souvent attribués aux hommes en fonction de leurs talents de danseurs.

Le gentleman qui s'approchait était accompagné de la sœur de Harry, lady Imogen. Elle arbora un large sourire en saluant Selina et Beatrix.

— Permettez-moi de vous présenter lord Worth.

Beatrix était heureuse d'avoir réussi à avaler la dernière bouchée de l'horrible biscuit, car elle se serait sans doute étouffée. L'homme était légèrement plus petit que Rockbourne, avec des cheveux bruns et des yeux noisette quelque peu familiers. C'était aussi… son propre demi-frère.

Elle fit une révérence.

— My lord.

— Lord Worth, voici lady Gresham, qui épousera bientôt mon frère Harry, et sa sœur, Mlle Beatrix Whitford.

Le comte prit la main de Beatrix et y déposa un léger baiser.

— C'est un plaisir de faire votre connaissance. Je serais honoré si vous m'accordiez la prochaine danse.

Beatrix lança un regard désespéré à Selina, qui savait que cet homme était le demi-frère de son amie. Selina écarquilla les yeux, presque imperceptiblement, en guise de communication silencieuse. En raison des règles stupides de la bonne société, Beatrix ne pouvait pas refuser sa demande.

— Ce serait agréable, dit-elle en essayant de ne pas serrer les dents.

Peut-être que tout irait bien. Elle pourrait apprendre à le connaître. Avec un peu de chance, il ne lui portait pas d'intérêt romantique. Mais, pour quelle autre raison demande-rait-il à lui être présenté ?

Il lui offrit son bras, et Beatrix l'accompagna sur la piste de danse.

— J'ai cru comprendre que c'était la première fois que vous veniez chez Almack.

— Oui. C'est ma première saison à Londres.

— Vous avez beaucoup de chance. Il y a bien des gens à qui l'on n'accorde jamais de bon.

— C'est ce qu'on m'a dit. Et vous devez être un danseur exceptionnel, car j'ai entendu dire que c'est le moyen le plus facile pour un gentleman d'en obtenir un.

Il éclata de rire.

— Vous êtes une chipie ! Je crois que vous venez de suggérer que je ne pouvais pas en obtenir un sur la base de mes propres mérites.

Doux Jésus ! Elle aurait préféré. N'était-ce pas une bonne chose ? S'il la trouvait impolie, il ne s'intéresserait pas à elle.

— Je crois savoir que le mérite ne joue aucun rôle dans le

choix des personnes invitées, dit-elle avant de baisser la voix. Il est bien plus important que l'une des dames patronnesses vous apprécie.

Elle jeta un regard vers l'estrade où lesdites femmes tenaient leur cour et régentaient les participants.

— Laquelle vous apprécie ? s'enquit-elle.

Lord Worth rit à nouveau.

— Je n'en suis pas tout à fait certain. Mais, pour l'instant, ce qui m'importe, c'est que *vous* m'appréciiez. Vous êtes une femme réellement captivante.

Bon sang ! Elle n'avait pas voulu être captivante. Pas à ses yeux, en tout cas. La musique commença, et elle s'appliqua à lui marcher sur les orteils, et à se montrer une piètre danseuse de manière générale. Brièvement, elle se demanda si son bon pouvait être révoqué. S'en souciait-elle au moins ? Almack était peut-être l'endroit où il fallait être et être vu, mais jusqu'à présent, elle n'était pas impressionnée.

Quand la danse se termina, il la conduisit hors de la piste.

— Dites donc, mais vous êtes une danseuse... exubérante, déclara-t-il.

Beatrix faillit sourire. Elle commençait à l'apprécier, et cette prise de conscience était accompagnée d'un désir de forger une véritable relation fraternelle.

— Merci, j'essaie. Venez-vous chez Almack toutes les semaines ? s'enquit-elle.

— Pas toutes les semaines, non. Mon père espère que je me marie cette saison.

— Votre père, c'est le duc de Ramsgate ?

Il hocha la tête.

— Est-il ici ce soir ?

Beatrix ne l'avait pas vu, mais peut-être s'était-il caché dans une alcôve.

— Non, mon père n'a pas besoin de venir. Cependant, il

m'a menacé de venir pour s'assurer que je faisais bon usage de mon temps, répondit Worth, levant les yeux au ciel.

— Pourquoi est-il à ce point impatient de vous voir vous marier ? s'enquit Beatrix, qui voulait en apprendre le plus possible sur son père.

— À mon âge, il était marié, et il avait un héritier.

— Et quel âge était-ce ?

— Vingt-neuf ans, répondit-il, l'air sérieux. Vous posez beaucoup de questions.

Elle haussa une épaule.

— Comment pourrions-nous apprendre à nous connaître autrement ?

Dès qu'elle eut prononcé les mots, elle les regretta. Il y avait une lueur de satisfaction dans le regard de Worth.

Il avait vingt-neuf ans ? C'était à peu près à cet âge que son père avait pris la mère de Beatrix comme maîtresse. Elle se demanda si Worth était au courant.

— À mon tour de poser une question, déclara-t-il, s'arrêtant pour se tourner vers elle. Combien de prétendants avez-vous ?

— Euh, aucun.

Il lui sourit.

— Quelle chance pour moi.

Bon sang !

— Je ne suis pas sûre d'être prête à me marier cette saison.

Il plissa le front.

— Alors, pourquoi vous embêter avec tout ça ?

— Parce que c'est divertissant et… éducatif ? Comment peut-on décider si l'on est prêt à se marier si l'on ne sort pas et que l'on ne rencontre pas de gens ?

— C'est sans doute vrai. Cependant, soyez prudente. Les jeunes femmes qui ne se marient pas après une ou deux saisons sont souvent considérées comme médiocres.

Elle pinça les lèvres.

— Et à combien de saisons avez-vous participé sans être fiancé ?

Il rit encore.

— Vous êtes absolument charmante ! s'exclama-t-il, continuant à la ramener vers Selina. Puis-je vous rendre visite ?

Beatrix jura intérieurement une fois encore.

— Oui, je suppose. Cependant, je ne crois pas que votre père approuverait. Je ne suis pas issue d'une famille titrée comme vous.

Avec un peu de chance, cela le dissuaderait.

— Mais votre sœur est lady Gresham, et elle épouse le fils du comte d'Aylesbury. Et vous avez obtenu un bon pour Almack. Vous passeriez très certainement son inspection.

Un rire monta dans la gorge de Beatrix, qui toussa pour le masquer. Peut-être devrait-elle se contenter de lui dire la vérité.

Heureusement, ils avaient rejoint Selina. Beatrix retira sa main de son bras.

— Merci pour la danse, my lord.

— S'il vous plaît, appelez-moi Worth.

Entendre son nom lui rappela qui il était, l'enfance qu'il avait eue, et tout ce qu'elle n'avait pas eu. Elle lui adressa un sourire tendu.

— Merci, Worth.

Il s'inclina devant elle et Selina, puis il prit congé.

— Pourrions-nous partir ? s'enquit Beatrix en se tournant vers son amie.

— Il est à peine une heure, remarqua cette dernière, clignant des yeux. C'est tôt, d'après ce que j'ai compris. Mais nous pouvons certainement nous en aller. Je m'ennuie terriblement.

Beatrix laissa enfin échapper le rire qu'elle avait gardé en elle.

— Alors, partons.

Elles avaient emprunté une calèche à Rafe pour la soirée, et, une fois à l'intérieur, Selina retira ses chaussures.

— J'ai décidé que c'était vraiment agréable d'avoir un frère riche.

— J'en suis ravie.

Quand Selina l'avait retrouvé quelques semaines plus tôt, Rafe lui avait offert son soutien, qu'elle avait refusé. Après tant d'années passées juste avec Beatrix, la jeune femme avait du mal à accepter de l'aide. Surtout qu'elle s'était sentie abandonnée par son frère. Il l'avait envoyée au pensionnat quand elle avait onze ans, et, au bout d'un certain temps, il avait cessé de lui écrire. Comme Beatrix, elle s'était sentie totalement oubliée. Cependant, Rafe, lui, avait tenté de protéger sa sœur. Il ne voulait pas qu'elle revienne à son ancienne vie à Londres, ou à lui. Mais maintenant qu'il s'était réinventé en tant que gentleman prospère loin de toute criminalité, ils avaient rétabli leur relation fraternelle. Beatrix espérait qu'il en serait de même avec son père.

— Cela ne signifie pas qu'il est simple de le laisser payer des choses, tempéra Selina. En fait, je déteste ça.

— Je sais, répondit Beatrix d'une voix douce. Mais il n'y a aucune raison de ne pas le faire. Nos vies ont complètement changé. Tu vas te marier. Tu es amoureuse. Tu es en sécurité.

Selina tourna la tête vers Beatrix à côté d'elle et lui prit la main.

— Toi aussi, tu es en sécurité. Toujours et pour toujours. Je ne t'abandonnerai jamais.

Beatrix serra les doigts de Selina avant de les relâcher et de poser sa main à côté d'elle. Elle se rendit compte qu'il y avait quelque chose dans la poche de sa robe. Un sentiment de panique la traversa. Avait-elle pris quelque chose ? Elle ne pouvait pas se pencher sur la question maintenant.

— Alors, comment s'est passée ta danse avec ton demi-frère ? s'enquit Selina. J'ai eu l'impression que tu avais du mal.

— J'ai fait exprès. J'essayais de le dissuader de s'intéresser à moi.

— Cela a-t-il fonctionné ?

Beatrix laissa échapper un soupir déçu.

— Je ne crois pas. Il m'a demandé s'il pouvait me rendre visite, confia-t-elle en posant un regard mécontent sur Selina. Peux-tu imaginer pire situation que d'être courtisée par ton demi-frère ?

Son amie éclata de rire. Les yeux rieurs, elle plaqua une main sur sa bouche. Après un moment, elle la reposa sur ses genoux.

— Je *peux* penser à des choses pires, en fait, mais c'est quand même assez désagréable. Que prévois-tu de faire ?

— Continuer à le dissuader ? suggéra Beatrix, levant les mains tout en haussant les épaules. Que puis-je faire ? Lui dire que nous avons le même père ?

— Le feras-tu ? Si les choses en arrivent là, je veux dire.

— Je ne sais pas. Je suppose que je verrai ce qui se passera quand je rencontrerai enfin mon père.

— Eh bien, tu le rencontreras vendredi au bal masqué. Avec un peu de chance, tu auras un entretien privé peu de temps après.

— Oui, ensuite je pourrai déterminer comment continuer.

Tout ce voyage à Londres en vue de faire une saison avait pour but de permettre à Beatrix de renouer avec son père et de se forger un avenir. Simplement, elle ne savait pas vraiment à quoi il ressemblerait.

— As-tu apprécié l'un des gentlemen avec qui tu as dansé ? lui demanda Selina. Le comte de Daventry avait l'air agréable.

— Il l'était.

Sauf que le seul homme que Beatrix avait à l'esprit était Rockbourne. Elle brûlait d'envie de lui raconter comment s'était passée la soirée. Parce qu'il avait demandé et qu'il était manifestement intéressé. Et, puisqu'il savait qui était son père, elle pouvait lui parler de ce moment gênant avec Worth.

Lorsqu'elles arrivèrent à la maison, Beatrix monta rapidement dans sa chambre pour découvrir ce qu'elle avait volé.

Seule dans la pièce, elle retira ses gants et ses chaussures. Elle fouilla dans sa poche et en retira une petite tabatière ovale en argent. Elle passa son pouce sur le motif situé sur le dessus : un dessin estampé en forme de losange. Ensuite, elle la retourna à la recherche de marques d'identification, telles que des initiales. Il n'y en avait pas. Et elle ignorait totalement à qui elle l'avait prise.

Se renfrognant, elle referma sa main sur l'objet et se dirigea vers sa commode. Elle s'accroupit, ouvrit le tiroir du bas et passa la main, là où elle avait placé un morceau de bois en guise de faux fond. L'écartant, elle attrapa la boîte qui s'y trouvait et la sortit.

Elle s'assit par terre, ses jupes gonflant autour d'elle, et elle déposa la simple boîte en chêne sur ses genoux. D'une largeur et d'une hauteur d'environ douze centimètres, elle constituait l'endroit idéal pour que Beatrix cache les objets qu'elle avait volés sans s'en rendre compte.

Soulevant le couvercle, elle contempla la collection d'objets hétéroclites. Il y avait des bijoux, des instruments d'écriture, de l'argenterie et maintenant une tabatière. Ces objets lui étaient désormais familiers, mais chacun d'entre eux représentait un mystère : elle ignorait où elle l'avait pris, et à qui il appartenait vraiment.

Tous n'étaient pas aussi familiers. Elle plaça la tabatière en argent avec le reste et prit le dernier objet qu'elle avait ajouté, un canif à manche d'ivoire avec les initiales DC gravées dans un motif complexe.

Beatrix reposa le couteau dans la boîte, puis fronça les sourcils en examinant le contenu. Pourquoi gardait-elle tout cela ?

Un léger coup frappé à sa porte l'obligea à refermer la boîte et à la replacer dans la commode. Elle referma le tiroir et se releva.

— Entrez.

Selina se glissa à l'intérieur et referma la porte derrière elle.

— Je me suis dit que tu pourrais avoir besoin d'aide pour ta robe.

Évidemment. Elles n'avaient pas de femme de chambre.

— Oui, merci.

Elle présenta son dos à Selina, qui déboutonna le vêtement.

— Est-ce que tu vas bien ? s'enquit Selina. Tu es montée si vite !

— Je voulais juste me changer, retirer cette robe.

Mais, apparemment, elle avait oublié de demander de l'aide.

— Es-tu déçue que ton père n'ait pas été présent ce soir ?

Beatrix sortit ses bras des manches.

— Un peu.

Selina l'aida à passer sa robe par-dessus sa tête. Puis elle se tourna et l'emporta vers l'armoire.

— Maintenant que je vais me marier, j'imagine que tu as envie de prévoir ton propre avenir.

C'était sans doute vrai, se dit Beatrix.

— Je ne suis pas inquiète, si c'est ce que tu te demandes. Les choses vont s'arranger.

Selina lui adressa un sourire chaleureux.

— Tu as toujours été tellement optimiste ! C'est l'une des

choses que je préfère chez toi. Et cela m'a permis de ne pas trop me perdre.

Beatrix songea à ce que Rockbourne avait dit, qu'il avait besoin de gens comme elle dans sa vie. Soudain, elle eut envie que Selina s'en aille.

— Je voulais te poser des questions au sujet de Rockbourne, dit cette dernière.

Immobile, Beatrix se demanda comment son amie avait pu lire dans ses pensées. Selina détacha le jupon à la taille de la jeune femme.

— Tu semblais t'intéresser à lui, l'autre jour.

— Non… pas spécialement, répondit-elle en retirant le jupon que Selina récupéra. C'est sans doute que j'ai trouvé son histoire fascinante.

Selina alla ranger le jupon dans l'armoire.

— Harry m'a dit que Bow Street enquêtait sur la mort de sa femme.

Les doigts de Beatrix tâtonnèrent alors qu'elle délaçait ses baleines. Abandonnant avant d'avoir fini, elle alla s'asseoir devant sa coiffeuse.

— Pourquoi enquêteraient-ils ?

— Apparemment, sa belle-mère pense que Rockbourne pourrait avoir poussé sa femme du balcon, expliqua Selina, dont les yeux croisèrent ceux de Beatrix dans le miroir. Bien sûr, tu ne dois pas partager cette information. D'un autre côté, nous ne sommes pas des commères,

— Bien sûr que non.

Le cœur de Beatrix s'emballa. Elle devait le voir. Ce soir-là. Elle fit semblant de bâiller.

— Je suis contente que nous soyons rentrées à la maison. Je suis plutôt fatiguée, affirma-t-elle en se tournant sur son tabouret pour sourire à Selina. Tu n'as pas besoin de rester. Harry ne t'attend-il pas ?

Selina rougit.

— Non. Je lui ai dit que nous rentrerions tard.

— Alors, il ne viendra pas ?

Beatrix préférait que sa sœur soit distraite.

— Si, il va venir, confirma-t-elle, et elle rougit encore plus fort.

Beatrix rit doucement.

— J'adore te voir amoureuse.

— Merci.

Il y avait une pointe de sarcasme entre sœurs dans son ton. Elle envoya un baiser à Beatrix et lui souhaita une bonne nuit.

Dès que Selina sortit, elle se leva d'un bond et changea de tenue. Peu de temps après, elle se glissa hors de la maison et se rendit à Grosvenor Square.

CHAPITRE 5

*D*eux heures et demie. Elle était probablement encore en train de danser.

Thomas posa son verre vide sur le buffet. Il était tenté de se resservir, mais il fallait qu'il aille se coucher. Ce n'était pas comme si elle allait venir. Il lui avait dit qu'il serait trop tard, et c'était le cas.

Pourtant, il la revoyait dans son esprit, ses mèches blondes entourant son visage, avec des rubans et des fleurs en soie entrelacés dans la coiffure sur le dessus de sa tête. Sa robe ivoire était ornée de dentelle et de rubans corail foncé assortis à ceux de ses cheveux. La tenue était simple, mais élégante, faisant ressortir sa beauté plutôt que les vêtements et les accessoires.

Il était resté dans l'ombre à proximité et l'avait observée quand elle était entrée dans les salons de divertissement. Dans son état de deuil actuel, il n'avait pas pu s'en approcher davantage, et il était reconnaissant de l'avoir entrevue. Il s'était attardé un moment avant de rentrer chez lui. Depuis, il l'avait imaginée en train de rire et danser, captivant tous les gentlemen chez Almack. Oh, comme il les enviait !

Laissant échapper un soupir de frustration, il se tourna vers sa chambre. Le léger déclic d'une porte lui fit tourner la tête.

Un personnage vêtu de noir se tenait juste à l'intérieur du salon. Il aurait pu s'inquiéter, mais il n'en fut rien. Au lieu de cela, il se retourna, incapable de réprimer son sourire.

Elle retira son chapeau et le posa sur le bureau, comme elle l'avait fait lors de sa dernière visite.

— Je sais que vous avez dit qu'il serait trop tard, mais je devais venir.

Elle ôta également ses gants, qu'elle posa sur le chapeau.

— Il est tard, mais pas autant que je le pensais. Mademoiselle Whitford, vous devriez être encore au bal.

Elle agita la main et s'avança vers lui.

— C'était tellement ennuyeux ! Et, appelez-moi Beatrix. Il est plus que temps. J'ai entendu dire que Bow Street enquêtait sur vous. Vous devez tout me raconter.

Elle le prit par la main et l'entraîna vers le canapé. Elle s'assit, et il se glissa à côté d'elle, heureux qu'elle ait choisi de s'installer avec lui ici.

Se tournant vers Rockbourne, elle le regarda avec impatience.

— Alors ? Pourquoi ne m'avez-vous pas dit que Bow Street menait une enquête ?

Il lutta contre une envie de rire. Il adorait son enthousiasme.

— Voulez-vous que je vous raconte ou préférez-vous que je réponde d'abord à cette question ?

— Les deux, répondit-elle, croisant les mains sur ses genoux. Parlez-moi de l'enquête.

— L'autre question est plus simple. Je ne l'ai pas mentionné, car je ne vous ai pas vue. De plus, il n'y a pas grand-chose à en dire. Deux constables sont venus pour m'interroger, ainsi que toute la maisonnée, vendredi.

Les yeux noisette de Beatrix s'arrondirent.

— *Toute* la maisonnée ? Vous ne les avez pas laissés parler à Regan ?

La voir réagir de la même façon que lui, et apparemment avec la même indignation, lui donna l'envie de l'embrasser.

Vraiment ?

Beaucoup de choses lui donnaient envie de l'embrasser.

— Bien sûr que non. Ils voulaient parler à sa nourrice, mais elle était trop occupée avec Regan, et j'ai refusé qu'ils l'interrogent en présence de ma fille.

Beatrix aplatit les paumes sur ses genoux et se pencha légèrement vers lui.

— Que vous ont-ils demandé ?

Distrait par son parfum floral et épicé, il dut y réfléchir.

— Ce qu'ils m'ont demandé ? Eh bien, ils m'ont demandé ce qui était arrivé cette nuit-là.

Bon sang ! Il n'avait pas envie d'en discuter. Il voulait lui poser des questions sur Almack. Elle plissa brièvement les yeux en le regardant.

— Vous semblez plutôt indifférent.

Il posa le bras sur le dossier du canapé.

— Sheffield a dit que c'était une formalité.

— Harry était l'un des constables présents ?

— Oui. Il accompagnait l'enquêteur principal, un jeune homme nommé Dearborn.

— Je ne le connais pas, mais je peux trouver des informations.

— Ce n'est pas nécessaire. Comme je l'ai dit, l'enquête n'est qu'une formalité. C'est ma belle-mère qui fait des histoires, c'est tout.

La main de Rockbourne était proche de la tête de Beatrix. Ses cheveux étaient toujours coiffés comme lors du bal, mais le ruban et les fleurs avaient disparu. Il pouvait presque toucher ses boucles. Ou sa joue. Ou la courbe de son cou. Le désir lui démangeait les doigts.

— Pourquoi ferait-elle une chose pareille ?

Thomas avait du mal à rester concentré sur la conversation. Il n'avait pas envie de parler de sa belle-mère, ou de son ex-belle-mère, ni de sa femme décédée.

— Parce qu'elle est bouleversée par la mort de sa fille et qu'elle ne m'aime pas.

— Donc elle veut vous rendre responsable de sa mort ? C'est affreux !

— J'ai survécu à pire.

Elle l'étudia d'un regard curieux.

— Comme quoi ?

Bon sang ! Il n'avait nullement eu l'intention d'ouvrir une telle discussion.

— Sa fille. Je vous promets que vivre avec Thea était bien, bien pire.

Les traits de Beatrix s'adoucirent.

— Je déteste entendre cela.

Beatrix posa la main sur celle de Rockbourne, placée sur sa cuisse. Le contact le secoua… et elle le sentit peut-être aussi. Elle leva les yeux vers ceux du vicomte, et la connexion était tout aussi puissante.

— Elle est partie, maintenant, parvint-il à dire.

— Oui. Ce doit être un… soulagement.

Il déploya un grand effort pour ne pas entremêler ses doigts avec ceux de la jeune femme.

— Je ne devrais pas le dire, mais c'est le cas.

— Tout ce que vous me direz restera secret. Nous avons un accord, vous vous souvenez ?

Elle déplaça ses doigts sur le dos de sa main, envoyant des étincelles de chaleur le long de son bras et jusque dans sa poitrine. Elles se répandirent plus bas, attisant un désir enfoui depuis longtemps. Il aurait dû se lever et mettre de la distance entre eux. Au lieu de cela, il laissa son autre main descendre plus bas sur le dossier du canapé, vers le cou de Beatrix.

— Et tout ce que vous me direz sera traité de la même manière. Pourquoi avez-vous trouvé Almack ennuyeux ?

— N'y êtes-vous jamais allé ?

— Si, mais c'était il y a plusieurs années. Il n'est pas nécessaire d'y aller une fois marié.

— Mais certaines personnes le font.

— Alors, je suppose qu'ils doivent aimer s'ennuyer. Et les commérages.

Elle éclata de rire, et ses fossettes creusèrent des demi-lunes sur ses joues. La joie illumina ses yeux.

— Vous avez déjà dit que nous n'aimiez pas les commérages, et comme vous avez cessé de vous y rendre dès que c'est devenu inutile, je suppose que vous trouvez l'endroit ennuyeux aussi.

Il pencha la tête sur le côté et la hocha légèrement.

— Exactement.

Elle lui donna une tape sur le haut du bras et posa à nouveau sa main sur celle de Rockbourne, comme s'ils s'asseyaient toujours de cette manière intime. C'était une idée charmante.

— Pourquoi ne pas m'avoir dit que c'était pénible ? J'aurais pu m'épargner cela !

Ce fut au tour de Rockbourne de rire.

— Vous vouliez y aller ! Qui étais-je pour vous en dissuader ? D'ailleurs, n'espériez-vous pas y voir votre père ?

— Si, mais il n'était pas là. À la place, j'ai dû subir les attentions de mon demi-frère.

Elle frémit d'horreur.

Les attentions ? Un besoin viscéral de la protéger, ou peut-être de la revendiquer, le traversa.

— Qu'a-t-il fait ?

— Il m'a invitée à danser, et je crois qu'il fleuretait avec moi, raconta-t-elle avec une grimace. Je voulais lui dire d'arrêter, mais je n'en ai rien fait. Au lieu de cela, je lui ai marché sur les pieds à plusieurs reprises et j'ai essayé de me comporter de sorte de le dissuader de me trouver intéressante.

— Il est impossible que quelqu'un puisse ne *pas* vous trouver intéressante, mais j'aurais aimé vous voir essayer.

Elle lui sourit.

— Vous le pensez vraiment ?

— Au cas où cela ne serait pas évident, Beatrix, vous me captivez.

— C'est le mot que Worth a utilisé. Et cela alors que je l'ai presque insulté.

Thomas ne s'était pas amusé autant depuis des années. Le terme « captivé » était loin de refléter ce qu'il ressentait à ce moment précis.

— Comment l'avez-vous insulté ?

Elle fronça le nez.

— Il est possible que j'aie laissé entendre qu'il n'avait reçu un bon que parce qu'il était un danseur doué. Et que ses qualités n'entraient pas en ligne de compte pour être invité, que c'était parce que l'une des dames patronnesses devait l'apprécier. En vérité, c'est probablement parce qu'il est le fils d'un duc.

Thomas ne connaissait pas assez bien Worth pour savoir s'il avait été vraiment insulté. Et il s'en fichait. Il préférait que cet homme laisse Beatrix tranquille.

— Ce n'est pas vrai. Je connais des ducs qui ne seraient pas invités. Prenez le duc de Romsey. Ou le duc de Clare. Ou même le duc de Kilve. Ou le marquis d'Axbridge.

— Cela fait beaucoup d'insaisissables qui ne satisfont pas aux exigences !

— Vous connaissez leurs surnoms ?

Elle eut l'air confuse.

— De quoi parlez-vous ?

— Vous les avez appelés des Insaisissables, c'est ainsi qu'ils sont souvent décrits. Vous n'avez jamais entendu cela avant ? s'enquit-il.

Voyant qu'elle secouait la tête, il poursuivit :

— Clare est peut-être le plus tristement célèbre : c'est le duc des Désirs. En fait, Axbridge jouit également d'une certaine notoriété. C'est le duc Dangereux.

— Je croyais vous avoir entendu dire qu'il était marquis.

— Il l'est, mais les Insaisissables ont des surnoms ducaux. C'est plutôt idiot.

— Juste ciel ! s'exclama-t-elle, le regard rivé sur celui de Rockbourne. Êtes-vous un Insaisissable ?

— Non. Je crois que j'étais déjà marié avant que les surnoms ne deviennent populaires. Aujourd'hui, ils sont tous mariés et la tendance semble s'être essoufflée.

— Donc, on les appelle ducs de quelque chose. Comment se retrouvent-ils avec ces noms en particulier ?

— Dans le cas de Clare, c'est parce qu'il avait une réputation plutôt… scandaleuse. Quant à Axbridge, c'est dû à son penchant pour les duels. En fait, il a tué l'ancien mari de son épouse au cours de l'un d'entre eux.

Beatrix haleta, et, pendant un instant, elle lui serra le poignet.

— Vous plaisantez !

Il secoua la tête.

— Pas du tout. Et, croyez-le ou non, la marquise et lui sont complètement et manifestement amoureux.

— C'est extraordinaire ! C'est le genre de choses que l'on s'attendrait à lire dans un roman.

Elle secoua la tête, incrédule. Pensive, elle le fixa d'un regard attentif.

— Je pense que vous seriez le duc des Délices.

Il éclata à nouveau de rire.

— Des délices ? Je ne crois pas, non.

— Pourquoi pas ? ricana-t-elle, relevant le menton. *Moi*, je vous trouve délicieux.

— Vous pourriez bien être la seule.

— Pourquoi dire une telle chose ? s'enquit-elle avec une pointe de désarroi. Je suis sûre que votre fille serait d'accord avec moi.

— D'accord. Vous êtes donc deux.

Elle se rapprocha de lui sur le canapé, et chacune des fibres de son être devint pleinement consciente.

— Ce n'est pas parce que votre épouse était cruelle que les autres le sont.

Son épouse. Son père. Les personnes vers lesquelles il s'était tourné en premier lieu pour recevoir de l'affection et du soutien. De l'amour. Il ne s'attendait pas à ce que les gens ne soient *pas* cruels.

— Vous ne m'avez pas dit comment les choses se sont terminées avec Worth. L'avez-vous poussé à fuir les salons ?

— J'aurais bien aimé. Il m'a demandé s'il pouvait me rendre visite, raconta-t-elle avec une autre grimace. Vous imaginez ?

Oui, il imaginait, et Thomas se rendit compte qu'il avait envie de frapper cet homme en plein visage.

— Qu'allez-vous faire s'il vous rend visite ?

— Je l'ignore. Je ne veux pas lui révéler qui je suis, pas avant d'avoir vu mon père. Avec un peu de chance, ce sera vendredi, lors du bal masqué.

— C'est vrai. J'avais oublié cet événement.

Il ne l'avait absolument pas oublié, mais il ne voulait pas le lui dire. Si son plan se concrétisait, il la surprendrait.

— Êtes-vous sûre qu'il sera présent ?

— Il est attendu.

— Pensez-vous qu'il vous reconnaîtra ?

— Je l'espère. Sinon, eh bien… je suppose que je devrai lui rendre visite, répondit-elle avec un haussement d'épaules.

— J'aimerais vraiment pouvoir vous présenter.

— C'est très gentil à vous. Peut-être devriez-vous être le duc de la Gentillesse. Ou de la Prévenance.

Elle se lécha les lèvres. La vue de sa langue envoya un afflux de sang directement jusqu'au sexe de Thomas.

— Faut-il que ce soit le duc *de* quelque chose ?

Thomas lutta pour parler en dépit de l'intense désir qui l'envahissait.

— Euh, non. Le duc de Kendal est le duc Inaccessible. C'était son surnom bien avant les Insaisissables.

— Je vois. C'était lui le premier ?

Beatrix caressa le poignet de Rockbourne du bout du doigt. En était-elle seulement consciente ? Thomas l'était. Tout son corps vibrait de désir.

— Vous devriez être le duc Séduisant.

Il se sentait absurdement ravi.

— Vous me trouvez séduisant ?

— Très, répondit-elle d'une voix rauque.

Elle retira brusquement sa main, et il faillit la rattraper.

— Je devrais sans doute m'en aller.

Elle commença à se lever, et Thomas eut envie de l'en empêcher. Il brûlait d'envie de poser la main sur son cou et de se pencher vers elle, de presser ses lèvres contre les siennes et d'oublier toutes les déceptions qu'il avait connues.

Quand elle fut debout, elle baissa les yeux vers lui.

— Je tenais simplement à venir m'assurer que vous alliez bien… à cause de l'enquête. Si vous croyez qu'il ne se passera rien, je ne m'inquiéterai pas.

— Je ne crois pas qu'il se passera quoi que ce soit. Cela fait plusieurs jours, et je n'en ai pas entendu parler.

— Je poserai quand même la question à Harry la

prochaine fois que je le verrai. Je crois que nous dînons chez ses parents demain soir.

— Je préférerais que vous n'en fassiez rien. Je voudrais juste que toute cette affaire puisse… disparaître.

Il se sentit coupable de vouloir une telle chose. Il aurait dû faire le deuil de Thea, mais, d'une certaine manière, il l'avait déjà fait. Des années plus tôt, quand il avait compris que son mariage ne serait jamais tel qu'il l'espérait, qu'elle n'était pas la femme qu'il croyait. Maintenant, il était tout simplement impatient de mettre tout ce gâchis derrière lui, car c'était tout ce qu'avait été leur union : un gâchis.

Beatrix eut l'air quelque peu déçue par sa demande. Malgré cela, elle acquiesça.

— Si vous changez d'avis, j'espère que vous me le direz. En tant que votre amie, je veux vous aider.

Thomas se leva.

— Vous l'avez déjà fait. Nous sommes amis, alors ?

— Je le crois. Pas vous ?

— Je l'espère.

En vérité, il l'imaginait être bien plus que cela. Elle se rapprocha du bureau et enfila ses gants. Ensuite, elle posa son chapeau sur ses bouches, les cachant ainsi à sa vue.

— Vos cheveux sont magnifiques, ce soir, la complimenta-t-il.

Elle porta une main à son visage.

— Merci. Vous auriez dû les voir plus tôt.

— Je les ai vus, en fait, lui confia-t-il.

Il n'avait pas prévu de le lui dire, mais il se rendit compte qu'il ne pouvait pas s'en empêcher.

— Vous étiez magnifique.

Elle le regarda, bouche bée.

— Comment… ?

— Je vous espionnais devant chez Almack. Comme vous espionnez votre père, répondit-il avec un sourire.

— Comme c'est vilain de votre part !

— Alors, cela doit l'être aussi de la vôtre.

— Sans doute que oui, et pas seulement parce que j'espionne mon père, confirma-t-elle, souriant à son tour. Venir ici au milieu de la nuit, c'est vilain de ma part.

— C'est vrai. La seule chose encore plus vilaine serait que vous pensiez pouvoir rentrer seule chez vous. Je viens avec vous.

— Ce n'est pas nécessaire.

— Je ne suis pas d'accord, et ce soir, vous ne me ferez pas changer d'avis. Laissez-moi aller chercher mon manteau.

Beatrix baissa les yeux sur les pieds de Rockbourne.

— Vous pourriez avoir besoin de chaussures.

Il ne portait pas de bottes. Ni de cravate.

— Vous me promettez de ne pas partir pendant que je m'habille ?

— Non. Vous feriez mieux de vous dépêcher.

Il se précipita dans sa chambre et chaussa ses bottes, puis il attrapa une cravate qu'il noua rapidement autour de son cou. Récupérant la veste qu'il avait retirée plus tôt, il se dépêcha de retourner dans le salon. Beatrix avait la main sur la porte du balcon.

— Vous voulez que je descende par le treillis ?

Elle arqua un sourcil pâle et moqueur vers lui.

— Êtes-vous en train de dire que vous ne pouvez pas le faire ?

Il plissa les yeux et alla ouvrir la porte.

— Je suis prêt à parier que je peux le faire plus vite que vous. Après vous, mademoiselle Whitford.

— Je vous ai dit de m'appeler Beatrix, murmura-t-elle.

Il se baissa et chuchota près de son oreille :

— Après vous, *Beatrix.*

Il sentit le frisson qui parcourut le cou de la jeune femme, qui tressaillit doucement. Son parfum emplit à nouveau ses narines et il ferma brièvement les paupières, savourant ce moment de proximité.

Elle tourna la tête au moment où il rouvrait les yeux. Encore une fois, elle se lécha les lèvres. Il faillit gémir.

Lui lançant un regard coquin, elle sortit sur le balcon. Avant qu'il n'ait refermé la porte, elle avait franchi la balustrade et commençait à descendre. Le temps qu'il atteigne la rambarde, elle le regardait fixement, l'air moqueur, les bras croisés dans une fausse impatience.

Souriant, il attrapa le treillis et passa le bord du balcon. La structure en fer bougea sous sa main, l'incitant à descendre rapidement, même s'il n'en avait pas l'intention. Il ne descendit que sur une courte distance avant de lâcher prise et de sauter au sol.

— Ce n'est pas juste, vous êtes bien plus grand que moi, cela vous permet d'aller plus vite ! protesta-t-elle avant de faire claquer sa langue. C'est une bonne chose que je n'aie pas pris ce pari.

Il s'avança à grands pas vers elle.

— Tout dépend de ce que vous auriez misé. Certains paris valent la peine d'être perdus.

— Je m'en souviendrai.

Ses yeux brillaient dans la faible lumière qui émanait de la maison. Elle se retourna et le guida à travers le jardin. Thomas suivit son rythme, impressionné par la rapidité et l'habileté de ses mouvements.

— Vous connaissez bien mon jardin. Peut-être plus que moi.

Elle ouvrit la grille avant qu'il puisse le faire pour elle et se glissa dehors. Il la referma derrière lui, et la rattrapa.

— Vous ne me laissez même pas me comporter en gentleman.

— Vous n'avez rien à me prouver. Je sais déjà que vous

êtes un gentleman, répliqua-t-elle avec un sourire éclatant. Gardez le rythme !

Rockbourne rit.

— Vos jambes doivent être moitié moins longues que les miennes.

— Je ne suis pas si petite ! À un moment où il ne fera pas nuit, je pourrais vous défier dans une course à pied. Et nous établirons un véritable pari.

— J'ai hâte d'y être, répondit-il, puis il se pencha plus près d'elle pour lui murmurer à l'oreille. Parce que je vais gagner.

Elle courut devant et se retourna pour lui tirer la langue. *Bon sang !* Elle était plutôt rapide ! Il accéléra le rythme, mais elle tourna au coin de Duke Street avant qu'il puisse la rattraper.

Il atteignit l'intersection et tourna, mais faillit entrer en collision avec elle lorsqu'elle sauta sur son chemin.

Elle émit un son qui le fit sursauter, puis elle éclata d'un rire joyeux. Il lui saisit les coudes, et elle inclina la tête pour le regarder.

— Ne me faites pas peur comme ça ! Et je ne parle pas de me sauter dessus, mais de quitter mon champ de vision. Et si un méchant vous attrapait ?

— Il le regretterait.

Elle lui prit la main et tourna avec lui en direction d'Oxford Street. Malheureusement, elle la relâcha après quelques secondes seulement.

Ils marchèrent quelques instants en silence. Rockbourne repensa à la conversation qu'ils avaient eue plus tôt.

— Beatrix, que ferez-vous après avoir réglé les choses avec votre père ?

— Que voulez-vous dire ?

— Vous contenterez-vous d'avoir une relation avec lui, ou chercherez-vous... autre chose ?

— Comme le mariage ?

— Vous vous êtes rendue chez Almack, et vous avez dansé avec plusieurs gentlemen, n'est-ce pas ?

— Oui.

— Les gens vont penser que vous souhaitez vous marier et je ne crois pas que vous resterez longtemps sur le marché.

Elle fit mine de s'étouffer.

— À vous entendre, on croirait que je suis un morceau de bœuf ou un produit de première qualité. Ou peut-être une poulinière.

Rockbourne grimaça.

— Pardonnez-moi. Ce n'était pas mon intention.

— Pour répondre à votre question, j'aimerais me marier. À un moment ou à un autre. La sécurité et la chaleur d'une famille m'attirent.

La sécurité et la chaleur. Il n'aurait pas pu choisir deux mots plus parfaits.

— Oui, exactement.

Ils avaient atteint Oxford Street, une large artère qui était plutôt calme à cette heure tardive. Il y avait tout de même un véhicule de temps en temps. Thomas regarda dans les deux directions avant de lui prendre la main et de la guider de l'autre côté de la rue.

Ils tournèrent à droite et, cette fois, elle ne retira pas sa main de la sienne. À chaque pas, il était de plus en plus conscient d'elle, de son attirance grandissante pour elle, du bonheur absolu de cette nuit.

Il était tellement concentré sur elle qu'il ne remarqua pas le mouvement sur leur gauche. L'homme était déjà sur Beatrix avant que Thomas ne comprenne ce qui se passait. Il s'élança vers eux, craignant d'avoir réagi trop tard.

CHAPITRE 6

Beatrix avait été à ce point captivée par Rockbourne qu'elle n'avait pas vu le criminel surgir d'une rue étroite avant qu'il ne soit presque sur elle. Elle essaya de bouger, mais elle n'eut pas le temps.

— Qu'avons-nous là ? dit un deuxième homme tandis que le premier, un costaud qui empestait le gin, saisit Beatrix par les bras et la traîna vers la pénombre de la petite rue.

Rockbourne les percuta, et tous tombèrent sur le trottoir.

Le son de l'armement du chien d'un pistolet retentit à l'oreille de Beatrix. Elle roula à l'écart des deux hommes qui cherchaient maintenant à prendre le dessus et plongea la main dans sa botte. Elle en retira le petit couteau, libéra la lame et pivota sur son genou afin d'être proche de l'homme au pistolet. Sans marquer de pause, elle plongea l'arme à l'arrière de sa cuisse. Elle la ressortit, profitant de l'avantage de la surprise et de sa blessure pour se relever d'un bond, frappant le poignet de l'homme avec son avant-bras pour faire tomber son pistolet. L'arme vola et atterrit à quelques mètres de là, tandis que l'homme criait.

Se redressant, Beatrix sortit un petit pistolet de la mince

poche intérieure de son manteau et le pointa sur le visage de l'homme.

— Partez !

L'homme n'hésita pas. Il s'éloigna en boitillant aussi vite que sa blessure le lui permettait. Beatrix repéra le pistolet qu'elle lui avait fait lâcher, et le ramassa.

Puis elle se tourna vers les deux hommes qui se battaient toujours. Non, ils ne se battaient pas. Rockbourne avait le dessus, et il était en train de marteler le visage de l'homme. Mais c'était plus que cela. Il attaquait le malfaiteur brutalement, sans pitié.

— Tom ! l'appela-t-elle, car elle ne voulait pas se servir de son titre. J'ai le pistolet !

Rockbourne s'arrêta et la regarda, les yeux écarquillés, la bouche ouverte, haletant sous le coup de l'effort. Le voleur saisit l'occasion pour repousser Thomas. Se relevant à grand-peine, le bandit faillit trébucher en luttant pour s'enfuir. Rockbourne voulut se jeter sur lui, mais l'homme se mit hors de sa portée et commença à courir.

— Laissez-le partir, ordonna Beatrix, baissant les deux pistolets. Est-ce que vous allez bien ?

— Est-ce que *moi*, je vais bien ? répéta Rockbourne en se relevant. Et vous ? Oubliez ça, je vois que vous allez bien. Comment se fait-il que vous ayez deux pistolets ?

— L'un était celui du voleur et l'autre est à moi, expliqua-t-elle, rangeant le sien dans son manteau.

Il la fixa, bouche bée.

— Vous portez un pistolet ?

Beatrix acquiesça.

— Cela me semble prudent quand je sors si tard.

— Prudent, répéta-t-il, secouant la tête comme s'il était déconcerté. C'est terriblement dangereux, bon sang !

— Pas depuis que je porte un pistolet. Regardez comment j'ai peu…

Rockbourne s'avança vers elle et prit l'autre pistolet des mains de Beatrix.

— Voyez à quel point il m'a été facile de vous désarmer ?

Elle fronça les sourcils en le regardant.

— Vous n'êtes pas une menace. Si vous l'étiez, vous n'y seriez pas arrivé. Je vous aurais tiré dessus avant que vous ne vous approchiez de trop près. Je sais me servir d'une arme.

Thomas se passa une main dans les cheveux.

— Doux Jésus, Beatrix ! Vous m'avez flanqué une trouille bleue !

— *Je* vous ai effrayé ?

Il soupira et posa son regard sur elle.

— Pas vous, mais ce qui s'est passé. Attendez… oui, vous aussi. Savoir que vous vous promenez dans Londres au beau milieu de la nuit avec un maudit pistolet, cela me terrorise.

— Cela ne devrait pas. Comme vous pouvez le voir, je suis tout à fait capable de prendre soin de moi, répliqua-t-elle, regardant autour d'elle. Vous voyez des voleurs ?

— Ils étaient deux, et nous aussi. Si je ne vous avais pas raccompagnée ce soir…, commença-t-il, avant de refermer la bouche et de lui attraper le coude. Vous ne pouvez pas recommencer. Vous ne viendrez plus chez moi après la tombée de la nuit !

Les sourcils de la jeune femme formèrent un V furieux.

— Vous n'êtes pas mon père. Ni mon mari.

— Vous n'avez pas de fichu père ! En tout cas, pas un digne de ce nom. Et vous n'avez pas de mari. Vous m'avez, moi, et vous allez m'écouter, bon sang !

Elle recula, surprise par la virulence de son ton. Soudain, elle comprit qu'il avait peur. Et que cette peur le mettait en colère.

— Rockbourne, murmura-t-elle. *Tom.*

Elle aimait la sensation de son nom sur sa langue. Levant la main, elle lui toucha doucement la joue.

— Je suis désolée. Je vous en prie, n'ayez pas peur, pas pour moi. Je suis plus forte et plus capable que vous ne le pensez.

Il sembla s'apaiser, et le feu de son regard s'estompa.

— Vous n'avez pas l'habitude que quelqu'un s'occupe de vous.

Elle se rendit compte qu'il avait raison.

— Pas vraiment. Rien que ma sœur. Elle est encore plus forte et plus capable que moi.

Laissant retomber sa main sur son flanc, elle sourit, espérant retrouver la joie qu'ils avaient partagée plus tôt.

Il glissa le pistolet dans le côté de sa ceinture, sous son manteau. Puis il se tourna et trouva son chapeau. Quand il le lui tendit, elle vit les dégâts sur sa main. Ses articulations étaient maculées de sang. Elle n'avait pas remarqué si le voleur avait été blessé, mais elle supposa que c'était le cas. Il y avait trop de sang pour qu'il ne provienne que des écorchures sur la chair de Rockbourne.

Beatrix prit le chapeau d'une main et serra celle de Thomas de l'autre.

— Vous êtes blessé.

— Ce n'est rien.

— Ce n'est pas rien.

— Venez, allons chez vous. Vous êtes sur Queen Anne Street ?

— Oui. Pour l'instant.

Il posa un regard interrogateur sur elle.

— Vous déménagez ?

— À Cavendish Square. Demain, en fait. La propriétaire, la marquise de Ripley, loue la demeure à Harry. Ainsi, Selina et lui auront une plus grande maison. La nôtre et la sienne sont plutôt petites. Je vous montrerai où c'est. Nous pouvons passer devant en nous rendant à Queen Anne Street.

Avec un hochement de tête, Thomas tourna en direction

de Cavendish Square. Elle le rejoignit et ils poursuivirent à un rythme soutenu le long d'Oxford Street avant de tourner à gauche vers Cavendish Square.

Le silence de Rockbourne rendait Beatrix nerveuse. Elle espérait qu'il n'était plus en colère. Elle voulait également être certaine qu'il comprenait qu'elle refusait d'être dirigée.

— Je ne suis pas sûre de pouvoir promettre de ne pas m'aventurer dehors après la tombée de la nuit, dit-elle doucement. Comment pourrais-je vous rendre visite autrement ?

— Envoyez une note et je viendrai à votre rencontre.

— Vraiment ?

Un sentiment d'impatience envahit Beatrix. Cependant, elle allait devoir trouver comment faire pour lui envoyer un message. Mais… ! Ils auraient au moins un valet de pied à Cavendish Square, peut-être même deux ! Sa mère et elle en avaient un à Bath. Ou plutôt, Ramsgate en employait un pour elles. Il n'avait pas lésiné sur les moyens quand il était question de la mère de Beatrix. Mais cela voudrait alors dire que quelqu'un dans la maisonnée connaîtrait son secret : qu'elle envoyait au moins des messages à Rockbourne. Cela nécessiterait une certaine organisation.

— Oui, vraiment, lui répondit Rockbourne, qui semblait plus calme.

Ils tournèrent dans Cavendish Square.

— La maison est juste là, sur la droite, expliqua-t-elle.

Elle pointa du doigt la demeure. Récemment, elle était encore occupée par son amie Jane Pemberton.

— Lady Colton a déjà déménagé. Lord Colton et elle se sont mariés, un peu par surprise, il y a une semaine. C'était incroyablement romantique.

— Dans quelle mesure ?

— Il est arrivé chez elle avec un permis spécial, un pasteur, sa sœur, et leurs meilleurs amis.

Ils s'arrêtèrent devant la maison.

— Lady Colton n'en avait aucune idée ? s'enquit Tom.

Beatrix secoua la tête.

— Aucune. N'est-ce pas charmant ?

— Tant qu'elle dit oui, ça l'est ! s'exclama-t-il en riant, et elle fut ravie d'entendre ce son. Cela aurait pu mal se terminer.

— Je suppose, oui. Cependant, lord Colton savait probablement ce qu'elle ressentait, vous ne croyez pas ?

— Je pense que connaître et comprendre les sentiments des autres est extrêmement compliqué. Je suis ravi que les choses se soient bien passées pour eux. J'espère qu'ils seront très heureux.

Il prononça cette dernière phrase avec un mélange de nostalgie et de noirceur, comme s'il s'attendait à ce que son espoir soit anéanti.

— Donc, la maison est vide ? s'enquit Thomas.

— Eh bien, les domestiques sont là. Harry les garde tous, répondit-elle, puis elle se tourna pour le regarder. Pourquoi cette question ?

— Pas de raison particulière. Il y a juste… des possibilités avec une maison inoccupée.

Le désir palpita dans le ventre de Beatrix… et plus bas. Toute la soirée, elle avait été consciente d'une attirance sous-jacente. À plusieurs reprises, dans le salon, elle avait cru qu'il allait l'embrasser. Elle avait été choquée de se rendre compte qu'elle voulait qu'il le fasse. Assez désespérément, en fait.

Et voilà qu'il lui parlait des possibilités qu'offrait une maison inoccupée. Son imagination décolla et évolua directement en un désir fervent.

Avant qu'elle puisse poser des questions sur les possibilités qu'il évoquait, il posa sa main sur le bas de son dos et ils poursuivirent leur chemin le long de la place. À sa grande déception, il ne la toucha plus pendant qu'ils avançaient.

— Vous n'avez pas expliqué pourquoi vous avez un pistolet, dit Thomas.

— Je ne me souviens pas de vous avoir entendu poser la question.

Elle était sûre qu'il ne l'avait pas fait. Il ne la regarda pas.

— Pourquoi avez-vous un pistolet ?

— Parce que, comme vous l'avez dit, je me promène dans Londres au milieu de la nuit.

Le soupir exaspéré de Rockbourne imprégna l'air humide de la nuit.

— Où vous êtes-vous procuré ce pistolet ?

Elle n'était pas à l'aise à l'idée de raconter cette histoire. Il se demandait déjà quel genre de femme elle devait être, puisqu'elle avait pu se défendre face à un voleur. Qu'allait-il penser si elle lui disait qu'elle l'avait volé ?

— Il m'a été donné par un… ami.

— Comment savez-vous l'utiliser ? Vous avez dit que vous saviez.

— Ma sœur et moi avons pensé qu'il était sage d'apprendre à tirer. Son ancien mari nous a montré comment faire.

Elle détestait inventer des choses complètement fausses. Longtemps auparavant, Selina l'avait mise en garde, car si elle oubliait ce qu'elle avait dit, elle risquait d'être prise en flagrant délit de mensonge. Mieux valait recourir à des demi-vérités ou, mieux encore, éviter de répondre à des questions gênantes. Cela devenait de plus en plus difficile avec Rockbourne. Il en savait déjà beaucoup plus sur elle que n'importe qui d'autre, à l'exception de Selina.

Pourquoi avait-elle baissé sa garde avec lui ?

Beatrix lui lança un regard en coin alors qu'ils atteignaient Portland Street. Peut-être devrait-elle rompre complètement cette relation. Quel en était l'intérêt, de toute façon ? Elle l'avait aidé, il l'avait aidée… Elle était convaincue qu'il était derrière le bon pour Almack. Tout le reste n'était plus que… quoi ? Qu'était-ce ?

De la tentation.

Il était un père en deuil, et elle était la fille bâtarde d'un duc, qui espérait assurer son avenir. Il n'y avait pas vraiment de raison pour qu'ils continuent à se voir, même si elle en avait envie. Cela la rendait tellement triste !

Elle ouvrit la bouche pour le lui dire, mais il parla le premier.

— Cette soirée a été la plus amusante que j'ai vécue depuis très, très longtemps, affirma-t-il avant de marquer une pause. À l'exception des voleurs.

Il prononça les derniers mots avec une chaleur pleine d'humour qui la fit sourire. Ce qui lui était facile depuis qu'il avait dit que cette soirée était la plus amusante qu'il avait vécue depuis longtemps.

Depuis *très, très* longtemps.

— L'incident avec les voleurs n'était pas si terrible.

— Vous avez sans doute raison.

À présent, il la regardait, et elle ressentait la chaleur de son regard *partout*.

— J'ai aimé quand vous m'avez appelé Tom.

— Je ne voulais pas vous appeler par votre titre. Pas à ce moment-là.

— Ne vous sentez pas obligée de l'utiliser à l'avenir. Tom, c'est bien. Tom, c'est charmant, en réalité.

Oh, oui ! Tom était charmant.

En dépit de son bon sens, Beatrix saisit sa main et entremêla ses doigts aux siens. Elle regrettait de toutes ses forces de porter des gants.

— Nous sommes presque à Queen Anne Street, annonça-t-elle.

— Je sais.

Elle se rendit compte que leur allure avait ralenti. Il

semblait aussi réticent qu'elle à l'idée que la soirée se termine. Peut-être auraient-ils dû se faufiler dans la maison de Cavendish Square. Mais, d'un autre côté, à quelle fin ?

Beatrix s'en fichait. Elle ne voulait pas penser au-delà des quelques instants qui allaient suivre.

— Me ferez-vous savoir si Bow Street vous contacte à nouveau ? lui demanda-t-elle.

— Non.

Elle se renfrogna.

— Pourquoi pas ?

— Que feriez-vous ?

— Je ne sais pas. J'aimerais juste être au courant.

Elle s'inquiétait pour lui. Perdre un conjoint, le parent de son enfant, devait être difficile, même dans la pire des situations, ce qui semblait être le cas de leur mariage. Il semblait aller bien dans l'ensemble, mais son éclair de colère et la façon dont il avait frappé le voleur lui donnaient à réfléchir.

— C'est une question sans importance puisqu'ils ne me contacteront pas. Vous pouvez oublier toute cette affaire.

— L'avez-vous fait ? lui demanda-t-elle d'une voix douce.

— J'essaie.

Il avait la voix tendue et elle regretta presque d'avoir posé la question.

— Je suis là si vous avez besoin d'en parler.

— Je n'en aurai pas besoin, mais je vous remercie.

Ils atteignirent l'angle de Queen Anne Street. Beatrix s'arrêta, mais ne lâcha pas la main de Thomas.

— Merci de m'avoir raccompagnée. Je suis heureuse que vous ayez été avec moi. Je n'aurais pas voulu affronter ces deux voleurs seule.

— Vous pourriez être morte, remarqua-t-il, lui serrant la main. Promettez-moi que vous ne vous mettrez plus en danger de la sorte. Je ne pourrais pas le supporter.

L'insistance et le désespoir dans sa voix tiraillaient le cœur de Beatrix. Elle se rapprocha de lui.

— Je ne le ferai pas.

Le fait était qu'il n'avait pas tort. Elle aurait eu beaucoup d'ennuis. Elle aurait pu tirer sur l'un d'entre eux, mais que se serait-il passé avec l'autre ?

Repoussant ces idées noires, elle lui offrit un sourire.

— Bonne nuit, alors.

— Vous m'enverrez une note lorsque vous voudrez à nouveau me rendre visite ?

Elle hocha la tête, mais elle savait qu'elle n'en ferait rien. Car elle ne reviendrait pas.

Ils se fixèrent du regard ; la nuit était sombre et fraîche autour d'eux. Beatrix frissonna. Thomas abaissa la tête. Elle entrouvrit les lèvres, certaine qu'il allait l'embrasser maintenant. *Enfin.*

Mais il se contenta de faire basculer son chapeau en arrière et d'effleurer son front de ses lèvres. Replaçant le couvre-chef, il lâcha la main de Beatrix et recula.

— Je vais vous regarder jusqu'à ce que vous soyez à l'intérieur. Bonne nuit, Beatrix.

— Bonne nuit, Tom.

Le corps de la jeune femme vibrait d'un désir insatisfait. Néanmoins, elle se retourna et se dirigea vers la maison, où elle se glissa dans les escaliers menant à l'entrée du sous-sol.

Elle se précipita à l'étage et écarta le rideau pour voir si Tom était toujours là. Il se tenait de l'autre côté de la rue étroite, une grande silhouette dans l'ombre.

Ils se regardèrent pendant plusieurs minutes avant qu'il ne se tourne et reparte en direction de Portland Street. Lorsqu'il disparut, elle recula et laissa retomber le rideau.

Un sentiment de tristesse l'enveloppa et serpenta le long de sa gorge, la rendant sensible, à vif. Elle ne pleurerait pas. Ce n'était pas une fin, mais un commencement. Le lendemain, Selina et elle déménageraient à Cavendish Square, vers la sécurité. Et le soir suivant, elle rencontrerait enfin son père. Son avenir était assuré.

Mais était-ce l'avenir qu'elle souhaitait encore ?

~

Regan avait débarqué dans la chambre de Thomas à une heure exceptionnellement matinale. Il n'avait dormi que peu de temps après avoir raccompagné Beatrix chez elle. Et cela alors qu'il s'était retourné dans son lit pendant un certain temps avant de s'assoupir, l'esprit et le corps envahis par l'excitation de sa soirée avec Beatrix.

Soirée ? Cela s'était passé au milieu de la nuit !

Et chaque instant avait été absolument sublime. Enfin, pas *chaque* instant. Son cœur s'emballait encore en songeant à l'attaque des voleurs, et sa rage grandissait. Lorsqu'il avait vu cet homme attraper Beatrix, Thomas avait eu envie de le frapper jusqu'à ce qu'il disparaisse.

Il l'aurait peut-être fait si elle n'était pas intervenue. Il avait entendu la note de peur dans la voix de la jeune femme. Avait-elle vu ce qu'il y avait de pourri en lui ? Il priait pour que ce ne soit pas le cas. Pourtant, leur séparation la nuit précédente avait été empreinte d'une certaine finalité qui le poussait à se poser des questions.

Non, cela ne pouvait pas être la fin de leur association, quand bien même ce serait mieux.

L'invitation au bal masqué que son frère organisait le lendemain soir trônait au milieu du bureau de Thomas. Il avait déjà répondu. La nuit passée n'était *pas* la dernière fois qu'il la voyait.

Il s'adossa à son fauteuil et tenta, pour la douzième fois au moins, de comprendre la réaction de la jeune femme face à l'attaque. Elle avait repoussé l'autre assaillant plutôt habilement. Thomas avait été trop occupé à frapper l'homme qui s'en était pris à elle pour voir ce qu'elle faisait pour le pousser à s'enfuir. Ou bien comment elle était parvenue à récupérer son pistolet.

Thomas songea à sa propre arme, qu'il gardait enfermée dans un étui dans sa chambre. Ensuite, il pensa au pistolet de Beatrix. Elle avait une arme ! Et, apparemment, elle savait s'en servir. Il était à la fois choqué et impressionné par ses capacités. Il n'était pas non plus tout à fait certain d'avoir compris son explication.

Le fait qu'elle soit autorisée à se déplacer librement après la tombée de la nuit, armée d'un pistolet ou non, était préoccupant. Il envisageait presque de parler avec sa sœur. Mais cela impliquerait presque à coup sûr qu'ils ne se rencontreraient plus.

Il laissa échapper un soupir frustré. Pourtant, c'était sans doute pour le mieux. Il mettait la réputation de Beatrix en péril en la rencontrant de la sorte. Certes, elle l'avait déjà mise en péril en venant ici pour espionner son père, mais Thomas ne faisait qu'aggraver la situation. De plus, il lui avait demandé de l'informer par écrit de leurs prochaines rencontres, afin qu'il puisse les organiser. Il contribuait plutôt activement à sa ruine potentielle.

Se penchant en avant, il appuya ses coudes sur le bureau, puis mis sa tête entre ses mains et ferma les yeux.

— My lord ? l'appela doucement Baines.

Thomas leva la tête et regarda le majordome.

— Oui ?

— Mme Holcomb est arrivée.

— Merci, Baines.

— Comment vont vos mains ? s'enquit timidement le domestique.

Thomas écarta les mains et les tint devant son visage. Les abrasions sur ses articulations étaient rouges et à vif. Les blessures le piquaient, mais moins à présent que quand il était arrivé à la maison.

— Mme Henley a insisté pour que j'utilise le cataplasme de la cuisinière.

Son valet lui en avait déjà appliqué deux fois. À l'exception du majordome, personne ne lui avait demandé comment il s'était blessé. Mais Baines avait voulu savoir s'il allait bien.

— Êtes-vous certain de n'avoir pas d'autres blessures ? s'enquit-il.

— Je le suis. Et je vous remercie de votre sollicitude.

Thomas lui adressa un petit sourire. Ensuite, parce qu'il faudrait qu'il raconte une histoire à sa tante, il ajouta :

— Cela a été une période difficile. J'ai bien peur d'avoir passé mes nerfs sur un arbre dans le jardin.

Baines le contempla un instant.

— Je vois. Est-ce que cela… vous a aidé ?

Thomas haussa les épaules.

— Sur le moment, oui. Mais, maintenant, je vais devoir faire avec des mains douloureuses, affirma-t-il avec un sourire qui était plus sincère, à présent.

Ou, du moins, il espérait qu'il l'était. Baines acquiesça.

— Mme Holcomb est dans le salon. Elle a un cadeau pour Mlle Devereaux.

Ce serait le troisième cadeau que la tante Charity apportait à Regan cette semaine-là. Elle voulait être sûre que sa mère ne manquerait pas à la petite fille, ce qui n'était pas vraiment nécessaire.

— Merci, Baines.

Thomas se leva et quitta le bureau pour se rendre à l'étage.

Situé à l'avant de la demeure, avec une jolie vue sur Grosvenor Square, le salon était l'endroit où ils se réunissaient en famille. La tante Charity était assise au milieu de la pièce, et une boîte ornée d'un nœud était posée sur le canapé à côté d'elle.

— Bonjour, ma tante, la salua Thomas qui s'avança vers elle. Merci d'avoir apporté un autre cadeau à Regan, mais ce n'est pas nécessaire. Elle n'est presque pas affectée par... ce qui s'est passé.

— Tu as de la chance qu'elle soit si jeune. Et que sa mère ait été un bien piètre parent.

Thomas était conscient que les choses auraient pu être bien plus difficiles, et il était reconnaissant. Pas pour lui, mais pour le bien de Regan. Il ne voulait pas la voir triste. Pourtant, la tristesse et la déception faisaient partie de la vie. Il l'avait lui-même appris à un très jeune âge. Et c'était précisément pour cette raison qu'il ne voulait pas que sa fille en fasse l'expérience. Elle avait tout le temps pour ressentir la douleur, le désespoir et la perte. Sa poitrine le brûlait : il aurait aimé pouvoir la protéger de telles choses pour toujours.

La tante Charity se leva et s'approcha de l'endroit où il se tenait debout près d'un fauteuil.

— Juste ciel ! Qu'as-tu fait à tes mains ?

Elle les saisit dans les siennes et fronça les sourcils en regardant les blessures.

— J'ai dépensé mon énergie contre un arbre. Cela a soulagé une partie de ma tension.

Elle le relâcha et lui lança un regard ironique.

— Ne pourrais-tu pas simplement boire à l'excès, jouer, ou prendre une maîtresse comme les autres hommes ?

— Je fais de mon mieux avec l'alcool.

— Pfff ! fit-elle, agitant la main. Je ne te crois pas. Et je sais que tu ne joues pas vraiment... et tu n'as certainement pas pris de maîtresse. Dieu sait que tu aurais dû !

Tant de gens l'avaient encouragé à le faire. Son valet. Ses amis. Et maintenant, sa tante. À quel moment suivrait-il leur conseil ? Il savait qui il voulait dans son lit, mais elle n'était pas le genre de femme qu'il pouvait prendre pour maîtresse.

La tante Charity revint vers le canapé, et il s'installa dans un fauteuil dont le haut dossier lui arrivait aux épaules. Elle l'étudia attentivement.

— Es-tu sûr que c'était un arbre ?

Thomas remua, mal à l'aise.

— Oui. Pourquoi penserais-tu à autre chose ? s'enquit-il, et il regretta d'avoir posé la question dès qu'elle franchit ses lèvres.

— Cela me paraît tout simplement une chose étrange à faire. Mais si cela t'a permis de te sentir mieux, fais ce que tu veux.

Regan entra en sautillant dans la pièce, suivie plus discrètement par sa nourrice.

— Papa ! Tante Charity !

Elle se dirigea vers son père, mais Thomas vit le moment exact où son attention se posa sur le paquet emballé à côté de la tante Charity. Elle vira sur la gauche et bondit sur le canapé.

— Est-ce pour moi ?

— Oui, dit tante Charity avec un sourire. Cependant, c'est le dernier. Ton papa pense que je te gâte trop.

Cela n'avait aucune importance pour Regan, qui ne regarda même pas Thomas. Ce dernier rit.

— Je n'ai jamais utilisé le mot « gâtée », affirma-t-il.

Regan tira sur le ruban, puis ôta le couvercle. Elle poussa un cri et plongea les mains dans la boîte. Ses petites mains saisirent un livre plus large que ses genoux.

— Il y a toutes sortes d'animaux dedans, lui dit la tante Charity. Je sais à quel point tu les aimes.

— Surtout les chats ! Papa dit que je peux en avoir un, puisque maman n'est plus là, expliqua Regan avec enthousiasme. Elle ne voulait pas que j'en aie un.

La tante Charity regarda Thomas avec un sourire.

— Quelle belle idée !

— Bientôt, dit Thomas.

Il lui fallait en trouver un. Regan ouvrit le livre dont elle étudia les images avec un grand intérêt.

— Je crois qu'elle l'aime, dit Rockbourne d'une voix douce. Merci.

— Papa, ton amie pourra-t-elle me le lire ?

Confus, Thomas plissa le front.

— Quelle amie ?

— Cette gentille dame. Avec les cheveux comme les miens.

La tante Charity écarquilla légèrement les yeux, et elle se tourna vers son neveu.

— De quelle amie s'agit-il ?

Bon sang ! Regan voulait parler de Beatrix. Et dire qu'elle ne devait en parler à personne !

— Je ne suis pas sûr, mentit Thomas.

— Elle vient parfois ici la nuit, lança Regan sans lever les yeux de son livre.

La tante Charity haussa brusquement les sourcils.

— On dirait que tu as pris une…, commença-t-elle avant de pincer les lèvres. Peu importe.

— Une quoi, tante Charity ? s'enquit Regan, preuve que les enfants entendaient tout.

— Rien, ma chérie.

La tante Charity posa la boîte sur le sol et se rapprocha de sa petite-nièce pour regarder le livre par-dessus sa tête. Mais cela ne dura qu'un instant. Elle reporta son attention sur Thomas avec un regard très curieux.

Rockbourne était conscient que sa tante l'interrogerait plus tard, et il décida qu'il valait mieux en finir tout de suite. Il se tourna vers la nourrice de Regan et lui demanda s'il pouvait emmener la petite à l'étage avec son livre.

— Bien sûr, my lord, répondit-elle.

Regan ferma le livre et le donna à la nourrice. Se retournant, elle jeta ses bras autour de sa grand-tante.

— Merci, tante Charity !

Cette dernière la serra fort dans ses bras, arborant un sourire chaleureux.

— Je t'en prie, ma petite chérie.

Glissant du canapé, Regan alla étreindre Thomas avant de s'en aller avec la nourrice.

— Ta fille est absolument merveilleuse. Tu as plus que compensé le manque d'attention de ta femme.

— Cela n'a jamais été mon but, pas spécifiquement, répondit-il tranquillement. Regan possède mon cœur entier.

— Ton cœur *entier* ? Il ne reste plus rien pour ta mystérieuse « amie » blonde ?

Thomas posa les coudes sur les bras du fauteuil et se pencha en avant.

— Écoute, je préférerais que tu n'en parles à personne. Cette femme n'est pas ma maîtresse. Elle est exactement ce que Regan a dit : une amie. Il se trouve que j'en ai besoin en ce moment.

C'était l'absolue vérité. Beatrix était entrée dans sa vie au bon moment. En toute honnêteté, il ne savait pas ce qu'il aurait fait sans son aide cette nuit-là ; sa seule présence lui avait permis de surmonter un événement tout à fait insupportable.

Un pli de sympathie barra le front de la tante Charity.

— Bien sûr que tu en as besoin. Je ne te jugerai jamais, répondit-elle, et il vit qu'elle avait envie de poser d'autres questions.

— Je ne te dirai rien d'autre, alors ne demande pas, affirma-t-il avec un petit sourire. Sache simplement que c'est une amie. Et rien de plus.

— Si elle t'a aidé à traverser cette période, alors elle est davantage qu'une amie… c'est un ange. Je suis reconnaissante pour le réconfort qu'elle t'apporte.

Il s'adossa à son fauteuil et posa les paumes sur les accoudoirs.

— Merci. Maintenant, parlons de quelque chose qui n'a rien à voir avec moi.

Sa tante sourit.

— Alors, laisse-moi te raconter une histoire amusante au sujet du fils de ta cousine, Peregrine.

— Oui, s'il te plaît ! Cela fait bien trop longtemps que Regan et lui n'ont pas joué ensemble.

— Nous allons devoir arranger cela, annonça la tante Charity. Bientôt.

Ensuite, elle se lança dans son récit, et, pendant un court instant, Thomas rit.

CHAPITRE 7

Beatrix et Selina s'habillèrent pour le bal masqué dans la maison de Rafe sur Upper Brook Street. Selina était absolument resplendissante avec sa robe rose et sa surjupe de gaze dorée qui scintillait à la lumière des bougies. Les manches étaient brodées d'une variété de fleurs en fil d'or, et elle portait des boucles d'oreilles et un collier en diamants parfaitement assortis à la bague de fiançailles en diamants que Harry lui avait offerte. Ces bijoux rappelèrent à Beatrix la demi-parure que sa mère lui avait promise : des émeraudes serties dans une paire de boucles d'oreilles, un collier et un bracelet. Elle lui avait affirmé qu'elle lui appartiendrait un jour. Beatrix avait hâte de la récupérer auprès de son père.

— Tu es belle, dit Beatrix, adressant un sourire rayonnant à Selina.

— Merci, répondit cette dernière, qui rougit en se regardant dans le miroir. Je ne me reconnais même pas.

— Moi, si. Tu es toujours la fille courageuse qui m'a sauvée chez Mme Goodwin.

Selina se tourna vers son amie en souriant.

— Tu m'as sauvée aussi.

— Je suis tellement heureuse pour Harry et toi ! Trouver un homme que tu aimes et qui t'aime en retour…, dit-elle avec un soupir.

— C'est stupéfiant. Je ne sais pas si j'arriverai à y croire un jour.

— Du moment que tu te souviens que tu le *mérites*, remarqua Beatrix.

Elle ajusta le collier autour de sa gorge, déplaçant légèrement le diamant.

— Je ne peux pas l'oublier, Harry et toi ne cessez de me le rappeler. Trouves-tu étrange que nous n'ayons pas de masques ?

Ils en avaient longuement discuté avec la famille de Harry, et ils avaient décidé que les fiancés n'en auraient pas. Tout le monde voudrait les féliciter, chose impossible si Harry et Selina n'étaient pas aisément reconnaissables. Et comme Beatrix espérait attirer l'attention de son père, elle ne pouvait pas vraiment cacher son visage.

— Pas du tout. Et qui s'en soucie de toute façon ? Nous avons de très bonnes raisons de ne pas en porter.

Un coup frappé à la porte les poussa à se retourner. Selina alla ouvrir : Harry se tenait de l'autre côté.

Il était vêtu de noir, à l'exception de sa chemise d'un blanc éclatant et de son gilet d'or rose qui avait été confectionné pour être assorti à la robe de Selina. L'amour brillait dans ses yeux lorsqu'il les posa sur sa fiancée. Beatrix n'aurait pas été plus heureuse si c'était elle qui avait été sur le point de se marier.

— Magnifique, murmura-t-il, avant de regarder Beatrix derrière Selina. Et toi aussi.

Beatrix éclata de rire.

— Merci. Je descends. Vous deux, rejoignez-moi… quand vous voulez. Simplement, n'allez pas froisser sa robe.

Elle regarda Harry en agitant les sourcils quand elle passa devant lui, puis elle se dirigea vers les escaliers.

Peu de temps après, les invités commencèrent à arriver. Beatrix continuait à chercher Tom, ce qui était idiot, car il ne viendrait pas. Elle fut rapidement happée par l'effervescence et le faste du bal. La maison de Rafe était magnifique, et la salle de bal en particulier était somptueusement décorée avec des lustres étincelants, des miroirs qui reflétaient la lumière, et de très nombreuses fleurs. La chaleur s'installa rapidement, mais les portes furent ouvertes pour permettre à l'air du soir de circuler à l'intérieur, et plusieurs valets de pied agitèrent des éventails.

Après avoir dansé avec lord Daventry, qui avait également été son partenaire chez Almack, Beatrix s'en alla chercher un verre de limonade.

— Mademoiselle Whitford, bonsoir.

Beatrix se tourna vers son demi-frère. Du moins, elle était presque certaine que c'était lui.

— Lord Worth ?

Ce dernier rit.

— C'est cela ! Comment est la limonade ?

— Bien supérieure à celle d'Almack, je suis ravie de le dire.

— Ce n'est guère un exploit. Je n'en attendais pas moins de votre frère. Il n'a pas lésiné sur la dépense, remarqua Worth, balayant la salle du regard. Sa maison est exceptionnelle.

Beatrix ne voyait pas quoi répondre à cela, alors elle termina sa limonade, puis tendit son verre vide à un valet de pied qui passait par là.

— Je dois vous présenter mes excuses pour ne pas vous avoir encore rendu visite, dit Worth. Je prévois de le faire.

— Merveilleux.

Elle lui adressa un bref sourire et jeta un regard autour

d'elle, en quête d'une excuse pour s'éloigner avant qu'il puisse fleureter avec elle. Elle ne pensait pas vraiment pouvoir le supporter.

C'est alors que cela se produisit. Il était là. Le duc de Ramsgate marchait droit vers eux. Elle savait que c'était lui, car il ne portait pas de masque.

Le cœur de Beatrix s'emballa et son pouls s'accéléra comme celui d'un poney effrayé. Elle avait déjà un peu chaud, mais l'angoisse lui provoqua une bouffée de chaleur.

Le duc s'arrêta près de son fils et jeta un regard à la jeune femme. Elle lui adressa un grand sourire, peut-être trop grand, et attendit qu'il la reconnaisse.

Il inclina à peine la tête avant de se tourner à nouveau vers Worth.

— Es-tu ici depuis longtemps ?

— Un moment, dit Worth. Tu viens d'arriver ?

— Oui, à mon corps défendant. Ce Bowles est un parvenu. Sa maison est un peu vulgaire, tu ne trouves pas ?

Beatrix se figea. Elle ne voyait pas quoi dire. Elle avait du mal à réfléchir. Il ne l'avait absolument pas reconnue. En fait, c'était comme si elle n'était même pas là. Était-il en train de la snober ? Elle n'en savait rien. De plus, il était en train d'insulter Rafe et sa maison !

Worth renifla.

— Cette maison me plaît. Tu es trop guindé. Puis-je te présenter Mlle Beatrix Whitford ? C'est la sœur de M. Bowles, ajouta-t-il d'un ton légèrement tranchant.

Son père la regarda enfin… Il la regarda vraiment. Et il inclina à nouveau la tête.

— Mademoiselle Whitford.

Il ne semblait pas le moins du monde navré d'avoir insulté son « frère ». Pas plus qu'il ne la reconnaissait. Ou, si c'était le cas, il était exceptionnellement doué pour le dissimuler.

Elle lui offrit une révérence qu'elle avait maintes fois répétée.

— Bonsoir, my lord. Je suis ravie de faire votre connaissance.

Se redressant, elle attendit qu'il échange quelques mots avec elle. Au lieu de cela, il reporta son attention sur son fils.

— Je veux te présenter quelqu'un.

— Dans un moment, dit Worth, qui semblait légèrement irrité. Je discute avec Mlle Whitford.

Le duc fronça les sourcils, et sa bouche se tordit en une grimace de déception.

— Maintenant, s'il te plaît.

Les yeux de Worth étincelèrent, et il ouvrit la bouche pour répondre. Beatrix l'interrompit.

— Tout va bien. Allez-y, lui dit-elle, impatiente de se débarrasser de lui… ou, plus exactement, d'éviter une éventuelle tentative de séduction de sa part.

En vérité, elle l'aimait bien. Ou, du moins, elle se disait qu'elle l'apprécierait s'ils devenaient amis. Ou frère et sœur.

Il se tourna vers elle.

— En êtes-vous sûre ? Nous n'avons pas encore dansé.

Elle rit gaiement.

— Oh ! Nous avons tout le temps pour ça.

À cet instant, elle voulait s'éloigner de tout le monde avant que la douleur qui lui montait à la gorge ne jaillisse de ses yeux.

— Très bien.

Worth tourna les talons et s'en alla avec le duc, qui n'accorda pas même un regard à Beatrix.

Les joues brûlantes, elle se retourna et quitta la salle de bal pour se rendre dans une pièce adjacente où des gens jouaient aux cartes. Elle traversa la salle et entra dans une autre, puis une autre. Cette maison était un maudit labyrinthe !

Enfin, elle arriva dans une pièce déserte et, heureusement, elle savait où elle se trouvait. Tournant vers la gauche, elle s'engagea dans l'aile de la maison où la rénovation n'avait pas encore été achevée.

Elle se retrouva dans la grande et spectaculaire bibliothèque de Rafe. Même s'il n'y avait personne à l'intérieur, des lanternes éclairaient partiellement la pièce.

Elle était en désordre, la rénovation n'étant pas achevée. Toutes les étagères n'étaient pas en place, et celles qui l'étaient ne contenaient qu'une partie des livres qu'elles accueilleraient par la suite. Il y aurait plus d'ouvrages qu'elle ne pourrait jamais lire. Ou pas. Elle aimerait relever le défi.

Oui, pense aux livres. Pense à tout, sauf à ton père.

Trop tard. Il l'avait à peine regardée ! Même sans tenir compte du fait qu'il ne l'avait pas reconnue, il s'était montré grossier. Il ne s'était même pas excusé d'avoir insulté Rafe après avoir appris qu'elle était sa sœur.

Des larmes lui brûlèrent les yeux, mais elle refusait de les verser. Il avait peut-être une raison d'avoir agi ainsi. Et s'il l'avait reconnue, mais qu'il avait été simplement trop surpris pour la regarder ou lui parler ?

Sauf que… s'il avait été à ce point choqué, elle aurait sûrement remarqué des signes. Tout cela mis à part, il s'était comporté de façon horrible. Comment osait-il parler ainsi de Rafe ?

Elle tapa du pied et s'efforça désespérément de maîtriser ses émotions. Un mouvement attira son œil. Un homme entièrement vêtu de noir, à l'exception de sa chemise ivoire, et portant un masque couvrant tout son visage en dehors de sa bouche, ferma la porte derrière lui.

Les émotions de Beatrix se confondirent en une seule : la peur. Il n'y avait qu'une seule raison pour qu'un homme la suive. Et elle n'avait ni couteau ni pistolet. Cherchant une arme, son regard tomba sur un chandelier posé sur une table.

Elle fit quelque pas et enroula sa main autour de l'objet. Soulevant le chandelier en laiton, elle fit face à l'homme masqué.

— N'approchez pas davantage !

L'homme s'avança vers elle. Elle agita son arme.

— Je suis sérieuse !

— Je le sais bien, répondit-il en détachant son masque, qu'il retira de son visage. *Beatrix.*

La jeune femme resta bouche bée face à Tom.

— Je vous aurai frappé !

— J'en suis bien conscient, répondit-il avec une pointe d'ironie. Je vous ai vue vous défendre, et, comme vous l'avez souligné, vous en êtes tout à fait capable.

Elle reposa le chandelier et prit une grande respiration. Son pouls s'apaisait maintenant qu'il n'y avait plus de danger.

— Il n'y a qu'une seule raison pour laquelle un homme suivrait une femme dans une pièce isolée lors d'un bal.

Il arqua un sourcil vers elle, et elle fut frappée de voir à quel point il était beau dans sa tenue de soirée impeccable, ses cheveux noirs peignés dans un style fringant.

— Une seule ? Pourquoi croyez-vous que je suis ici ?

— Eh bien, pas pour *ça.*

Une vague de chaleur la traversa. Elle imaginait *ça* avec *lui,* et espéra que c'était la raison de sa présence.

Il réduisit la distance qui les séparait et vint se placer juste devant elle.

— Comment le savez-vous ? s'enquit-il.

Sa voix était comme un manteau de soie qui s'enroulait autour de Beatrix.

— M'avez-vous suivie pour une rencontre galante ? l'interrogea-t-elle.

Le dernier mot fut prononcé bien plus fort, et son cœur s'emballa à nouveau.

— Attendez ! Mais pourquoi êtes-vous ici ? Vous êtes en deuil.

— Certes. Mais ma tante m'a assuré que je pouvais sortir en société, parce que j'ai besoin d'une femme.

— Vraiment ?

Il leva une épaule.

— C'est ce que les gens pensent. Voyez-vous, je suis le père d'une petite fille, et un vicomte sans héritier, expliqua-t-il en levant les yeux au ciel. À l'évidence, j'ai besoin d'une épouse.

— À l'évidence.

Ce n'était pas si évident que cela. Pas aux yeux de Beatrix, mais qu'en savait-elle ?

— Je vous avoue que je n'ai pas pu résister à l'occasion de venir ce soir. J'ai reçu l'invitation avant... Eh bien, *avant.* De toute manière, je voulais vous voir dans une robe et avec tous les accessoires.

— Ne l'avez-vous pas déjà fait chez Almack ?

Tom soupira.

— Si. J'espérais aussi danser avec vous. *Ça,* je ne l'ai pas fait.

— Non, c'est vrai, répondit-elle, la voix soudain enrouée.

Il était si proche, si merveilleusement imposant, il sentait divinement bon, un parfum de santal et d'épices. Elle n'avait jamais compris pourquoi certaines femmes se pâmaient. Jusqu'à maintenant.

Des voix au-delà de la porte donnèrent l'alerte. Elle lui prit la main et l'entraîna de l'autre côté de la pièce, où l'une des nouvelles étagères n'avait pas encore été repoussée contre le mur. C'était un excellent endroit pour se cacher, et le seul.

Elle le tira derrière l'étagère, et elle posa un doigt sur ses lèvres. L'espace était plutôt étroit, et ils étaient coincés entre la bibliothèque et le mur. Ils se faisaient face, et leurs poitrines se touchaient. Il ne s'agissait peut-être pas d'un rendez-vous galant, mais cela y ressemblerait certainement s'ils étaient découverts.

Elle avait aussi un peu l'impression que c'en était un.

Tout ce qu'elle avait à faire, c'était de se dresser sur la pointe des pieds, d'enrouler ses bras autour de son cou, de presser ses lèvres contre les siennes… Cela le dérangerait-il ?

L'espace était plutôt sombre, mais elle le distinguait dans l'ombre. Il baissa les yeux sur elle, le regard sombre et enchanteur. Elle faillit se perdre, mais les voix se rapprochèrent ; elles étaient dans la pièce, maintenant, et elle les reconnaissait.

— Que s'est-il passé ? demanda Selina.

— Je parlais avec… diable, je ne me souviens pas de son nom. Lord Dimwit, ou quelque chose comme ça, répondit la voix de Rafe. Je me suis mal exprimé, mais je pense m'être bien rattrapé.

— Qu'as-tu dit ?

— J'ai dit que Beatrix était ta sœur.

Thomas plissa légèrement les yeux et il inclina la tête pour écouter la conversation. Le cœur de Beatrix battait si fort qu'elle craignait qu'il l'entende.

— Est-ce tout ? insista Selina, et Beatrix pouvait presque l'entendre froncer les sourcils. Qu'as-tu dit ?

— J'ai ri, puis j'ai dit qu'elle était *notre* sœur.

— *Rafe.* Quoi d'autre ? voulut savoir Selina. Qu'est-ce que tu ne me dis pas ?

— Rien ! C'est exactement ce qui s'est passé. Simplement…

Il y eut un bruit, comme si Rafe avait donné un coup de pied dans quelque chose, et Beatrix sursauta. Tom passa ses bras autour d'elle et la tint fermement. Son contact était à la fois réconfortant et excitant.

— Je déteste devoir me souvenir de toutes ces bêtises, dit

Rafe. Je ne sais pas comment Beatrix et toi avez pu le faire pendant si longtemps.

Selina ricana.

— Comme si tu n'avais pas fabriqué tes propres mensonges dans ton rôle du Vicaire. Ce n'est pas si difficile. Beatrix est notre demi-sœur. Nous avons la même mère, qui est maintenant décédée. Beatrix a vingt-deux ans, et non vingt-six, mais je ne vois pas pourquoi l'on évoquerait son âge. Le reste, ce sont des choses que *tu* as inventées.

Le ventre de Beatrix était noué. Tom, incrédule, la fixait du regard. Il la relâcha alors que son visage perdait ses couleurs. Mais seulement un instant. Elles revinrent aussitôt, surtout sur ses joues, où des taches rouges marquaient sa colère.

— Rafe, ne t'inquiète pas.

Selina semblait préoccupée, mais attentionnée. Ce qui n'apaisait pas Beatrix, mais ce n'était pas à elle que cela s'adressait.

— Je suis sûre que tout va bien. Tu as survécu à tant de choses. Tu ne seras pas renversé par lord Dimwit, ou quel que soit son nom. Pas plus que Beatrix ou moi. Maintenant, viens, nous devons y retourner.

Ce que dit Rafe ensuite était inintelligible. Mais, un instant plus tard, ils entendirent distinctement le son caractéristique de la porte qui se refermait.

Tom recula, ce qui l'aurait rendu visible pour n'importe qui d'autre dans la pièce.

— Que diable vient-il de se passer ? Vous n'êtes pas la demi-sœur de lady Gresham ? Ou la demi-sœur de M. Bowles ? Qui êtes-*vous* ?

— Je suis votre amie.

— Je le croyais, mais apparemment, je ne vous connais pas du tout.

Sa voix tremblait d'une telle angoisse que le cœur de la jeune femme faillit se déchirer en deux.

~

*L*e moment le plus sexuellement intense de la vie de Thomas avait été réduit en cendres en l'espace d'une brève conversation. Qui ne l'avait même pas impliqué. Il essayait encore de digérer ce qu'il avait entendu.

Qu'est-ce qu'elle et sa sœur, qui n'était pas sa maudite sœur, avaient fait pendant si longtemps ? *Bon sang !* Elle avait même menti sur son âge ! Pourquoi ? Rien de tout cela n'avait de sens. À moins qu'elle et ses « frère et sœur » ne soient des imposteurs.

Dans quel but ? Pour pouvoir infiltrer la bonne société et… faire de bons mariages ? Il secoua la tête comme si cela pouvait remettre de l'ordre dans ses pensées confuses.

— De quels mensonges parlait-elle ? Y a-t-il quelque chose de réel chez vous ?

— Pourrions-nous sortir de derrière l'étagère ? demanda Beatrix.

Thomas fit un autre pas en arrière. Puis, tournant les talons, il s'avança jusqu'au milieu de la pièce. Son corps vibrait d'indignation contenue.

— Allez-vous vous expliquer ou dois-je m'en aller ?

Il aurait dû partir. Quel était l'intérêt d'écouter ses explications ? Il voulait connaître la vérité, mais comment saurait-il si elle lui mentait ou non ?

Elle l'avait suivi au milieu de la pièce, sa petite silhouette se raidissant pour donner l'impression qu'elle était un peu plus grande.

— Je suis tout à fait réelle. Selina n'est pas ma sœur de sang, et Rafe n'est pas mon frère. Ils sont toutefois frère et sœur. Je *suis* la fille bâtarde du duc de Ramsgate. J'ai rencontré Selina à l'école quand j'avais onze ans. Les autres filles étaient horribles avec moi parce que je suis une bâtarde, et Selina était gentille. Nous nous sommes rapprochées et nous avons juré de ne jamais abandonner l'autre.

Elle parlait si clairement et avec une telle férocité qu'il était impossible de ne pas être très ému par l'amour évident qu'elle portait à sa fausse sœur. Il ne pouvait pas non plus ignorer la douleur persistante dans sa voix lorsqu'elle avait évoqué les autres filles. Thomas brûlait d'apprendre le nom de chacune d'entre elles, et de s'assurer qu'elles souffriraient pour leur cruauté. Même après avoir appris que Beatrix avait menti, il était apparemment toujours attiré par elle.

Il se souvint de la nuit où il l'avait vue dans l'arbre.

— Lors de notre rencontre, vous avez failli me donner un autre nom.

— Linley. C'était le nom de ma mère. Quand j'ai quitté l'école, j'ai pris un autre nom. Selina et moi nous sommes réinventées, expliqua-t-elle, posant sur lui un regard angoissé. S'il vous plaît, ne me posez pas de questions sur Selina. Ce n'est pas à moi de partager ses secrets.

Il pouvait le comprendre et, pour l'instant, il honorerait sa demande.

— Continuez. À quels autres mensonges lady Gresham faisait-elle allusion ?

— Rien que cela... Qui nous sommes vraiment. Nous sommes seules depuis plus de dix ans. Cela a souvent été... difficile, lui répondit-elle en se tordant les mains.

Thomas voulait comprendre.

— Dans quelle mesure ?

Il songea à la manière dont elle avait lutté contre le voleur, à son habileté à manier un pistolet. Elle laissa retomber ses mains contre ses flancs et releva le menton.

— Nous sommes des femmes. Nous étions sans protection. Nous avons dû... mentir pour faire notre chemin jusqu'ici. J'ai toujours espéré pouvoir venir à Londres, retrouver mon père et récupérer ma famille. Je voulais lui montrer que je suis une femme accomplie, qu'il peut être fier de moi, expliqua Beatrix, serrant les poings, les épaules crispées. Je suis *tellement* proche !

Le fervent attachement et l'espoir qui se dégageaient de sa voix effacèrent les vestiges de la colère de Tom. Il résista à l'envie d'aller vers elle et de la prendre dans ses bras.

— J'ai l'impression qu'il y a autre chose que ce que vous me dites. Si jamais vous voulez vous décharger de votre fardeau, sachez que je vous écouterai. Et que je ne vous jugerai pas.

Elle le fixa d'un regard impénétrable. Il ne savait pas si elle lui dirait un jour la vérité. Il n'était pas non plus sûr qu'elle le devait. Qui était-il, de toute façon ?

— Merci, dit-elle timidement. Qu'allez-vous faire ?

— Je ne vois pas ce que vous voulez dire.

— Allez-vous nous dénoncer ?

Ah ! Ça.

— Comme vous l'avez si bien souligné lors de notre rencontre, nous partageons maintenant des secrets. Et nous nous sommes mis d'accord pour les protéger. J'honorerai cela. Je ne divulguerai pas ce que vous avez fait de votre mieux pour garder secret ou ce que vous avez surmonté.

— Je vous remercie. C'était difficile pour moi de ne pas vous dire la vérité. Vous êtes la seule personne à qui je me sois confiée au sujet de mon père, en dehors de Selina.

Il s'avança vers elle, curieux.

— Pourquoi cela ?

Elle expira, et son corps se détendit légèrement.

— Je ne sais pas. C'est sans doute parce que je me sens… à l'aise avec vous. C'est peut-être à cause de la façon dont nous nous sommes rencontrés. Vous aviez besoin d'aide et j'ai voulu vous en apporter.

— C'était plutôt horrible, n'est-ce pas ?

Il s'arrêta juste devant elle. Elle était assez proche pour qu'il puisse la toucher. S'il osait.

— Oui. Ce n'est pas exactement la manière dont on espère rencontrer… quelqu'un.

— Non, murmura-t-il, se demandant si « quelqu'un » avait la même signification pour elle que pour lui.

Il avait rencontré une amie, certes, mais peut-être plus. Elle s'était fermement enroulée autour de lui et s'était infiltrée dans sa vie au point qu'il pouvait à peine envisager qu'elle n'en fasse pas partie.

— Je suis sincèrement désolée, dit Beatrix d'une voix douce. Ce n'était pas uniquement mon secret. Selina et moi sommes liées, et je la protégerai de toutes mes forces jusqu'à la fin de mes jours. Il n'y a personne que j'aime plus dans ce monde.

Il le voyait et il comprenait ce sentiment.

— C'est ce que je ressens pour ma fille.

Le moment se prolongea tandis que l'espace entre eux s'amenuisait à mesure que chacun se rapprochait. Il aurait été si facile pour Tom de la tenir dans ses bras, de la réconforter, de l'embrasser. Il ne fit rien de toutes ces choses.

Gardant ses mains le long du corps, à sa propre déception, il dit :

— Vous êtes partie depuis très longtemps. Votre absence a dû être remarquée.

Beatrix cilla.

— Juste ciel ! Oui ! s'exclama-t-elle, plaquant ses mains contre ses joues. Allez-vous revenir au bal ?

— Probablement pas. Je suis venu pour vous voir et je l'ai fait.

Elle baissa les mains.

— Et qu'en est-il de danser ? Peu importe. Vous n'avez pas

à répondre à cela. Je… comprends, lui dit-elle avec un petit sourire. Au revoir, Tom.

Puis elle passa devant lui et quitta la bibliothèque. Thomas jura en silence. Il n'aurait pas dû la laisser partir. Pas sans lui dire qu'il danserait avec elle. À présent, elle croyait qu'il avait changé d'avis à son sujet après avoir appris qu'elle n'était pas celle qu'elle avait dit être.

Et n'était-ce pas ce qu'il aurait dû faire ? Il avait déjà épousé une femme qui s'était révélée complètement différente de ce qu'il avait cru. Il n'était pas tombé amoureux de Thea, mais il avait cru que le potentiel était là. Après leur mariage, pas après pas, elle lui avait montré sa vraie nature. Une harpie méchante et égoïste qui détestait la maternité presque autant qu'elle détestait être mariée à Thomas. Elle lui reprochait essentiellement d'être trop guindé, de ne pas lui donner assez d'argent pour qu'elle puisse jouer, et de ne pas apprécier qu'elle boive trop. Et de se plaindre qu'elle ignore leur fille.

Était-ce trop demander de sa part que d'espérer qu'ils auraient un mariage heureux ? Apparemment, oui. Le pire, c'était qu'il ne demandait rien de plus. Comme Beatrix, il avait travaillé pour obtenir quelque chose et l'avait envisagé avec un dévouement passionné. Il espérait qu'elle ne finirait pas aussi déçue ou abîmée que lui.

Mais il n'était pas certain d'être là pour le savoir. C'était le moment idéal pour mettre fin à leur association. Il était inutile de continuer, et elle lui avait déjà prouvé qu'elle était capable de l'induire en erreur. Il n'avait pas besoin de cela dans sa vie, même s'il était attiré par Beatrix.

Et il l'était. Presque désespérément. Son humour, sa vivacité, son dévouement, tout cela se conjuguait pour la rendre incroyablement séduisante.

En dépit du bon sens, il retourna au bal. Masque en place, il entra dans la salle. Il observa la piste où l'on dansait un quadrille. Il trouva Beatrix ; le bleu vif de sa robe se distinguait parmi les autres femmes. C'était plus que sa robe. Elle dégageait un éclat que les autres femmes ne possédaient tout simplement pas.

Elle dansait avec le comte de Worth. Thomas plissa les yeux en les observant. Il n'avait aucune raison d'être jaloux. Cet homme était son demi-frère. En fait, Thomas aurait dû avoir pitié de lui, car, quand il le découvrirait, il serait très déçu. Pauvre homme.

— Rockbourne ?

Thomas tourna la tête en entendant cette voix familière. North, ou plutôt Jeremy Sheffield, le vicomte Northwood et frère du marié en l'honneur duquel ce bal était organisé, se plaça à sa gauche.

— Comment as-tu deviné ? lui demanda Thomas avec un regard méfiant.

Le masque de North ne couvrait que ses yeux et la moitié supérieure de son nez.

— Je n'en étais pas sûr, mais il y avait quelque chose de familier chez toi et c'était ma meilleure hypothèse, dit-il avec un sourire ironique. Cependant, c'était une devinette risquée. N'es-tu pas en deuil ?

— En quelque sorte.

Il ne voyait aucune raison de mentir. S'il était officiellement en deuil, il ne ressentait cependant pas de chagrin.

— J'ai reçu l'invitation… *avant*, et j'avais besoin de sortir.

— Je ne peux pas t'en vouloir.

Thomas continua de regarder Beatrix danser. Il essaya de ne pas rire en la voyant marcher sur les orteils de Worth. Apparemment, elle employait les mêmes tactiques que l'autre soir.

— Quelque chose d'amusant ? s'enquit North.

— Je regarde simplement la danse.

— Regardes-tu Mlle Whitford ? Je vois qu'elle est en train de détruire les pieds du pauvre Worth. Je ne l'ai jamais vue danser ainsi avant.

— Oui, la femme avec la robe bleue. C'est Mlle Whitford ? demanda Thomas, prétendant ne pas la connaître.

— Elle va devenir ma belle-sœur. C'est la sœur de lady Gresham, qui va épouser Harry.

— Je vois.

Thomas se mordit la lèvre quand il vit Beatrix foncer sur Worth. Cela avait dû être douloureux pour tous les deux. Les choses ne pouvaient pas se poursuivre ainsi. Elle ne pouvait pas continuer à se faire du mal pour le décourager.

— C'est peut-être à cause de son partenaire.

— Worth n'a jamais été un piètre danseur. En fait, on le célèbre pour le contraire. C'est pour cela que les dames patronnesses d'Almack l'aiment tant, affirma North avec un petit bruit de dégoût. Je suis tellement heureux que ce ne soit pas moi !

— Je n'ai pas dansé depuis des lustres, dit Thomas.

— Alors, peut-être devrais-tu le faire ? répondit North qui se pencha vers lui en chuchotant. Je ne le dirai à personne.

Thomas le regarda.

— Je te remercie. Je préférerais que ma présence passe inaperçue.

North pinça les lèvres et inclina la tête vers Thomas avant de s'éloigner. Rockbourne regarda la danse se terminer et prit une grande inspiration.

Il était venu ici pour danser, et il ne partirait pas sans l'avoir fait.

CHAPITRE 8

— Je suis vraiment désolée, dit Beatrix, grimaçant puis souriant lorsque Worth lui offrit son bras à la fin de leur danse. Je suppose que je devrais accepter le fait que je ne suis pas la meilleure des danseuses. En fait, je pense que je souffre de danser avec quelqu'un de si accompli.

Worth éclata de rire.

— Je ne suis pas convaincu de cela, mais, s'il vous plaît, ne vous en faites pas. Peut-être que la prochaine fois, nous nous contenterons d'une promenade. Vous savez marcher correctement, non ?

Beatrix fut surprise de se mettre à rire.

— Oui, je crois. Mais n'allons pas me porter malheur.

Elle se calma rapidement. Peut-être était-elle déjà maudite. Elle ne cessait de penser à ce qui s'était passé dans la bibliothèque. Quel fouillis ! Elle était si préoccupée qu'il ne lui avait pas fallu fournir beaucoup d'efforts pour mal danser.

Balayant la salle de bal du regard, elle vit Selina aux côtés de Harry. Ils discutaient avec les parents de ce dernier, le comte et la comtesse. Selina avait l'air tellement heureuse !

Il faudrait que Beatrix lui parle de Thomas et lui dise qu'il savait qu'ils étaient des imposteurs. Mais cela ferait-il une différence ? Seulement s'il les dénonçait, et il avait dit qu'il n'en ferait rien.

Elle allait devoir alerter Selina et Rafe sur le fait que quelqu'un connaissait leurs secrets. Ou du moins, certains d'entre eux. Beatrix se sentait nauséeuse à l'idée qu'il y avait encore des choses que Thomas ne savait pas. C'était une autre raison pour laquelle elle devait cesser de le voir. Et elle le ferait. Elle lui avait dit au revoir dans la bibliothèque.

Elle était pire que nauséeuse.

— Qu'en dites-vous ?

Beatrix cligna des yeux et jeta un coup d'œil à Worth alors qu'ils quittaient la piste de danse. Visiblement, il avait dit quelque chose avant cette question, et elle n'avait absolument aucune idée de ce que c'était. Ce qui la troublait davantage, c'était sa façon de la regarder, avec un plaisir non dissimulé et quelque chose d'autre... De l'impatience, peut-être. Elle faillit lui dire à ce moment-là qu'elle était sa demi-sœur.

Heureusement, cependant, elle fut sauvée par un grand homme masqué qui s'interposa. *Tom.*

Il s'inclina devant elle et adressa un signe de tête à Worth. Se tournant vers Beatrix, Tom demanda :

— Pourrais-je avoir la prochaine danse ?

Il l'invitait à danser ? Elle avait cru qu'il s'en irait. Elle lui avait dit au revoir. Elle savait également qu'il était impoli de refuser une danse à un gentleman qui vous invitait. Et, dans ce cas précis, elle n'avait pas envie de refuser.

— Avec plaisir, dit-elle, retirant sa main de la manche de Worth. Merci, my lord.

Elle posa ensuite sa main sur le bras que Tom lui offrait et elle ressentit la connexion jusque dans ses genoux, qui se liquéfièrent.

Alors qu'il la ramenait vers la piste de danse, elle lui jeta un regard en coin.

— Vous n'êtes pas parti.

— J'allais le faire, mais je vous ai vue « danser » avec Worth.

Elle entendit le sarcasme qu'il avait insufflé dans le mot « danser » et s'esclaffa.

— Je dois sans doute apparaître comme la plus mauvaise danseuse ici.

— Peut-être, mais je dois avouer que je ne regardais personne d'autre, affirma-t-il.

Les os de Beatrix étaient déjà à l'état liquide quand il la prit dans ses bras, et son aveu n'arrangea rien.

— C'est une valse, constata-t-il.

— Exact. Je n'ai encore valsé avec personne. À moins que l'on ne compte ce moment sur votre balcon.

Le lien entre eux semblait crépiter, comme une étincelle bondissant d'un feu pour déclencher une nouvelle flambée.

— Avez-vous la permission*? demanda-t-il d'un ton mielleux.

— Euh, oui? répondit-elle, levant les yeux vers lui. Qui me donnerait la permission?

— Votre père, mais, comme vous n'en avez pas, peut-être votre frère ou votre sœur.

Il regarda par-dessus sa tête, et un peu de son enthousiasme à danser avec lui s'évapora.

— Êtes-vous toujours contrarié après moi?

Tom reporta son regard sur celui de Beatrix. La musique commença et il l'entraîna dans la danse. La pression de la paume de Thomas sur son dos et la sensation de leurs mains

---

* *NdT* : À cette époque, les jeunes femmes célibataires n'avaient pas le droit de danser la valse sans la permission de leur père ou d'un homme responsable d'elles.

entrelacées lui procurèrent un délicieux sentiment de chaleur. Il ne s'agissait que d'effleurements, mais c'était cette légèreté qui était tellement attirante. Elle en voulait plus. Tellement plus.

— Non. Vous vous êtes expliquée, et je crois que je comprends. Du moins, je l'espère.

Oui, elle s'était expliquée. En partie. Que ferait-il s'il apprenait qu'elle volait des choses ? Et pas seulement quand elle n'était pas consciente de le faire. Elle avait développé une habileté à faire les poches, et parfois même plus que les poches, car elle était capable de retirer un bracelet du poignet d'une lady sans qu'elle s'en rende compte, et à s'introduire dans des chambres fermées à clé. À certains moments, cela avait été la seule façon pour Selina et elle de survivre. Il y avait eu de nombreuses nuits, surtout quand elles étaient plus jeunes, où elles s'étaient couchées le ventre vide ou avaient pris du retard dans le paiement de leur logement et elles s'étaient retrouvées à la rue. Au départ, le vol n'était qu'une solution de dernier recours, puis elles s'en étaient remises à cette solution quand leurs autres activités ne leur apportaient pas les revenus dont elles avaient besoin.

Parmi leurs autres stratagèmes, Selina avait joué le rôle d'une diseuse de bonne aventure, prétendant collecter des fonds pour une cause charitable, et Beatrix avait simulé une maladie qui pouvait être traitée avec des médicaments qu'elles ne pouvaient pas acheter. Comment pourrait-elle raconter tout cela à Tom ? Elle avait vu combien Harry avait été dévasté lorsqu'il avait appris la vérité et à quel point Selina avait été brisée en essayant d'expliquer la vie qu'elle avait menée à l'homme qu'elle aimait.

Les voir à présent heureux, sur le point de se marier, donnait à Beatrix de l'espoir pour son propre avenir. Surtout si son père était ouvert à l'idée de raviver leur relation. Cependant, cela semblait improbable, étant donné qu'il n'avait même pas reconnu Beatrix. Entre cela et le désastre de la bibliothèque, elle se rendait compte qu'elle voulait en finir avec cette soirée.

À l'exception de cette partie. Cette danse merveilleuse, étourdissante, envoûtante.

— Vous êtes un excellent danseur, remarqua-t-elle, plutôt essoufflée.

— Et vous êtes, heureusement, meilleure que ce à quoi je m'attendais.

La lueur dans le regard de Tom fit rire Beatrix.

— Vous me flattez, my lord.

Elle battit des cils et il sourit, la guidant au rythme de la musique, leurs corps glissant à l'unisson. Elle s'abandonna si complètement qu'elle fit un faux pas.

— Vous avez parlé trop vite, murmura-t-elle, se remettant dans la bonne position.

Ce mouvement lui fit sentir quelque chose contre sa cuisse, un objet dans la poche de sa robe.

Juste ciel ! Elle avait recommencé.

La frustration et la colère l'envahirent. Quand arrêterait-elle ? *Pourrait*-elle arrêter ? Se concentrant sur les dernières heures, elle se rappela vaguement avoir pris quelque chose plus tôt, un bracelet avec une unique perle. Peut-être pourrait-elle le rendre. Mais elle ignorait à qui elle l'avait volé. Elle chercherait plus tard un endroit où le laisser pour que quelqu'un le trouve.

Elle commit une autre erreur, marchant cette fois sur le pied de Tom.

— Cela signifie-t-il que vous voulez vous débarrasser de moi ? demanda-t-il avec une pointe d'humour.

Elle aurait dû dire oui. Plus que cela, elle aurait dû vouloir se débarrasser de lui. Elle allait le décevoir. Si ce n'était pas ce soir-là, et c'était un miracle qu'elle ne l'ait pas déjà fait, alors un autre jour. Peut-être bientôt. Il apprendrait la vérité à son sujet, car si elle ne trouvait pas le moyen de contrôler ses pulsions, son comportement honteux serait révélé au grand jour. Non seulement elle serait mise au ban de la bonne société et très certainement rejetée par lui par la suite, mais elle pourrait très bien se retrouver emprisonnée.

Elle n'avait jamais craint les risques quand elle volait délibérément. Elle avait confiance en ses capacités et en ses raisons de voler. Mais là, c'était différent. Lorsqu'elle prenait des choses sans s'en rendre compte, c'était comme si elle était une autre personne. Une personne qu'elle ne connaissait pas.

La musique prit fin, et la danse se termina. Tom la regarda d'un air interrogateur, les sourcils froncés.

— Que s'est-il passé à la fin ?

— J'étais simplement en train de me dire que c'était très agréable de danser avec vous. Parce que je ne sais pas quand je vous reverrai, lui expliqua-t-elle, la gorge nouée.

— Vous viendrez me rendre visite… Nous nous arrangerons pour cela.

Ils le pourraient, sans doute, mais elle ne le ferait pas. Elle posa la main sur son bras et l'éloigna doucement de la piste de danse.

— Tom, vous ne devriez pas me faire confiance. Je n'ai pas été totalement honnête avec vous… et je ne peux pas l'être. Je ne vous demande pas de comprendre.

Tom fronçait toujours les sourcils, l'air confus.

— Tant mieux, parce que je ne comprends pas.

Elle s'assura qu'il n'y avait personne à proximité, puis elle parla à voix basse.

— Je vous décevrai encore. Tout comme je l'ai fait ce soir, mais en pire.

Elle détestait cet éclair de confusion et d'insatisfaction dans le regard de Tom, mais elle ne pouvait rien y faire. Pas ici, pas maintenant. Ni jamais.

Il fallait qu'elle sorte de là avant de craquer complètement, ce qu'elle n'avait pas fait depuis très longtemps. Il était bien plus simple pour elle de se montrer positive et enthousiaste. Ce sentiment d'échec et de crainte était beaucoup plus difficile.

— Au revoir, Tom, lui dit-elle pour la seconde fois ce soir-là.

Retirant sa main du bras du vicomte, elle se hâta de s'éloigner, sans se soucier de l'endroit où elle allait. Quand elle quitta la salle de bal, elle tomba directement sur la personne qu'elle ne voulait surtout pas voir : son demi-frère.

— Vous voilà, mademoiselle Whitford. J'attendais que votre danse se termine. Puis-je dire que vous êtes plus douée pour la valse que pour le quadrille ? Je m'en souviendrai à l'avenir.

— Euh, merci. Maintenant, si vous voulez bien m'excuser.

Elle passa devant lui et traversa la salle adjacente où les participants au bal se rassemblaient autour de rafraîchissements.

Malheureusement et de manière agaçante, il la suivit.

— Je prévois de vous rendre visite demain. Et je parlerai à votre frère plus tard.

Beatrix s'arrêta net. Elle se tourna pour lui faire face, les yeux écarquillés, la colère prenant le pas sur le désespoir. Elle tira sur la manche de Worth et fit un signe de tête vers l'embrasure d'une porte. Tournant les talons, elle entra à grands pas dans une pièce plus petite.

Il la suivit, et une fois le seuil franchi, elle se retourna. Les lèvres de Worth affichèrent un sourire agréable.

— Devrions-nous aller dans un endroit un peu plus privé ?

— Quoi ? s'exclama Beatrix, et le mot jaillit brusquement de sa bouche.

Il se rapprocha d'elle, ses paupières s'abaissant sur ses yeux noisette trop familiers.

— Nous devrions trouver un endroit plus isolé… pour nous embrasser.

Pendant un instant, Beatrix fut incapable de parler. Et durant ce même temps, il se pencha vers elle. Elle leva les mains et repoussa son torse tout en reculant d'un pas.

— Non ! Je ne veux pas vous embrasser !

Ses traits se plissèrent en une expression d'ahurissement total.

— Ah bon !

Beatrix le regarda, bouche bée.

— Personne ne vous a jamais dit non avant ?

Il sembla réfléchir à sa question.

— Non ? Pas dans ces circonstances, car je n'ai jamais essayé d'embrasser quelqu'un comme vous. Mais, en général, je suis plutôt apprécié par le beau sexe.

Quelqu'un comme elle. Elle faillit en rire. Il ignorait *totalement* comment elle était. Elle laissa échapper un bruit de gorge très peu digne d'une lady.

— Je vous apprécie, mais pas de cette manière ! Pour l'amour du ciel, je suis votre *sœur* !

Après avoir cligné des yeux une fois, il déglutit. Il cligna encore une fois. Puis il ouvrit la bouche pour la refermer aussitôt.

— Demi-sœur, précisa Beatrix. Je suis désolée, mais je ne pouvais pas vous laisser continuer à me courtiser. C'est *pour cela* que je vous ai entraîné ici. Pas pour que nous puissions… nous embrasser.

Elle fit une grimace.

Worth la fixa du regard. Et encore. Finalement, il recula d'un pas.

— Comment est-ce possible ?

— Je suis sûre que vous savez comment, répondit-elle d'un ton sarcastique. Mais permettez-moi de vous fournir des détails pertinents. Votre père avait une maîtresse… ma mère. Elle vivait à Bath, et s'appelait Charlotte Linley. Il nous rendait souvent visite, et il passait toujours un mois avec nous à la fin de l'été.

Un éclair de compréhension traversa le regard de Worth, et elle comprit qu'il la croyait.

— Il n'était jamais là.

— Non, parce qu'il était avec moi et sa Lottie bien-aimée. Vous ne vous en doutiez pas ?

Worth secoua la tête.

— Je veux dire... Je savais qu'il n'était pas fidèle à ma mère ; du moins, plus tard, quand j'étais plus âgé et que je faisais attention à ce genre de choses. Vous dites qu'il aimait votre mère ?

Beatrix entendit distinctement la voix de son père qui disait, « *Je t'aime, ma très chère Lottie.* »

— Il le lui disait très souvent, oui.

Il y eut un long moment pendant lequel Worth regarda un endroit derrière la tête de Beatrix. Quand il ramena son regard sur elle, il fronça les sourcils.

— Pourquoi ne m'a-t-il pas parlé de vous ?

— C'est à lui que vous devriez poser la question.

Worth pencha la tête sur le côté et plissa légèrement les yeux.

— Êtes-vous certaine qu'il soit votre père ?

Beatrix eut envie de lui donner un coup de pied. À la place, elle attrapa son avant-bras et l'entraîna de l'autre côté de la pièce, où se trouvait un miroir au-dessus de la cheminée.

— Retirez votre masque, lui ordonna-t-elle, et quand il lui obéit, elle ajouta, regardez mes yeux. Maintenant, regardez les vôtres. Voyez-vous quelque chose de similaire ?

Le regard de Worth croisa celui de Beatrix dans le miroir, puis il se posa sur ses propres yeux, qui s'écarquillèrent lentement.

— *Oh, bon sang !*

Beatrix lâcha son bras et se tourna vers lui, croisant les bras.

— Je n'arrive pas à croire que j'ai été attiré par vous ! s'exclama-t-il, l'air horrifié.

Il se tourna vers elle.

— Je suis sincèrement désolé.

— Ce n'est pas votre faute. En fait, je me sentais plutôt mal pour vous. Je voulais vous le dire tout de suite, mais je n'ai même pas encore informé notre père que je suis à Londres.

Worth se caressa la mâchoire.

— Il vous a vue plus tôt dans la soirée, quand nous discutions. Il ne semblait pas vous connaître.

Et maintenant, sa douleur et son humiliation étaient révélées au grand jour.

— Non, c'est vrai. J'ignore s'il ne m'a pas reconnue, ou s'il a choisi de m'ignorer. Je ne l'ai pas vu non plus depuis très longtemps.

Elle décida de lui raconter le reste, ou du moins, une partie.

— Ma mère est morte quand j'avais onze ans, et notre père m'a envoyée dans un pensionnat. J'y suis restée pendant quatre ans, période pendant laquelle il ne m'a jamais écrit et ne m'a jamais rendu visite.

— Quelle sombre fripouille ! s'exclama Worth en secouant la tête. Je suis désolé, mademoiselle Whitford.

— Beatrix, s'il vous plaît. Et nous pourrions nous tutoyer, non ? Suggéra-t-elle avec un haussement d'épaules. Il me semble que c'est ainsi que l'on fait en famille.

— J'ai toujours été Worth, mais mes sœurs… mes *autres* sœurs, m'appellent Jamie. Tu peux choisir ce que tu préfères.

Ses autres sœurs. Cela signifiait-il… ? Une sensation de

chaleur traversa Beatrix, et sa poitrine se contracta tandis que sa gorge la brûlait.

— Jamie, je crois, parvint-elle à dire, espérant qu'il n'entendrait pas le croassement de sa voix.

— Je n'arrive pas à croire qu'il t'ait abandonnée dans cette école. Je vais le répéter. Quelle sombre *fripouille* !

Il la regarda avec inquiétude. Et sympathie. Elle n'aurait jamais imaginé une telle réaction.

— Que prévois-tu de faire ? s'enquit-il.

— J'espérais l'impressionner. À l'évidence, cela n'est pas arrivé, remarqua-t-elle, posant une main sur sa taille. Je l'aimais beaucoup quand j'étais plus jeune. Il me manquait, et j'espérais qu'il y avait une raison à son absence. Peut-être tout simplement que ma mère lui manquait tellement qu'il ne pouvait pas se résoudre à me voir.

Jamie ricana.

— Mes excuses. Tu ne dois pas très bien te souvenir de lui. Il n'est pas du genre à nourrir des sentiments aussi tendres. Je suis stupéfait que tu l'aies entendu dire à ta mère qu'il l'aimait. Je crois me souvenir qu'il me l'a dit une fois, peut-être.

Beatrix en était malade. Elle avait passé des années à se préparer pour un rêve impossible.

— Honnêtement, je ne sais pas quoi faire.

Il afficha une expression déterminée.

— Tu vas aller le voir et je viens avec toi. Demain. À moins que tu ne préfères attendre ?

Il voulait l'accompagner ?

— Tu viendrais vraiment ?

— Bien sûr que oui. Peu importe qu'il ne te reconnaisse pas ou qu'il t'ignore, cette situation nécessite un soutien.

Beatrix laissa retomber sa main sur son flanc, clignant des yeux, incrédule.

— Je n'aurais jamais imaginé une telle réaction. Je suis… perturbée.

— Eh bien… je suis simplement content que tu m'aies dit la vérité. Quand j'ai cru que tu n'étais simplement pas intéressée, cela m'a fichu un coup ! s'exclama Jamie, et quand Beatrix rit, il sourit. Il est bien plus acceptable pour ma confiance en moi de savoir que tu es ma sœur.

Il lui adressa un clin d'œil.

— Veux-tu que je passe te chercher demain ou préférerais-tu que nous nous retrouvions chez père ?

Le fait qu'il appelle Ramsgate « père », comme s'il était leur parent commun, ce qui était le cas, la remplissait d'une joie indescriptible.

— Je te retrouverai là-bas.

— À trois heures ? lui proposa-t-il, et elle hocha la tête. Tu connais l'adresse ?

— Oui.

Oh que oui ! Elle la connaissait. Il lui serait impossible de s'y rendre sans penser à Tom qui se trouvait juste à côté. En fait, elle se languissait de lui parler de ce nouveau rebondissement. Mais en aurait-elle l'occasion ?

— Parfait, conclut-il en lui tendant la main. Puis-je ?

Beatrix plaça sa main dans celle de Jamie.

— Oui.

Il la serra doucement.

— Je te verrai demain.

Puis il se retourna et partit, laissant la jeune femme le suivre du regard, médusée.

Cette nuit avait été épouvantable. Enfin… vraiment ?

Elle passa la main sur sa robe et sentit à nouveau le bracelet dans sa poche. Elle retira l'objet et le plaça sous une chaise, comme s'il était tombé du poignet de la femme. Peu importait si elle n'était sans doute pas entrée dans cette pièce. C'était le mieux que Beatrix pouvait faire. Elle décida de classer cette soirée entre un léger désastre et une légère réussite.

Elle avait perdu Tom, mais, apparemment, elle avait gagné un frère. Peut-être gagnerait-elle aussi un père le lendemain.

Sauf que Tom n'avait jamais été vraiment à elle. Ils avaient partagé des moments merveilleux et passionnants. Elle s'en souviendrait toujours, comme de lui. Et ce faisant, elle tâcherait de ne jamais, au grand jamais, penser à ce qui aurait pu être.

~

Thomas ne pouvait se défaire du sentiment que les paroles de Beatrix étaient définitives lorsqu'elle lui avait dit au revoir la nuit précédente. Pas une fois, mais deux.

Était-ce parce qu'il connaissait la vérité sur elle et ses « frère et sœur » ? Ou bien était-ce autre chose ?

Il l'avait regardée quitter la salle de bal avec son demi-frère, et il mourait d'envie de savoir ce qui s'était passé. Il espérait qu'elle viendrait plus tard dans son jardin, mais il doutait qu'elle le fasse. Et pas seulement parce qu'il lui avait dit de ne pas le faire et qu'il aiderait à organiser ses visites pour qu'elle soit en sécurité.

En dépit de son insistance pour qu'elle ne vienne plus seule dans son jardin tard le soir, il ne s'attendait pas forcément à ce qu'elle l'écoute. Beatrix était une femme indépendante et plutôt autonome.

Peut-être devrait-il lui rendre visite. Il devait bien y avoir un moyen pour lui de s'introduire dans sa nouvelle résidence de Cavendish Square.

— My lord ?

Thomas était tellement perdu dans ses pensées qu'il n'avait pas remarqué que Baines se tenait dans l'embrasure de la porte de son bureau. Il se redressa sur le fauteuil où il se prélassait près de l'âtre.

— Oui ?

— M. Dearborn de Bow Street est ici.

Cette surprise, loin d'être agréable, noua le ventre de Thomas, qui se leva.

— Est-il dans le salon ?

Baines hocha la tête.

— Oui, monsieur.

— Je vais le rejoindre tout de suite. Il doit s'agir d'une simple visite de formalité pour m'informer que leur enquête est terminée.

Thomas ne voyait aucune autre raison pour que le constable vienne. En fait, il en voyait une, mais il préférait ne pas y penser. Plus tôt il pourrait mettre la mort de Thea derrière lui, plus tôt il retrouverait une certaine normalité.

Thomas entra dans le salon proche du hall d'entrée, et il vit Dearborn en train d'étudier le portrait de sa femme et lui dans le coin de la pièce. Le constable, un jeune homme qui avait probablement cinq ans de moins que Thomas, avec des cheveux bruns ondulés qui débordaient sur son front et des yeux bleus brillants, se détourna du tableau.

— Bonjour, monsieur Dearborn, le salua le vicomte. Comment puis-je vous aider ?

Thomas ne s'assit pas et il n'invita pas le constable à le faire.

Dearborn inclina la tête. Il parut un peu nerveux, le regard incertain, avant de redresser l'échine et les épaules, ce qui sembla lui donner un sursaut d'assurance, tout au moins visuellement.

— Bonjour, my lord. Merci de me recevoir. J'espère que vous vous portez bien après la tragédie que vous avez vécue.

— Aussi bien que l'on pourrait l'espérer.

Mieux qu'il aurait pu l'espérer, en réalité. Était-ce parce

qu'il était enfin libéré de la rage de Thea ou parce qu'il avait trouvé Beatrix ?

— C'est bon à entendre. Je regrette de ne pas vous rendre visite dans des circonstances plus agréables, mais je dois vous demander de me consacrer un peu plus de temps pour discuter de nouvelles preuves qui sont entrées en ma possession.

Des preuves ? Que diable pouvait-il avoir ?

— Je comprends. Mais, de quoi s'agit-il ?

Dearborn fouilla dans le devant de son manteau et en sortit un morceau de parchemin plié.

— Ceci est une lettre de lady Rockbourne à sa mère, écrite il y a quelques mois. Elle y dit qu'elle a peur de votre tempérament. Avez-vous une idée de ce qu'elle voulait dire par là ?

Bon sang ! Il s'était toujours montré très prudent avec elle. En fait, il ne se rappelait que trois fois où il avait été vraiment en colère : lorsqu'il avait appris son infidélité, lorsqu'elle s'était endormie en tenant Regan et que la petite était tombée sur le sol alors qu'elle n'avait que quelques jours, et la nuit où Thea était morte.

Thomas choisit ses mots avec soin.

— Je savais rarement ce que voulait dire ma femme.

C'était la vérité. Thea était une femme malhonnête et difficile.

Dearborn déplia le papier et le tendit à Thomas.

— Elle écrit que votre père était violent, qu'il vous battait, votre mère et vous. Elle craignait que vous ne fassiez la même chose avec elle ou votre fille.

Une vague de rage submergea Thomas. Il serra les dents tandis que son sang se mettait à bouillir en même temps que son cœur cognait dans sa poitrine. Pourquoi lui avait-il confié ses secrets les plus sombres et les plus angoissants ? Jamais il n'avait révélé la cruauté de son père à qui que ce soit ni sa crainte de se comporter un jour de la même manière.

Prenant la lettre, il parcourut les mots écrits de la main de Thea.

— C'est ridicule.

— Qu'est-ce qui est ridicule ? Que votre père vous battait ainsi que votre mère, ou l'idée que vous fassiez la même chose ?

— Je n'ai jamais fait de mal à personne, surtout pas à ma fille.

Les mots jaillirent de sa bouche avec un tranchant involontaire. Dearborn le scruta avec un air inquiet et peut-être un peu compatissant.

— Alors, votre père vous battait ?

Thomas rendit la lettre offensante au constable.

— Je ne vois pas en quoi c'est pertinent si je n'ai jamais manifesté ce comportement moi-même.

— Vous avez dit que vous ne feriez jamais de mal à votre fille. Cela veut-il dire que vous pourriez en avoir fait à Thea ?

Thomas le regarda froidement, se fichant que cela desserve sa cause.

— Non, pas du tout.

— Pas même parce qu'elle était infidèle ? Vous avez dit à Sheffield l'avoir confrontée ce soir-là.

— Verbalement, pas physiquement.

Thomas contracta la mâchoire ; il se rendit compte qu'il avait serré les poings, et que ses épaules étaient complètement crispées. Il obligea ses muscles à se détendre, mais ce fut extrêmement difficile.

Dearborn hocha la tête.

— Vous avez également indiqué que la mère de lady Rockbourne pourrait dire que vous étiez également infidèle. Ce qu'elle a fait. Vous persistez à dire que ce n'est pas vrai ?

— Oui.

Avec un soupir, Dearborn rangea la lettre dans son manteau, et son regard se porta sur le côté. Lorsqu'il le posa à nouveau sur Thomas, sa détermination se lisait sur ses traits juvéniles.

— Vous semblez contrarié. Y a-t-il quelque chose que vous voudriez me dire qui pourrait aider dans notre enquête ?

Bon sang ! Thomas prit une profonde inspiration, essayant désespérément de repousser sa colère.

— Évidemment que je suis contrarié. Ma femme est morte.

Et, bien qu'il n'en soit pas directement à l'origine, il était soulagé. Qu'est-ce que cela faisait de lui ?

— En vérité, je ne comprends même pas pourquoi il y a une enquête. J'ai raconté à Sheffield ce qui s'était passé. La vicomtesse et moi nous sommes disputés. Elle était ivre, et elle s'est mise en colère. Elle est tombée du balcon.

— Sa mère prétend que vous l'avez poussée, et la femme de chambre de lady Rockbourne est d'accord. Elle dit que vous étiez souvent furieux contre votre épouse, poursuivit Dearborn, puis il pinça les lèvres. En réalité, elle a dit que lady Rockbourne présentait des ecchymoses il y a quelques semaines, et que c'est parce que vous l'aviez poussée.

Le souffle de Thomas se bloqua dans ses poumons.

— Ce n'est que pur mensonge.

— Vous comprenez qu'il est de mon devoir d'enquêter sur la mort de lady Rockbourne ?

— Oui, tout comme je comprends qu'il est de votre devoir de laisser une famille faire son deuil sans entendre d'inepties.

Dearborn acquiesça.

— Oui, bien sûr. Je vous prie de m'excuser de vous déranger en cette période difficile. Je regrette de devoir demander à parler aux membres restants de votre maisonnée avec lesquels nous n'avons pas pu nous entretenir lors de notre dernière visite. Il s'agit d'un valet de pied nommé Osbert, et de la nourrice de votre fille, Mlle Addy.

Thomas savait qu'ils n'avaient pas interrogé la nourrice parce qu'elle était occupée avec Regan, mais il n'avait pas saisi qu'Osbert n'avait pas non plus été disponible.

— Mlle Addy s'occupe de ma fille, en ce moment. Vous pourrez revenir lundi après-midi pour parler avec elle et Osbert.

— Merci, my lord. J'apprécie votre coopération.

— J'ai hâte que cette affaire soit réglée, monsieur Dearborn.

— Tout comme Bow Street. Encore une fois, je vous présente mes excuses pour vous avoir dérangé pendant cette période.

L'homme s'inclina avant de prendre congé.

Thomas jeta un regard noir au portrait de Thea et lui. Il s'était mis à nu devant elle au début de leur mariage, quand il pensait pouvoir tomber amoureux d'elle. Quand il avait espéré un tel sentiment.

Il se dirigea vers la fenêtre et regarda Dearborn marcher jusqu'au bout de Grosvenor Square et disparaître ; ses pieds lui semblaient peser des tonnes. La fureur que Thomas s'efforçait d'étouffer monta en lui. Il se retourna, marcha à grands pas vers le coin de la pièce et arracha le portrait du mur.

— Même dans la mort, tu me tourmentes.

Il brisa le cadre contre le foyer. Le bois doré se cassa en plusieurs endroits. Saisissant un morceau du cadre, il le planta au centre du tableau, juste entre eux deux. Se servant du débris comme d'un couteau, il déchira la toile sur son visage et la coupa en deux.

Avec un grognement guttural, il jeta les débris dans l'âtre, mais pas dans la cheminée elle-même. Respirant avec difficulté, il contempla le désordre qu'il avait fait et se maudit silencieusement. Il aurait dû le conserver pour Regan.

Pourquoi? Pour qu'elle se souvienne de cette mère qui l'avait trouvée gênante? En outre, il existait d'autres portraits, dont une miniature accrochée dans la chambre de Regan.

Qu'essayait d'accomplir sa belle-mère? Voulait-elle que Thomas soit emprisonné ou pendu, pour pouvoir récupérer Regan? Ce n'était pas comme si les efforts qu'elle déployait pouvaient lui rendre Thea. Peut-être qu'avoir la fille de sa fille apaiserait sa perte. Thomas pouvait comprendre.

Malgré tout, il ne savait pas si tout cela avait pour but d'aider Regan ou de soulager le chagrin de sa belle-mère. Ou bien, peut-être était-ce simplement pour punir Thomas. Cela avait été le but de Thea. Elle avait même évoqué l'idée d'un divorce. Il rit faiblement du désastre qu'était devenue sa vie : cette chose même qu'il avait si durement cherché à éviter.

— My lord?

Thomas se détourna du foyer pour regarder Baines, qui était une nouvelle fois arrivé en silence. Seulement, cette fois, les traits du majordome reflétaient son inquiétude, et il arborait une moue profonde.

Montrant d'un geste les débris du tableau, Thomas lui ordonna :

— Faites nettoyer ceci.

Ensuite, il sortit à grands pas du salon, avec l'intention de trouver la bouteille de cognac la plus proche.

CHAPITRE 9

Le bal chez Rafe avait duré jusqu'au petit matin. Beatrix et Selina étaient arrivées chez elles au moment où les premières lueurs de l'aube s'étaient répandues sur la ville. Pourtant, Beatrix avait eu du mal à trouver le repos, car son esprit n'avait cessé de passer de Tom à son demi-frère et à son père, et ainsi de suite. Penser à son demi-frère et à son père la remplissait d'impatience et d'espoir, tandis que songer à Tom éveillait une tristesse persistante qui lui enserrait la poitrine lorsqu'elle admettait que leur badinage était arrivé à son terme.

Et c'était la meilleure façon de décrire leur relation, car leur lien allait au-delà de l'amitié, même s'ils n'étaient pas amants. Cela aurait-il pu en arriver là ?

Tu ne le sauras jamais.

Elle gémit de frustration en se levant du canapé de la salle jardin, une jolie pièce à l'arrière de leur nouvelle résidence de Cavendish Square qui donnait sur le jardin arrière. La marquise de Ripley, qui possédait la maison, avait magnifiquement rénové cet espace après y avoir emménagé, en y ajoutant de larges portes qui faisaient de l'extérieur un prolongement de l'espace intérieur.

— Doux Jésus ! Beatrix, est-ce que tu vas bien ? s'enquit Selina, qui promena un regard inquiet sur la pièce.

Beatrix sourit pour la dissuader de se pencher sur ses problèmes.

— Enfin ! Tu as dormi assez tard. Il était plus de deux heures de l'après-midi.

Selina rougit.

— J'en ai bien peur. Ce fut la meilleure nuit de sommeil que j'ai connue depuis… eh bien, peut-être depuis toujours.

Beatrix éprouva une véritable joie.

— Je suis tellement contente ! Tu ne mérites rien d'autre que de telles nuits à partir de maintenant.

Selina avait passé bien trop de nuits blanches à réfléchir à la manière de les sauver de la ruine et de les mettre à l'abri du danger.

— Merci. J'avoue que j'espère que cela va durer, répondit Selina qui jeta un regard sur la tenue de marche de Beatrix. Est-ce que tu vas quelque part ?

Beatrix avait commencé à espérer qu'elle pourrait se faufiler hors de la maison sans que Selina la voie.

— Euh, oui.

Son amie pencha la tête, plissant les yeux.

— Était-ce un secret ?

— Non. Seulement, je ne savais pas si tu descendrais avant mon départ. J'ai rendez-vous à Grosvenor Square.

Sachant que le père de Beatrix vivait là-bas, Selina la fixa du regard.

— Vraiment ? Que s'est-il passé ? As-tu parlé au duc hier soir ?

— Pas à lui, non. J'ai dit à Worth qui j'étais, expliqua-t-elle, et Selina haleta. Il ne me laissait pas tranquille. Il allait demander à Rafe l'autorisation de me faire la cour.

Elle adressa un regard horrifié à son amie. Selina grimaça.

— J'imagine sans mal que cela t'ait poussée à agir. Et maintenant, tu as un rendez-vous avec le duc. Du moins, je suppose que c'est avec lui, puisqu'il vit à Grosvenor Square. Qu'a dit Worth ?

Beatrix se dirigea vers la table et s'assit sur l'une des deux chaises.

— En fait, il m'a beaucoup soutenue. Il organise la rencontre et m'a demandé de le retrouver à la maison de notre père à trois heures.

— Si vite ! s'exclama Selina qui se leva d'un bond. Je vais aller me changer.

Beatrix lui adressa un signe de la main.

— Ce n'est pas nécessaire. Je peux y aller toute seule.

— Ce n'est pas parce que tu le peux que tu le dois. Je vais t'accompagner. Stupides règles de la bonne société, et tout ça.

Beatrix la regarda en haussant un sourcil.

— Crois-tu vraiment que mon père ou mon demi-frère vont vouloir respecter un stupide cérémonial maintenant que leur fille et demi-sœur bâtarde est réapparue ?

— Peut-être pas, mais tu devrais quand même te présenter sous ton meilleur jour.

Bon sang ! Selina n'avait pas tort. Mais Beatrix voulait faire cela seule. Elle en avait besoin. Pour être honnête, si cela se passait mal, elle n'était pas certaine de pouvoir supporter la présence de Selina. Mais… pensait-elle vraiment que cela ne se passerait pas bien ?

Un sentiment d'angoisse l'envahit. Elle s'efforça de se détendre, fit rouler ses épaules et prit de profondes respirations.

— J'apprécie que tu veuilles me soutenir, mais je crois que j'ai besoin d'y aller seule. Si tu m'accompagnes, mon père ne baissera peut-être pas sa garde.

— Et c'est ce que tu veux ?

— Je veux récupérer mon père, répondit-elle doucement.

L'homme qui lui avait lu des histoires et l'avait regardée jouer avec chaleur et plaisir, qui lui avait appris à monter sur un poney à l'âge de huit ans, et qui l'avait écoutée jouer de la harpe assez mal à l'âge de neuf ans.

Le même qui l'avait envoyée dans un pensionnat et qui n'avait plus jamais communiqué avec elle.

Toutes les anciennes justifications revinrent : il était trop affligé pour voir Beatrix, il ne l'avait pas simplement chassée, donc il tenait visiblement à elle, il lui offrait une éducation pour qu'elle le rende fier.

Alors, pourquoi t'a-t-il fallu autant de temps pour le chercher ?

Parce qu'elle voulait le rendre fier.

Beatrix regarda Selina.

— J'ai changé d'avis. Tu devrais venir avec moi. Tu as raison de dire que c'est ce qu'on attendrait de moi. Cependant, je demanderai peut-être à lui parler en tête-à-tête.

— Bien sûr.

Selina se leva en souriant. Elle prit la main de Beatrix et lui serra les doigts.

— Je me prépare le plus vite possible. As-tu fait préparer la calèche ?

— J'avais oublié que nous en avions une, maintenant, répondit-elle.

Elle appartenait à Harry et elle avait été déplacée dans les écuries de Cavendish Square.

— Je m'en occupe tout de suite.

Selina hocha la tête et se précipita hors de la pièce.

Peu de temps après, la calèche les conduisit à Grosvenor Square. C'était étrange pour Beatrix d'arriver de cette manière au lieu de se faufiler dans le jardin de Tom à la faveur de l'obscurité.

— Je voulais te poser des questions sur la nuit dernière,

dit Selina. Tu as disparu pendant un moment. Était-ce quand tu parlais à lord Worth ?

Beatrix savait qu'elle parlait du temps qu'elle avait passé avec Tom, pas Worth, car elle l'avait entendue parler à Rafe. Elle envisagea de parler de Tom à son amie, mais à quoi bon ? Il n'y avait rien entre eux. Son regard dériva vers sa maison alors que la calèche s'arrêtait devant la résidence du duc de Ramsgate. Tom était-il à l'intérieur ? Qu'était-il en train de faire ?

— Oui, ce doit être ça, répondit Beatrix.

Le cocher aida les deux jeunes femmes à descendre du véhicule. Selina jeta un coup d'œil à Beatrix.

— Tu dis que Worth sera présent ?

— Oui.

— Et tu es sûre qu'il a arrangé cette rencontre, et que nous ne sommes pas en train de tomber dans un piège ?

Selina était par nature sceptique, ce qui était normal après une vie passée à ne pouvoir compter que sur elle-même et Beatrix. Elle ne faisait confiance à personne d'autre. Du moins, pas avant d'avoir rencontré Harry. Et Beatrix supposait qu'elle avait sans doute recommencé à faire confiance à son frère.

— Oui, j'en suis sûre, répondit la jeune femme, même si elle se rendait compte qu'elle avait l'air naïve. J'ai un bon sentiment à son égard.

— Je te dirai si je ne ressens pas la même chose, l'informa Selina avec un sourire ironique.

En dépit de sa nervosité, Beatrix rit doucement.

— Évidemment que tu le feras et je n'attends rien de moins.

Elles gravirent les marches menant à la porte. Beatrix jeta un nouveau regard à la maison de Tom sur sa droite, comme si elle pouvait l'apercevoir. La porte s'ouvrit sur un majordome raide aux paupières lourdes.

— Vous êtes mademoiselle Whitford ?

Il pinça les lèvres en une ligne critique et son regard oscilla entre Selina et Beatrix.

— Je suis lady Gresham, annonça Selina d'un air froid. Voici Mlle Whitford. Nous sommes ici pour voir le duc.

— Oui.

Le majordome ouvrit la porte plus largement et les invita à entrer sans un mot. Du moins, Beatrix pensa que c'était une invitation.

Le marbre du hall d'entrée étincelait et les tableaux encadrés de dorures brillaient. Un grand buste trônait sur une petite table contre le mur de droite. Grand parce que la tête était plus grosse qu'une tête humaine normale, ce qui donnait à la sculpture un aspect plutôt terrifiant.

— Par ici, dit le majordome qui les conduisit à travers le hall d'entrée jusqu'à un autre vestibule où l'escalier constituait le point central.

La moitié inférieure de l'escalier était divisée en deux. Le majordome les guida vers le côté droit, qui rejoignait le côté gauche sur un large palier avant de continuer en une unique volée de marches.

Au premier étage, il tourna à droite et les fit entrer dans un grand salon agrémenté de plusieurs sièges élégants et de suffisamment de peintures et de sculptures pour donner l'impression qu'il s'agissait d'un musée.

— Lord Ramsgate vous rejoindra bientôt.

Le majordome se retourna et partit. Beatrix arpenta la pièce pendant que Selina se tenait au centre. Les fenêtres donnaient sur Grosvenor Square en contrebas.

— Bonjour, Beatrix, la salua Jamie en entrant dans le salon.

Son regard se posa ensuite sur Selina et il fronça les sourcils.

— Bonjour, Jamie, répondit la jeune femme, qui alla se

placer près de son amie. Permets-moi de te présenter lady Gresham.

— Ah oui ! Ta... sœur.

— Après avoir été abandonnée par son père, elle avait besoin de quelqu'un pour prendre soin d'elle, remarqua Selina froidement.

Jamie inclina la tête.

— Elle a de la chance de vous avoir trouvée.

— Où est le duc ? s'enquit Selina, tournant un regard impatient vers la porte que Jamie venait d'emprunter.

— Il sera là dans un instant. Il était... euh... Il aurait préféré être prévenu plus tôt avant cet entretien, répondit Jamie à Selina. Il n'attendait personne d'autre que Beatrix.

Selina pinça les lèvres.

— Il comprendra sûrement que Beatrix a besoin d'un chaperon, même pour rendre visite à son père. Surtout pour cela, étant donné que personne ne sait que le duc est son père.

Beatrix avait envie de se réjouir ouvertement du soutien indéfectible de Selina et de son attitude résolument distante.

— Jamie, j'ai demandé à Selina de m'accompagner.

— Verrais-tu un inconvénient à ce qu'elle t'attende en bas ? Père préférerait mener cette rencontre en privé.

Selina ouvrit la bouche, certainement pour protester, mais Beatrix lui toucha le bras. De toute façon, elle avait prévu de le voir seule.

— C'est bon, dit-elle, puis elle se pencha près de Selina. Tout ira bien.

— Bien sûr que oui, mais ton père est impoli.

Selina parlait à voix basse, mais pas assez pour que Jamie ne puisse pas entendre ce qu'elle disait.

— Le majordome va vous accompagner en bas, dit-il.

Se tournant vers Beatrix, son amie la regarda dans les yeux.

— C'est une démonstration de pouvoir. Ne le laisse pas te manipuler. Tu es plus intelligente que cela, lui assura-t-elle, tandis que ses traits s'adoucissaient. Je serai juste en bas si tu as besoin de moi.

Tournant les talons, Selina se dirigea vers la porte, s'arrêtant à la hauteur de Jamie.

— Beatrix vous fait confiance. J'espère qu'elle ne se trompe pas.

Son ton était empreint d'une certaine menace ; du moins Beatrix le reconnut comme tel. Elle se demanda si Jamie l'avait remarqué aussi. Sans doute que non. Il la voyait probablement comme une femme inoffensive. Il n'avait aucune idée des dommages qu'elle pouvait infliger.

Selina poursuivit son chemin jusqu'à ce qu'elle disparaisse de la pièce.

Beatrix fut surprise de constater que la présence de son amie avait eu un effet apaisant sur elle. Sans elle, elle se sentit soudain dépourvue, et son appréhension enfla.

— Je suppose qu'il était fâché que Selina m'accompagne ? s'enquit-elle.

— Père a certaines attentes, et il déteste les surprises.

Merveilleux. Il avait dû être *extatique* en apprenant la présence de Beatrix.

— Je ne peux qu'imaginer ce qu'il pense de ma présence, murmura-t-elle.

Jamie grimaça et ses yeux couleur noisette s'assombrirent.

— Il n'était pas content.

Le duc entra à grands pas dans le salon. Même si Beatrix l'avait vu la veille, c'était différent, car il la regardait droit dans les yeux, ce qu'il n'avait pas fait au bal.

Après l'avoir brièvement observée, il alla s'asseoir dans un fauteuil bleu foncé au dossier haut et arrondi et aux accoudoirs rembourrés. Il ne proposa pas à ses enfants de se joindre à lui.

Jamie regarda Beatrix et inclina la tête vers le coin de la pièce que le duc avait choisi. Près d'une grande statue qui ressemblait à Apollon, il y avait un canapé, une causeuse, et un deuxième fauteuil. Beatrix s'assit tout au bord du canapé, prête à s'enfuir si nécessaire. Jamie choisit le fauteuil.

— Bonjour, dit-elle timidement. Père.

Le duc pinça les lèvres, puis fronça les sourcils en posant sur elle ses yeux bruns.

— Je ne t'ai pas donné la permission de m'appeler ainsi.

La jeune femme ne put s'empêcher de se sentir sur la défensive.

— Je t'ai toujours appelé ainsi, répliqua-t-elle, et, trop tard, elle se rendit compte qu'elle aurait dû se censurer.

Il était évident qu'il ne voulait pas d'elle ici. Cela ne se passait pas du tout comme elle l'espérait.

— Ne t'en souviens-tu pas ? demanda-t-elle d'une voix douce.

— C'était il y a très longtemps. Quel âge as-tu, maintenant ? Tu dois approcher la trentaine.

Il le dit avec une certaine répugnance, comme si l'âge de la jeune femme était un désavantage pour elle.

Qu'il ne connaisse pas son âge était un nouveau coup porté à son rêve de longue date.

— Je n'ai que vingt-six ans.

— Et te voilà à faire une saison. Tu es beaucoup trop vieille pour cela, mais, d'un autre côté, tu ne peux pas comprendre comment ces choses fonctionnent.

— Je comprends, en fait. C'est pourquoi, lorsqu'on me pose la question, je dis que j'ai vingt-deux ans. Je n'ai aucun mal à le faire croire.

Elle releva le menton, le défiant de le nier.

— Alors, tu mens.

— Pour en arriver là, j'ai dû faire preuve d'un manque de

sincérité sur un grand nombre de sujets. Parles-tu de moi à quiconque ? l'interrogea-t-elle à son tour.

L'expression horrifiée du duc lui dit tout ce qu'elle avait besoin de savoir.

— Alors, tu mens aussi.

Jamie se pencha en avant sur son siège.

— Père, tu ne peux nier que Beatrix est ton enfant.

— Bien sûr que si, je le peux. Et je le ferai.

Beatrix s'y était attendue ; elle n'avait jamais vraiment pensé qu'il la reconnaîtrait publiquement, mais le fait d'entendre ces mots, prononcés avec une telle véhémence l'anéantit.

— Il suffit de regarder ses yeux et les miens pour voir que nous sommes parents, déclara Jamie, atténuant l'effet dévastateur sur Beatrix.

Au moins, quelqu'un était de son côté.

Le duc posa les coudes sur les bras du fauteuil et joignit les mains. Les regardant au-dessus du bout de ses doigts, il se renfrogna davantage.

— Qu'elle soit ma progéniture ne change rien. Je n'ai pas l'intention de la reconnaître. Est-ce ce à quoi tu t'attendais, Beatrix ?

— Non.

— Alors pourquoi es-tu ici ?

— J'espérais que nous pourrions avoir une sorte de… relation. Avoir une famille me manque.

Elle s'arrêta juste avant de dire, « *mon père me manque* ».

— Et à quoi cela ressemblerait-il ? répliqua-t-il, ironique. Si nous avions une… relation, les gens penseraient que tu es ma maîtresse ou ma fille. Tu n'es certainement pas ma maîtresse et tu ne seras pas ma fille. J'en ai déjà deux.

Deux filles légitimes.

— Je ne veux pas te faire de mal, ma petite, c'est pourquoi je t'ai envoyée dans cette école. Le fait que tu sois partie plus tôt et que tu aies parcouru l'Angleterre avec Mlle Blackwell est une décision malheureuse de ta part.

L'estomac de Beatrix se retourna. Bien sûr, il connaissait le nom que Selina portait à l'école, mais comment pouvait-il être au courant de ce qu'elles avaient fait après leur départ ?

Jamie agrippa l'un des accoudoirs de son fauteuil.

— Tu ne peux pas simplement l'ignorer !

— Pourquoi pas ? A-t-elle l'air de souffrir ? Sa prétendue sœur, encore un mensonge, est sur le point d'épouser le fils d'un comte, et son prétendu frère, là encore un mensonge, est tout à coup devenu l'un des hommes les plus riches de Londres.

Il plissa les yeux. La méfiance et l'arrogance émanaient de lui par vagues. Il n'avait pas à demander comment Rafe avait gagné son argent ni d'où il venait. Il était clair qu'il avait une piètre opinion du frère de Selina simplement parce qu'il était sorti de nulle part.

Ainsi, simplement parce que Beatrix ne donnait pas l'impression d'avoir besoin de lui, son père ne lui donnerait rien. Elle aurait peut-être dû se présenter ici dix ans plus tôt, alors qu'elle n'avait que deux robes à elle, dont aucune ne lui allait bien.

— J'avais espéré te rendre fier, affirma Beatrix à voix basse, tremblant intérieurement alors qu'elle s'efforçait d'afficher une apparence posée.

— Père, pourquoi ne pas la reconnaître ? s'enquit Jamie sérieusement. Beaucoup d'hommes le font, et ce n'est pas comme si mère était encore là.

Le duc, car Beatrix n'était plus certaine de pouvoir considérer cet homme comme son père, tourna son regard glacial vers son fils.

— Tu as été dupé par cette jeune femme. Elle n'est pas ce que tu penses. C'est une fraudeuse qui a passé les dix dernières années à vivre d'escroqueries.

Le duc reporta son regard sur Beatrix.

La pièce autour d'elle se figea de façon atrocement détaillée avant de se dissoudre dans le flou. Elle aurait voulu se recroqueviller sous la sévérité et le jugement contenu dans ses paroles, mais elle se redressa davantage.

— Dois-je tout expliquer en détail à Jamie ? s'enquit-il d'un ton insouciant. Je suis certain qu'il serait particulièrement intéressé par tes vols.

Les entrailles de la jeune femme se changèrent en bouillie. À l'école, Beatrix avait été surprise deux fois à voler. La première, elle était jeune, et relativement nouvelle dans l'école. Mme Goodwin s'était montrée gentille et compréhensive lorsque Beatrix avait expliqué qu'elle n'avait pas réalisé ce qu'elle avait fait. Mlle Everly, de son côté, avait menacé d'en parler au duc. La directrice avait assuré à Beatrix que cela n'arriverait pas, à condition qu'elle ne vole plus.

Seulement, elle avait à nouveau volé, et Selina l'avait couverte, tout comme lors de ce premier Noël. Mais ensuite, son amie avait quitté l'école, emportant sa protection avec elle. Par conséquent, Beatrix s'était fait prendre à nouveau. Cette fois-là, au grand plaisir de Mlle Everly, Mme Goodwin avait déclaré qu'elle devait informer le duc et que si elle était à nouveau prise en train de voler, elle serait exclue.

Comme le duc n'avait jamais réagi à l'incident, Beatrix s'était demandé si, finalement, la directrice n'avait pas pris la décision de ne rien lui dire. Néanmoins, Mlle Everly l'avait harcelée à un point tel que celle-ci avait supplié Selina de revenir la chercher. Un an après son départ, c'est exactement ce qu'elle avait fait.

Le duc poursuivit :

— Dois-je lui raconter tes activités chez Mme Goodwin ?

Jamie avait reporté son attention sur Beatrix. Ses yeux, si gentils et avenants auparavant, étaient à présent assombris par la méfiance.

— Tout cela est-il vrai ? Tu es un escroc ?

Oui, elle avait été une fraudeuse, un escroc et une voleuse. Elle avait fait semblant d'appartenir à ce monde, mais aujourd'hui, son père lui rappelait de la manière la plus catégorique que ce n'était pas le cas.

— En tant que jeune femme seule, j'ai fait ce qu'il fallait pour survivre, lui répondit-elle sans trembler. Ce n'est pas parce que j'ai l'air de ne pas souffrir que je n'ai pas souffert.

Le duc s'éclaircit la gorge. C'était comme si Beatrix n'avait pas prononcé le moindre mot.

— Worth, tu oublieras que tu as rencontré cette jeune femme, et ce que tu sais d'elle. Va-t'en, maintenant.

Beatrix voyait bien qu'il était partagé, tout comme elle savait que le duc ne reculerait devant rien pour qu'elle soit ignorée. S'il était au courant de ce qu'elle avait fait au cours de la dernière décennie, alors il savait que Selina avait joué un rôle, tout comme il savait qu'elles avaient menti sur le fait d'être sœurs. Il ne pouvait pas mettre son amie en danger, pas maintenant qu'elle était enfin heureuse.

À présent, elle comprenait pourquoi le duc n'avait pas voulu de Selina pour cette rencontre. Elle était le levier dont il avait besoin.

Beatrix se garda bien de céder à un sentiment de défaite. Elle fixa Jamie sans ciller, triste à l'idée qu'ils n'auraient jamais de relation fraternelle.

— Tu devrais y aller. Je me rends compte que c'était une très mauvaise idée.

Jamie se leva lentement. Il regarda son père, puis Beatrix, avant de partir sans dire un mot.

— Il me semble que je me suis bien fait comprendre, dit le duc.

— Si j'essaie de prétendre que nous avons une relation, quelle qu'elle soit, tu rendras public mon passé et celui de ma sœur.

— De *lady* Gresham, oui. Elle n'est pas ta sœur.

— Elle est bien plus ma sœur que tu n'es mon père. Le sang ne signifie rien, comme tu viens de le démontrer.

Elle se leva, les jambes étonnamment stables en dépit de son bouillonnement intérieur.

— Il y a une chose que je veux de toi. Ma mère avait une demi-parure en émeraude, et elle m'avait promis qu'elle m'appartiendrait un jour.

— Tu veux que je te donne un précieux ensemble de bijoux ? s'exclama-t-il avant de ricaner. Hors de question.

Beatrix serra les dents.

— Ces bijoux m'appartiennent.

— Si c'était le cas, tu les aurais, répliqua-t-il, puis il se leva et tira son gilet sur sa bedaine. Tu ressembles à ta mère. J'avais de l'affection pour elle.

De l'affection ?

— Tu as dit que tu l'aimais. À de nombreuses reprises.

Ramsgate haussa les épaules.

— C'était il y a longtemps. Comme je l'ai dit, j'avais de l'affection pour elle, et pour toi, par extension, sans doute.

Beatrix le fixa du regard.

— Ensuite, elle est morte, et ton… affinité s'est évaporée ?

— Précisément, confirma-t-il avec un bâillement. Tu devrais être heureuse que je t'aie envoyée à l'école. Mais, d'un autre côté, tu es partie avant la fin, alors peut-être ne l'étais-tu pas. Je ne suis pas enclin à récompenser ceux qui ne sont pas reconnaissants et qui ne s'appliquent pas à terminer ce qu'ils ont commencé.

— Donc, si j'étais restée à l'école et que j'étais devenue une gouvernante dévouée, tu me donnerais les bijoux de ma mère ?

— Peut-être.

Elle ne le croyait pas, même si cela n'avait pas d'importance. Après l'expérience désastreuse de Selina en tant que gouvernante, qui avait été violée par son employeur, rien n'aurait pu pousser Beatrix à prendre un tel emploi.

— Tu n'es qu'une fripouille sans cœur, murmura-t-elle. Je suis heureuse que ma mère n'ait pas vécu assez longtemps pour te voir me traiter ainsi.

Il la toisa.

— Si ta mère avait vécu, tout aurait été différent. Le moment où tu crois que cette vie est juste, c'est le moment où tu perds, ma chère. Ne te laisse pas abattre. Tu as survécu jusqu'ici, et tu devrais être fière de ce que tu as pu accomplir. Tout comme tu devrais faire attention à ne pas gâcher ta chance. Et, si tu le fais, eh bien… ta mère était une excellente courtisane. Je ne doute pas que tu pourrais parfaitement te débrouiller dans ce domaine.

Beatrix le fixa du regard, incrédule devant son audace et sa grossièreté. Avant qu'elle puisse formuler une réponse, il avait quitté la pièce à grands pas. Il lui vint à l'esprit qu'elle pourrait le voler. Il y avait dans cette pièce beaucoup de choses qu'elle pouvait facilement mettre dans sa poche.

Seulement, il saurait qu'elle les avait prises. Tout comme il le saurait si elle volait les bijoux de sa mère.

Néanmoins, elle l'envisageait. Comment pourrait-il en être autrement ? Il était prétentieux, horrible, pourri, et tant d'autres choses. Cette demi-parure lui appartenait. C'était tout ce qu'elle aurait de sa mère. Elle aurait dû le lui dire. Il ne lui avait rien donné, et, quand la calèche était arrivée à Bath pour l'emmener chez Mme Goodwin, elle était loin d'imaginer qu'elle ne reviendrait plus jamais chez elle.

Il lui devait ces bijoux.

Beatrix sortit de la pièce et se précipita au rez-de-chaussée. Selina se tenait près d'un banc dans le hall, les traits marqués par une profonde inquiétude.

— Est-ce que tu vas bien ? Worth est parti sans me parler. Il avait l'air contrarié.

— Nous en discuterons dans la calèche, répondit Beatrix d'un air tendu.

Selina s'approcha et lui prit le bras. Elles quittèrent la maison sans jeter un regard au valet de pied qui leur ouvrit la porte.

Une fois qu'elles furent installées dans le véhicule et en route, Beatrix libéra enfin les émotions qu'elle avait refoulées.

— *Foutaises. Bordel ! Maudit soit tout.*

Selina fronça fort les sourcils.

— Je savais que je n'aurais pas dû partir.

— Cela n'aurait rien changé.

Et même, cela n'aurait fait qu'empirer les choses. Selina aurait été bouleversée par ses menaces. Beatrix n'avait qu'un regret : ne pas lui avoir demandé précisément ce qu'il savait.

— Que s'est-il passé ?

Selina l'observait avec prudence. Ses traits reflétaient un mélange de soutien chaleureux et de déception, non pas pour elle-même, mais pour Beatrix. Elle seule comprenait à quel point elle avait désiré des retrouvailles heureuses avec son père.

— Il se fiche totalement de moi. Il ne souhaite pas avoir la moindre relation ou le moindre lien avec moi. Comme je m'y attendais, il ne me reconnaîtra jamais.

— Il n'était même pas content de te voir ?

— Au contraire. Il était très contrarié. Jamie, béni soit-il, a essayé de plaider en ma faveur, mais le duc l'a chassé de la pièce.

Selina fit claquer sa langue.

— Il n'avait pas l'air heureux quand il est passé devant moi pour sortir, confirma-t-elle en secouant la tête. Je suis vraiment désolée, Beatrix. Lui as-tu demandé la demi-parure de ta mère ?

— Oui, mais en vain, là aussi. Il a refusé de l'envisager, expliqua-t-elle.

Elle repensa aux paroles du duc, de plus en plus en colère face à son comportement odieux.

— Il a eu le culot de me dire que la vie n'était pas juste, comme si je ne le savais pas déjà, et que je devrais être fière d'être arrivée jusqu'ici.

Avant de poursuivre en suggérant qu'elle pourrait toujours devenir la maîtresse d'un homme si cela s'avérait nécessaire. Elle ne pouvait pas se résoudre à le répéter à Selina.

Selina fit la moue.

— Pas grâce à lui ! s'exclama-t-elle avant de donner une tape ferme sur la jambe de Beatrix. Il a raison de dire que la vie est injuste, et que tu as parcouru un long chemin. C'est précisément la raison pour laquelle tu n'as pas besoin de lui. Tu auras bientôt le soutien du comte et de la comtesse d'Aylesbury.

— Je suis simplement désolée que le duc soit maintenant au courant du fait que j'ai menti sur le fait d'être ta sœur, et que toi, et maintenant Rafe, ayez suivi ce mensonge.

Ils avaient su qu'ils prenaient des risques, mais Beatrix n'aurait jamais imaginé que les choses se passeraient aussi mal.

— Veut-il nous dénoncer ?

Beatrix entendit le nœud dans sa voix et détesta l'idée qu'elle puisse s'inquiéter à ce sujet.

— Je ne crois pas. Il a été assez clair sur le fait que nous pouvions nous éviter mutuellement et que cela le rendrait heureux. Je ne crois pas qu'il veuille nous causer des ennuis… à condition que je ne lui en cause pas.

Selina souffla.

— C'est un soulagement, mais je suis toujours profondément désolée. Ce n'était pas le résultat que tu espérais.

Non, pas vraiment. Elle avait passé si longtemps, toute sa vie, semblait-il, à chercher un moyen de récupérer la famille qu'elle avait connue et aimée lorsqu'elle était enfant... Elle aurait dû se rendre compte que cette famille n'existait plus depuis longtemps, qu'elle était morte avec sa mère.

Une soudaine vague de tristesse la submergea. Quand elle rentrerait chez elle, elle voulait aller directement dans sa chambre et se plonger sous la couverture de son lit où elle resterait toute la semaine. Ou peut-être un an.

Non, elle ne pouvait pas faire ça. Selina se mariait mardi, et Beatrix se tiendrait à côté d'elle comme témoin dans l'église. Elles *étaient* sœurs de toutes les manières qui importaient.

Beatrix regarda Selina et cligna pour chasser les larmes de ses yeux.

— Le duc m'a fait comprendre une chose. Je veux dire, je le savais déjà, mais je ne tiendrai jamais, jamais ça pour acquis.

— Quoi donc ?

— La famille, c'est celle que l'on choisit. Le sang n'a pas d'importance.

Selina sourit.

— Non, c'est vrai. Tu ne seras jamais débarrassée de moi.

— Ni toi de moi.

Elles s'étreignirent un peu maladroitement dans l'espace restreint de la calèche. En riant, elles reprirent leur place au moment où elles tournaient dans Cavendish Square.

— Fais ton deuil. Énerve-toi. Morfonds-toi. Fais tout ce que tu veux, lui dit Selina. Mais seulement jusqu'à mardi. Ensuite, tu emprunteras un nouveau chemin. Prends le temps d'imaginer à quoi tu voudrais qu'il ressemble.

Elle offrit à Beatrix un regard d'encouragement.

Un nouveau chemin. L'avenir s'offrait à la jeune femme.

La seule chose qu'elle savait avec certitude, c'était qu'elle allait récupérer les bijoux de sa mère.

CHAPITRE 10

C'était un peu étrange pour Thomas de se retrouver en public, surtout à l'église, où il ne se rendait que de temps en temps, mais c'était le seul moyen qu'il avait trouvé pour voir Beatrix. Aujourd'hui était le dernier jour de lecture des bans pour sa sœur qui n'était pas vraiment sa sœur, et il avait espéré que la jeune femme serait présente. Il était heureux de voir qu'il avait eu raison, et il avait passé une bonne partie du service à lui jeter des regards à la dérobée. Elle était assise plusieurs rangs devant lui, et, pour autant qu'il le sache, elle n'était pas consciente de sa présence.

— Je suis vraiment ravie que tu m'aies invitée à t'accompagner aujourd'hui, dit sa tante Charity alors qu'ils sortaient de l'église après la messe. Même si je ne comprends pas tout à fait tes motivations, ajouta-t-elle dans un murmure.

Il n'avait qu'une seule motivation : voir Beatrix. Et découvrir si son impression de l'autre soir, qu'elle lui avait dit adieu, était correcte. Il avait besoin de savoir si leur... quoi que ce soit, avait atteint sa conclusion. Bien sûr, il ne dirait rien de tout cela à sa chère tante.

— Ma seule motivation, c'était que je voulais sortir de la maison.

— Eh bien, je suis heureuse de t'accompagner où que tu veuilles aller, déclara-t-elle.

Elle échangea des regards et des sourires avec d'autres personnes rassemblées dans le vestibule.

— Verrais-tu un inconvénient à ce que j'aille discuter avec quelques ladies ?

— Pas du tout.

Thomas allait profiter de l'occasion pour parler avec Beatrix… Du moins l'espérait-il. Il essaya de ne croiser le regard de personne tandis qu'il s'attardait près du mur et la guettait.

Elle sortit finalement, suivie de lady Gresham et de Sheffield, qui se tenaient bras dessus bras dessous. Derrière eux se trouvaient les parents du constable, le comte et la comtesse d'Aylesbury. Et après eux, une partie du reste de la famille. Ils étaient venus en masse, apparemment, mais c'était une famille nombreuse.

Thomas se surprit à froncer les sourcils. Il doutait de pouvoir voler quelques instants seul avec Beatrix.

Mais quelque chose de magique se produisit. Le regard de la jeune femme croisa le sien. Dans ses yeux noisette, il lut la surprise, puis une question. *Pourquoi êtes-vous ici ?*

Thomas haussa légèrement les épaules, et, inclinant à peine la tête, se dirigea vers le coin du vestibule. Elle fit de même. Quelques instants plus tard, ils se retrouvèrent.

— Je suis surprise de vous voir ici, dit Beatrix.

Il la contempla de la tête aux pieds, admirant son élégante robe de marche vert sauge bordée d'un bleu si sombre qu'il en était presque noir. Elle était gracieuse et cette tenue la faisait paraître plus grande, peut-être à cause de son haut chapeau de paille orné d'un trio de plumes.

— J'espérais vous voir.

— Oh ! s'exclama-t-elle, et elle esquissa un sourire. C'est gentil. C'est, euh, étrange.

— Parce qu'il ne fait pas nuit et que vous portez une robe ?

— Et que vous ne portez pas non plus de masque. C'est comme si nous étions des gens normaux.

Elle rit doucement, et il se joignit à elle. Il jeta un coup d'œil autour d'eux, conscient qu'ils n'auraient pas beaucoup de temps seuls. De plus, ils n'avaient pas été officiellement présentés : ils ne devraient même pas parler du tout. Il alla droit au but.

— Je vous ai vue sortir de chez votre père hier après-midi. Que s'est-il passé ?

Elle laissa échapper un soupir, et il aurait pu jurer l'entendre jurer tout bas.

— Ce fut un échec retentissant.

— Racontez-moi.

Avant même d'avoir entendu ce qui s'était passé, Thomas avait envie de rouer l'homme de coups.

— C'est une très longue histoire, qui a commencé quand j'ai révélé mon identité à mon demi-frère lors du bal masqué.

— Vous avez fait cela ?

— Je n'avais pas le choix. Il voulait demander à Rafe l'autorisation de me courtiser, raconta-t-elle avec une petite grimace, plissant la bouche.

Thomas se demanda s'il allait devoir frapper son demi-frère aussi.

— Qu'a-t-il dit ?

— Figurez-vous qu'il s'est montré d'un soutien sans faille. Il m'a dit qu'il m'accompagnerait pour voir notre père, et nous avons donc organisé cette rencontre chez lui.

Thomas avait du mal à l'imaginer, mais il était content.

— J'ai vu que lady Gresham était avec vous aussi.

Beatrix laissa échapper un grognement peu féminin.

— J'essayais de me comporter de façon convenable. Mais cela n'avait pas d'importance. Le duc se fiche éperdument d'apprendre à me connaître ou de renouer une quelconque relation. Il s'est montré plutôt cruel à ce sujet.

Oui, une véritable correction était de mise. Thomas fléchit les mains. Il n'allait pas vraiment commettre d'acte violent. *Il ne pouvait pas.*

— Je suis sincèrement désolé, Beatrix, dit-il doucement.

Il brûlait d'envie d'effacer d'une caresse les plis soucieux sur le front de la jeune femme. Elle esquissa un léger sourire.

— J'aurais dû savoir que ce rêve ne se réaliserait jamais.

Thomas serra le poing. Cet homme avait ruiné les rêves de Beatrix. Tout comme Thea avait gâché les siens.

Il manquait de temps, et il devait encore s'enquérir de l'avenir de leur amitié.

— Je me demandais si vous aviez prévu…

— Rockbourne !

Il entendit la voix de sa tante juste avant de la voir. Se raidissant, Thomas échangea un regard lourd de sens avec Beatrix avant de se tourner vers sa tante.

— Tante Charity.

Ladite tante fixa Thomas avec insistance.

— Ma tante, voici Mlle Beatrix Whitford.

— Je suis ravie de faire votre connaissance, dit la tante Charity.

Thomas se tourna vers Beatrix.

— Permettez-moi de vous présenter ma tante Charity, Mme Holcomb.

Beatrix fit la révérence.

— C'est un plaisir de vous rencontrer.

L'attention de la jeune femme se porta ensuite sur la droite, et elle écarquilla légèrement les yeux. Thomas suivit son regard et vit sa sœur, Sheffield, et une partie de sa famille. Lady Gresham regardait Beatrix et maintenant elle étudiait Thomas, le front plissé.

— Excusez-moi, dit Beatrix. C'était un plaisir de vous rencontrer tous les deux.

Puis elle s'en alla, se précipitant de l'autre côté du vestibule.

— Prête ? s'enquit Thomas, offrant son bras à la tante Charity.

Elle enroula la main autour de sa manche.

— Oui.

Elle jeta un dernier regard à Beatrix avant de reporter son attention devant elle, tandis que Thomas la conduisait dehors.

— Elle avait l'air charmante, remarqua la tante Charity.

— Oui, répondit Thomas pendant qu'ils traversaient la rue.

— Viens-tu de la rencontrer ?

— Pas exactement. J'ai dansé avec elle au bal masqué l'autre soir.

À la seconde où les mots quittèrent sa bouche, il regretta de les avoir prononcés. Il lança un regard ironique à sa tante.

— Tu possèdes une étonnante capacité à me faire révéler des choses que je n'aurais normalement pas dévoilées.

Elle éclata d'un rire joyeux.

— Je suis ravie de l'entendre, mon chéri. J'espère que tu sais que tu peux me faire confiance, affirma-t-elle en lui serrant le bras. Vraiment.

Il le savait, et c'était sans doute la raison pour laquelle il lui avait parlé de la danse.

— Merci.

— J'ignorais que tu étais allé au bal masqué. C'est merveilleux ! Tu as donc rencontré Mlle Whitford là-bas.

Comme ce n'était pas une question directe, il ne répondit pas.

— C'est la sœur de lady Gresham.

— Ah, je vois. Eh bien, je garderai mes opinions et mes espoirs pour moi… pour la plupart. C'est bien que tu sois sorti aujourd'hui, ne serait-ce que parce que tu as croisé Mlle Whitford. Il y avait peut-être une raison à cela.

Elle lui décocha un immense sourire. Thomas leva les yeux au ciel.

— Je n'ai pas plus envie d'une nouvelle épouse aujourd'hui que la semaine dernière. Danser et aller à l'église me donnent l'impression d'être normal, et pour l'instant, normal, c'est bien.

La normalité était fantastique, paisible. Il n'avait pas ressenti cela depuis des années.

— Très bien dit la tante Charity avec un air un peu déçu. Je suis tout simplement contente que tu te sentes bien. Finalement, c'est tout ce qui compte pour moi.

Alors qu'ils cheminaient le long de Grosvenor Street, il regretta de ne pas avoir pu terminer sa conversation avec Beatrix. Il ne l'avait pas terminée, si ? Cela aurait pu être la fin de leur histoire. Mais maintenant, il pouvait toujours prétexter qu'il ne savait pas si leur amitié se poursuivrait ou non. Puisqu'ils semblaient tous les deux heureux de se voir, était-ce trop demander que d'espérer qu'ils n'en avaient pas fini ?

— Puisque tu sors, dit la tante Charity, tu pourrais peut-être assister au pique-nique de lady Exeby à Hyde Park.

Thomas n'en avait pas entendu parler.

— Quand est-ce ?

— Jeudi. Peut-être Mlle Whitford sera-t-elle là.

— Tante Charity. Ne joue pas les entremetteuses. Je t'en prie.

Elle leva sa main libre, paume vers l'extérieur.

— Mes excuses. Je veille simplement à ton bien-être. Je sais que tu ne veux pas forcément d'une épouse pour le moment, mais tu reconnais qu'il t'en faudra une un jour, n'est-ce pas ?

Il refusa de s'engager avec une réponse.

— Tu as besoin d'un héritier.

Il grommela intérieurement.

— Nous devons bien avoir un parent quelque part, dit-il, certain que son père avait un cousin.

— Donc, tu ne veux pas te marier… jamais ? insista la tante Charity avec un air alarmé.

— Je n'ai pas pris de décision.

Alors qu'il était censé avoir besoin d'une épouse, il n'était pas certain d'en vouloir une autre. Après tout ce qu'il avait vécu avec Thea et tout ce dont il avait été témoin avec ses parents, il ne nourrissait aucun espoir d'un mariage comme celui dont il avait rêvé autrefois. Il n'était pas sûr de pouvoir faire confiance à qui que ce soit, même à Beatrix qu'il admirait beaucoup. Et qui, de son propre aveu, était aussi une menteuse.

Il regarda sa tante d'un air méfiant.

— Je t'implore d'abandonner ce sujet.

— D'accord, acquiesça-t-elle.

Elle pinça ensuite les lèvres, et ils poursuivirent leur chemin quelques minutes.

— Et si tu prenais une maîtresse ?

Il faillit trébucher.

— Tante Charity !

— Je suis désolée, mais tu n'as ni parent, ni frère, ni sœur. Et tu traînes ce sombre nuage au-dessus de ta tête. Une maîtresse pourrait t'aider.

Possible. Mais la seule femme qu'il voulait, c'était Beatrix. Et il la voulait *vraiment.*

Mais pas comme sa maîtresse. Et apparemment, pas comme son épouse non plus.

Un vide douloureux s'ouvrit en lui et il s'empressa de le

refermer. Il allait bien. La vie reprenait son cours normal, comme il l'avait dit à sa tante, et la normalité était une bonne chose. Il avait Regan, et elle l'avait. Ils formaient une famille et c'était suffisant.

~

Après avoir salué la famille de Harry, Beatrix et Selina, accompagnées de ce dernier, s'engagèrent sur Hanover Square, en direction de Cavendish Square. Beatrix se prépara pour l'inévitable question.

— À qui parlais-tu? s'enquit Selina, qui marchait entre son amie et son futur mari.

— C'était lord Rockbourne, dit Harry.

— Oh! s'exclama Selina, tournant brusquement la tête vers Beatrix. Tu le connais?

La jeune femme haussa une épaule. Elle s'en tint à sa règle de s'appuyer au moins sur des vérités partielles.

— J'ai dansé avec lui au bal masqué.

Le ton de Selina comportait une pointe de doute.

— Tu n'en as pas parlé.

— Je crois qu'il essayait de garder secrète sa présence au bal.

Son regard était fixé droit devant elle quand ils entrèrent dans Hanover Square.

— Parce qu'il est en deuil? s'enquit Selina. J'avoue que je ne comprends pas ce que l'on attend de lui à ce… niveau. Harry, est-ce étrange qu'il se soit rendu au bal, puis à l'église aujourd'hui?

Harry s'esclaffa.

— Je ne suis pas la personne à qui il faut poser la question. C'est mon frère qui doit respecter les règles. Je crois que fréquenter l'église est autorisé dans tous les cas.

— C'est ce qu'il semblerait, murmura Selina. Fait-il toujours l'objet d'une enquête ?

Beatrix retint son souffle. Elle aurait bien voulu poser la question, mais elle n'avait pas osé attirer l'attention sur l'intérêt qu'elle portait à Tom.

— Oui. La mère de lady Rockbourne a fourni des preuves concernant le tempérament de Rockbourne. Apparemment, son épouse avait peur de lui.

— C'est absurde ! s'exclama Beatrix, surprise de l'avoir exprimé à haute voix. Je veux dire… Je ne le connais pas, mais j'ai entendu dire que c'était lady Rockbourne qui avait un caractère bien trempé.

— Vraiment ? l'interrogea Harry avec intérêt. Est-ce une rumeur particulière sur laquelle nous pourrions enquêter ?

— Euh, non.

Beatrix ne le savait que pour avoir entendu la mégère elle-même. Mais elle ne pouvait pas l'avouer, pas plus qu'elle ne pouvait témoigner de ce qu'elle avait entendu et vu, sous peine de ruiner sa réputation.

Cependant, c'était tentant. Elle avait espéré que sa réputation intéresserait son père. Non seulement il ne s'y était pas intéressé, mais il savait sur elle des choses que la plupart des gens ignoraient. À ses yeux, sa réputation était déjà en lambeaux.

Alors, pourquoi protéger sa réputation serait-il si important ?

Parce qu'il ne s'agissait pas seulement d'elle. Il y avait aussi Selina. Elle était aux portes d'un avenir merveilleux, et Beatrix ne lui causerait ni ennuis ni souffrances. Pour rien au monde.

— Dommage, dit Harry. Si nous avions la preuve que lady Rockbourne avait mauvais caractère, cela pourrait justifier que Rockbourne se soit mis en colère contre elle.

— Cela justifierait-il de l'avoir poussée par-dessus le balcon ? s'enquit Selina, incrédule.

— Non, bien évidemment. Honnêtement, sans témoin oculaire, il sera difficile de prouver ce qui s'est réellement passé. Soit nous croyons la version des faits du vicomte, soit nous cherchons à savoir s'il ment. Jusqu'à présent, il semble avoir eu des raisons d'être au moins en colère contre elle.

Beatrix s'efforça de ne pas paraître renfrognée.

— Être en colère contre quelqu'un ne signifie pas qu'on l'a poussé.

— Non, mais il est de notre devoir d'enquêter sur toutes les preuves.

Selina étudiait attentivement Beatrix. Avant qu'elle puisse lui demander pourquoi elle défendait Rockbourne, Harry changea de sujet, heureusement.

Dès qu'ils arrivèrent à la demeure de Cavendish Square, *la maison*, se rappela Beatrix, cette dernière s'excusa et se rendit à l'étage. Non seulement elle voulait éviter d'autres questions et regards curieux de la part de Selina, mais elle avait aussi une course à faire.

Se dirigeant directement vers le tiroir contenant la boîte, Beatrix se mit à genoux et plaça tous les objets volés dans un petit sac. Comment faire pour se rendre à la boutique de receleurs de Saffron Hill ? Devait-elle s'y rendre en tant que femme ou s'habiller en homme ? La seconde option semblait être le meilleur choix ; elle changea donc rapidement de vêtements. Le sac était doté d'une longue lanière qu'elle passa sur son épaule de manière que le contenu repose sur sa hanche. Elle enfila son manteau par-dessus et ajusta son butin de sorte qu'il soit caché par le bas du pardessus. Enfin, elle glissa son couteau dans sa botte et plaça son pistolet dans la poche spécialement conçue à cet effet à l'intérieur de son manteau.

Après s'être assurée que tous ses cheveux blonds étaient

bien placés sous son chapeau, elle descendit l'escalier de service jusqu'à l'étage inférieur. Il était plus difficile de s'échapper de cette demeure sans se faire remarquer que lorsqu'elles vivaient dans Queen Anne Street, où la maison était plus petite et où elles ne disposaient pas d'une équipe complète de domestiques.

Cela, et aussi le fait qu'elle essayait rarement de sortir discrètement au milieu de la journée.

Après avoir traversé le sous-sol, elle se dirigea vers l'avant de la maison, où une porte menait à un petit palier extérieur, au pied d'un escalier étroit qui montait jusqu'à la rue. Elle poussa un soupir de soulagement en grimpant les marches.

Et fonça droit sur la cuisinière qui se trouvait au sommet.

— Oh ! Bonté divine ! Pardonnez-moi, dit la femme, serrant contre elle une brassée de paquets qu'elle réussit à peine à retenir.

Son regard croisa celui de Beatrix. Surprise, elle écarquilla les yeux, puis elle la reconnut.

— Mademoiselle Whitford ?

— Euh, oui. Je vous serais éternellement reconnaissante si vous pouviez faire comme si vous ne m'aviez pas vue, lui dit-elle avec un sourire gêné. Merci !

Contournant la femme, Beatrix se précipita dans Holles Street en direction d'Oxford Street. Là, elle prit un fiacre qui se dirigeait vers l'Est et le quartier de Saffron Hill.

Peu de temps après, elle pénétra dans l'intérieur sombre du *Lion d'or*, la boutique de receleur qui avait appartenu, jusqu'à récemment, à Rafe. Des semaines plus tôt, Selina et elle s'en étaient servies pour revendre quelques bijoux que Beatrix avait volés, afin de leur éviter de perdre leur maison. Selina, avec l'aide de Rafe, avait depuis récupéré et rendu tous les objets, anonymement bien sûr.

Beatrix n'avait jamais aimé prendre des choses aux gens, cependant, elle avait toujours éprouvé un sentiment d'accomplissement, d'excitation et de *plaisir* dans l'acte de voler.

Au cours des dix dernières années, elle avait utilisé ses compétences quand c'était nécessaire. Avec le recul, elle regrettait d'avoir cru nécessaire d'avoir une saison pour faire ses preuves auprès de son père. Cela n'avait été qu'un immense gâchis d'argent et d'énergie.

La boutique était bien rangée, avec un comptoir à l'arrière. Des étagères garnies d'articles divers étaient alignées le long des murs. Un jeune homme à l'allure dure, âgé d'environ dix-huit ans, se tenait près de la porte. Il regarda Beatrix avec circonspection alors qu'elle se dirigeait vers le comptoir.

Un homme corpulent d'une quarantaine d'années se leva d'une chaise située derrière. Son visage se creusa de nouvelles rides quand il lui sourit en guise de salut.

— Bonjour.

— Bonjour, répondit Beatrix, prenant une voix grave. J'ai des choses à vendre. Le Vicaire m'a envoyé.

C'était sous ce nom que Rafe avait été connu en tant que propriétaire des boutiques de receleurs et prêteur d'argent. Il ne manquait jamais de faire naître un regard de surprise, suivi d'un désir de plaire. Cette fois ne fut pas différente.

Les yeux du commerçant s'arrondirent, puis ses paupières papillonnèrent.

— Comment puis-je vous aider ?

Beatrix ouvrit le sac sur sa hanche et en sortit le premier objet, un bracelet qu'elle avait volé quelques années plus tôt.

— Ce n'est qu'un objet parmi beaucoup d'autres.

Elle voulait voir ce qu'il allait lui offrir avant de lui montrer le lot. Il prit le bracelet et le tint à côté d'une lampe placée sur un côté du comptoir. Passant une main sous le comptoir, il sortit une loupe dont il se servit pour étudier l'objet.

— Ces diamants sont vrais.

— Oui.

Abaissant la loupe, il souffla et lui proposa un prix plus

que raisonnable. Rassurée, elle sortit le reste de ses objets, quelques-uns à la fois. Il les acheta tous.

Après avoir caché l'argent dans une poche intérieure de son manteau, elle le remercia.

— Ne connaîtriez-vous pas un joaillier à qui je pourrais confier la réalisation d'une demi-parure d'émeraudes en strass très convaincante ?

L'homme sourit.

— J'en connais un. Mon beau-frère est le meilleur. Personne ne saura qu'elles ne sont pas authentiques. Sa boutique se situe juste en haut de la rue. *Chez Marvin.* Tournez à droite.

— Parfait, merci.

Beatrix tourna les talons et quitta la boutique, adressant un signe de tête au jeune homme en passant la porte.

Elle tourna à droite en remontant Saffron Hill et trouva la boutique de Marvin un peu plus loin. Nichée entre une imprimerie et un magasin de revente de vêtements, la boutique du joaillier était étroite, avec une porte branlante dont Beatrix craignit qu'elle ne se détache de ses gonds au moment où elle entra. Si on ne lui avait pas conseillé cet endroit, elle aurait sans doute fait demi-tour.

À la place, elle persista. Plusieurs lampes étaient allumées à l'intérieur de la boutique et projetaient des ombres inquié- tantes. Il n'y avait personne en vue.

— Bonjour ?

Beatrix baissa de nouveau la voix dans l'espoir de la rendre masculine. Elle s'avança jusqu'à une vitrine où étaient exposés plusieurs bijoux. Un collier avec un grand pendentif en corail attira son attention. Une fleur était sculptée dans le corail, qui était d'un rouge profond.

Un bruit de pas traînants répondit à son salut. Beatrix tourna la tête : un homme grand, mais légèrement voûté, sortit de derrière un rideau suspendu dans l'embrasure d'une porte. Il plissa les yeux en regardant Beatrix tout en s'avan-çant vers elle.

Elle se redressa à côté de la vitrine.

— Votre beau-frère m'envoie. Je voudrais commander une demi-parure de bijoux en strass.

— En strass ?

La jeune femme hocha la tête.

— Cela doit ressembler à des émeraudes. Un collier, des boucles d'oreilles et un bracelet.

— J'ai quelque chose qui conviendra, dit-il, puis il commença à tourner les talons.

Avançant de deux grands pas vers lui, elle leva une main.

— Non, j'ai besoin que vous confectionniez l'ensemble selon mes instructions.

Il plissa le front un moment, tout en l'étudiant.

— D'accord. Vous allez devoir me décrire ce que vous voulez, pendant que je le dessine.

Il lui montra du doigt une table située sur le côté gauche de la boutique. Deux appliques brûlaient au-dessus : c'était l'endroit le plus lumineux de la boutique.

Il y avait deux chaises, et, lorsqu'elle s'assit, elle se rendit compte que ce n'était pas une table, mais un bureau. Après avoir pris place sur l'autre siège, il ouvrit un tiroir et en sortit un morceau de parchemin et un crayon. Il en lécha l'extré-mité, puis la regarda, attendant qu'elle commence.

Beatrix décrivit ce qu'elle voulait dans les moindres détails. Pendant qu'elle parlait, il dessina les pièces, leur donnant forme sous ses yeux.

— Comme ça ?

— Parfait, merci. Combien ?

Il lui proposa un prix bien inférieur à celui qu'elle venait d'obtenir chez le receleur.

— Quand les bijoux seront-ils prêts ?

— Dans une semaine.

Elle fronça les sourcils. Fouillant dans son manteau, elle en sortit la plus grande partie de l'argent de la boutique du receleur et la posa sur la table.

— Pourriez-vous me les procurer pour demain ?

L'homme baissa le regard sur l'argent avant de hocher la tête.

— Venez après cinq heures.

— La moitié maintenant et l'autre moitié demain.

Elle récupéra la moitié de l'argent et la remit dans son manteau avant de se lever. Il leva le nez vers elle, un vif éclair d'intérêt brillant dans son regard.

— Pourquoi les voulez-vous, mademoiselle ?

Beatrix soupira et se demanda si le commerçant au *Lion d'or* avait lui aussi vu au-delà de son déguisement. Si ce n'était pas le cas, son beau-frère allait sans doute lui révéler son secret.

— Je les veux, tout simplement. Pour moi. J'aurais préféré des émeraudes authentiques, mais votre beau-frère m'a assuré que vos pièces auraient l'air vraies.

— Oui, ce sera le cas.

Elle jeta un regard vers la vitrine où était exposé le pendentif en corail.

— Je veux également la fleur en corail. Préparez-la avec le reste, s'il vous plaît.

— Voulez-vous en connaître le prix ?

— Non. Voulez-vous que je paie aujourd'hui ?

Elle était sûre d'avoir assez d'argent.

— Demain, ça ira. Est-ce pour vous aussi ?

Beatrix secoua la tête.

— Pour ma sœur. C'est un cadeau de mariage. Je vous verrai demain.

Satisfaite de ses courses, Beatrix s'empressa de prendre un fiacre pour retourner à Holles Street. Tout en se dirigeant vers Cavendish Square, elle réfléchit à la manière d'entrer dans la maison sans se faire remarquer. Et elle se demanda si la cuisinière avait dit quelque chose à quelqu'un. Finalement, elle rentra par où elle était sortie et emprunta le même chemin prudent à travers le sous-sol. Cette fois-ci, elle eut la chance de pouvoir regagner sa chambre sans croiser personne. Il ne lui resterait plus qu'à refaire la même chose le lendemain, lorsqu'elle retournerait *Chez Marvin* chercher sa parure de bijoux.

Ensuite, elle devrait accomplir un exploit encore plus grand en se glissant dans la maison du duc. Au cours des dernières semaines, elle avait appris beaucoup de choses sur lui et sur sa demeure. En plus de l'espionner depuis le jardin de Tom, elle avait également discuté avec l'un de ses garçons d'écurie. Pour une somme relativement modeste, il lui avait fourni les horaires de la maisonnée ainsi que l'agencement de la maison.

Il fallait juste que la chance soit de son côté, et elle en aurait besoin d'une bonne dose.

CHAPITRE 11

*L*a maison était silencieuse, un phénomène qui était
devenu de plus en plus remarquable au cours des
quinze jours qui s'étaient écoulés depuis la mort de
Thea. Baines l'avait remarqué plus tôt. Il régnait une paix que
la maisonnée n'avait pas connue depuis longtemps.

Thomas se servit un verre de cognac dans le salon attenant à sa chambre avant de se rendre sur le balcon. Les
événements de la nuit de la mort de Thea surgirent dans son
cerveau, mais il refusa de se laisser submerger. Avec un peu
de chance, une fois l'enquête terminée, il lui deviendrait plus
facile de garder ce souvenir à distance.

Malheureusement, l'investigation se poursuivait toujours.
Dearborn avait reporté l'entretien qu'il avait prévu ce jour-là
avec la nourrice et le valet de pied. Il prévoyait de passer le
lendemain après-midi.

Thomas ne put s'empêcher de scruter l'arbre, mais, bien
sûr, Beatrix n'y était pas. Pas seulement parce qu'il lui avait
dit de ne pas venir sans le prévenir, mais parce qu'il se
doutait qu'elle ne reviendrait pas.

Alors qu'il buvait une gorgée de son cognac, un mouvement dans le jardin, derrière l'arbre, attira son attention. Non, ce ne pouvait pas être... Une silhouette noire se déplaçait dans l'ombre. Thomas posa son verre sur la balustrade et s'élança vers le treillis. Descendant du balcon, il arriva en bas encore plus vite que la dernière fois.

Il s'était attendu à la retrouver sous le balcon, mais elle n'y était pas. Il fila dans le jardin, et ses yeux peinèrent à s'adapter à l'obscurité.

— Beatrix ! appela-t-il dans un murmure fort et pressant.

Il entendit la grille et courut dans cette direction, la rattrapant juste au moment où elle la franchissait. Tendant le bras, il faillit basculer en avant quand il saisit le coude de la jeune femme.

— Beatrix !

Elle s'arrêta et se tourna pour lui faire face, ses traits invisibles sous le bord de son chapeau, car elle gardait la tête baissée.

— Oui, désolée.

— Pourquoi vous en allez-vous ? s'enquit-il sans la lâcher.

— Je... je suis venue pour vous voir, mais j'ai eu peur que vous soyez fâché que je ne vous aie pas prévenu avant.

Il recula, écartant sa main comme si Beatrix risquait de le brûler. Non. Comme si *lui* pouvait faire du mal à *la jeune femme.*

Elle avait peur. Elle s'était enfuie plutôt que de déclencher sa colère.

Thomas lutta pour empêcher son cœur de bondir hors de sa poitrine, alors que son sang tourbillonnait à toute vitesse dans sa tête.

— Je suis désolé. Je voulais juste que vous soyez en sécurité. Je n'ai jamais eu l'intention de vous faire peur.

C'est alors qu'elle leva les yeux vers lui, et qu'il vit l'inquiétude dans son regard.

— Vous ne m'avez pas fait peur... pas comme ça. Je ne

voulais pas que vous pensiez que je me moque de votre souhait que je ne vienne pas seule dans la nuit.

Les paroles de Beatrix firent plus que le soulager. Elles touchèrent un endroit au plus profond de lui qui n'avait jamais vu le soleil.

— Je n'ai jamais eu l'intention de vous contrôler, dit-il tranquillement.

— Je le sais.

Beatrix prit la main de Tom et l'attira contre sa poitrine. Il sentait sa chaleur, même à travers les couches de ses vêtements.

— J'aurais dû vous dire que je venais. C'était une décision spontanée.

Thomas commença à se sentir plus léger.

— Vraiment ? lui demanda-t-il avec un petit sourire.

— Oui.

— Je suis heureux de vous avoir rattrapée. J'aurais détesté que vous fassiez tout ce chemin pour rien. Voudriez-vous monter prendre un dernier verre avant que je vous raccompagne chez vous ?

Elle hésita un instant avant de sourire.

— Comment pourrais-je dire non ?

Avait-elle envie de refuser ? Thomas repoussa cette idée. Il se montrait ridicule. Elle était venue ici pour le voir. À moins que…

— Êtes-vous venue ici pour espionner à nouveau le duc ?

Elle répondit rapidement, et avec une véhémence qui traduisait parfaitement son avis sur le sujet.

— Non. J'en ai fini avec lui.

— Je pense que c'est pour le mieux. Et c'est lui qui perd quelque chose.

Thomas se tourna et rouvrit la grille, lui faisant signe de le précéder. Elle partit la première vers le balcon, et grimpa le treillis. Lorsqu'il la rejoignit, elle était en train de boire le cognac qu'il avait laissé sur la balustrade.

— Pratique, dit-elle au-dessus du bord du verre, un sourire grivois aux lèvres.

Il ne put s'empêcher de fixer sa bouche. Un frisson de désir parcourut son corps. La suivant dans le salon, Thomas alla verser un autre cognac. Beatrix retira son chapeau et ses gants. Puis sa veste.

Elle ne l'avait jamais ôtée auparavant.

Thomas, qui était en train de porter le verre à sa bouche, s'immobilisa. Même si elle portait quelque chose pour aplatir sa poitrine sous les vêtements masculins, ses courbes étaient toujours visibles.

Il y avait quelque chose d'excitant à la voir ainsi dévêtue dans un costume d'homme. Il était presque certain qu'il penserait la même chose d'elle habillée en femme. Il aimait juste la voir peu vêtue.

Elle se dirigea vers le canapé et s'assit dans le coin, ce qui laissait suffisamment de place pour que Tom la rejoigne. L'invitation semblait claire, et il ne pouvait l'ignorer.

Il s'assit à côté de Beatrix et étira ses jambes.

— Vous avez retiré votre veste.

Elle haussa les épaules.

— Vous n'en portez pas non plus, cela me semblait donc approprié.

C'était vrai.

— Je me demandais si vous l'aviez ôtée pour une autre raison, dit-il.

Beatrix plissa les yeux de façon séductrice ou peut-être n'était-ce là qu'un vœu pieux de la part de Tom.

— Vraiment ? Voudriez-vous me dire quelle serait cette raison ?

La température de la pièce grimpa, et il fut ravi de ne pas porter de veste. En vérité, il aurait voulu pouvoir retirer le reste de ses vêtements… et ceux de Beatrix, aussi. Il dut s'éclaircir la gorge pour pouvoir parler.

— Pas tout de suite.

— Eh bien… faites-moi savoir si vous changez d'avis.

Elle but une nouvelle gorgée de cognac et le regarda d'un air timide.

— Si vous continuez à me regarder comme ça, je le ferai.

— Je vois.

Elle se redressa et reprit un peu son sérieux. Quand le regard de Beatrix croisa celui de Tom, il y vit une inquiétude qui l'interpella.

— Harry m'a dit que vous faisiez toujours l'objet d'une enquête au sujet de la mort de votre femme. Il a dit que Bow Street avait la preuve qu'elle avait peur de vous, dit-elle, une lueur dans le regard. Est-ce pour cela que vous pensiez que j'avais peur de vous ?

Merde. Il n'avait pas envie d'en parler. Pourquoi ne pouvaient-ils pas simplement recommencer à fleureter ? Il but une grande gorgée de cognac. Il se tourna vers la chambre de Thea qu'il maudit en silence.

— Elle n'avait pas peur de moi. Je ne crois pas qu'elle avait peur de quoi que ce soit.

En tout cas, elle n'avait jamais été inquiète au point de lui cacher son infidélité. Thomas reporta son attention sur Beatrix.

— Je suis surpris que Sheffield vous en ait parlé.

— La question est venue au cours d'une conversation à la sortie de l'église hier. Et pour être franche, c'était une diversion bienvenue face à la curiosité de Selina, qui se demandait pourquoi je vous parlais, expliqua-t-elle, penchant la tête, tout en passant le bout du doigt sur le bord de son verre. Harry a dit que c'est votre belle-mère qui a fourni les preuves au sujet de lady Rockbourne.

— Elle se fiche de moi. Elle me reproche la mort de Thea, et elle a peut-être raison de le faire.

Il grimaça intérieurement après avoir prononcé cette phrase à voix haute. Beatrix posa son verre sur la table à côté du canapé et se tourna vers Tom.

— Pourquoi ?

— Je ne rendais pas Thea heureuse.

— Elle ne vous rendait pas heureux non plus. Je dirais même qu'elle vous a rendu malheureux.

— Nous nous rendions mutuellement malheureux.

Finissant son cognac, il posa son verre vide sur la table située à sa gauche. Il se tourna vers elle comme elle l'avait fait.

— Mais vous avez essayé, n'est-ce pas ?

— Oui.

Tellement dur ! Jusqu'à ce qu'il abandonne. Et peut-être n'aurait-il pas dû.

— Vous ne pouvez pas vous en vouloir, affirma Beatrix en secouant la tête. J'ai vu ce qui s'est passé. C'était un accident. Elle est tombée. Il n'y avait rien de vicieux là-dedans. Peut-être devrais-je le dire à la police.

Tom posa doucement une main sur son visage.

— Non. Vous ne pouvez pas faire ça. Cela ruinerait votre réputation.

— S'il n'y avait que moi, je m'en ficherais, mais vous avez raison de dire que cela ruinerait une réputation… celle de Selina. Elle est sur le point de devenir la belle-fille d'un comte. Je ne compromettrai pas sa position.

— Vous êtes la meilleure des fausses sœurs.

Beatrix éclata de rire.

— Merci.

Il déplaça à contrecœur sa main vers le dossier du canapé ; il était près d'elle, mais sans la toucher.

— Le mariage a lieu dans la matinée ?

— Oui.

— J'ai reçu une invitation pour le petit déjeuner. C'était avant.

— Viendrez-vous ? s'enquit-elle, pleine d'espoir.

— Je ne devrais pas. C'est une chose de se glisser dans un bal masqué ou d'aller à l'église avec ma tante. C'en est une autre de se montrer à une réception de mariage.

Elle fit un bruit avec ses lèvres et sa langue qui lui fit penser à quelque chose que Regan aurait fait. Sauf qu'en voyant sa langue, il ne pensait plus du tout à sa fille.

Elle remonta sa jambe sur le canapé, pliant le genou pour lui faire complètement face.

— Vous devriez venir.

Tom laissa sa main dériver vers l'épaule de Beatrix.

— Vous me tentez, murmura-t-il, passant le bout de ses doigts sur sa clavicule. De tant de façons…

— Est-ce une mauvaise chose ? s'enquit-elle, puis elle se pencha en avant et lécha sa lèvre supérieure.

Était-ce une invitation ?

— Avez-vous fait cela exprès ?

— Je ne sais pas. C'était inconscient, affirma-t-elle.

Puis elle se pencha davantage vers lui, et effleura les lèvres de Tom avec les siennes.

— *Ça*, c'était exprès.

Elle ne recula pas. Thomas posa une main sur l'arrière de sa tête et l'embrassa. Ce fut une connexion rapide, mais qui l'éblouit totalement. Il regarda Beatrix pour être sûr que c'était bien ce qu'elle voulait.

Une lueur de désir brillait dans ses yeux noisette. Elle posa une main sur l'épaule de Tom et inclina légèrement la tête vers la gauche, approchant ses lèvres des siennes.

— Beatrix, soupira-t-il avant de s'emparer à nouveau de sa bouche.

Cette fois, leur baiser ne fut pas rapide. Pas plus qu'il

n'était tendre. Leurs langues s'affrontèrent, attisant le feu qui couvait en lui pratiquement depuis leur rencontre. Avec son autre main, il saisit sa taille et la serra.

Elle agrippa son cou et son flanc. Leur baiser était électrique. Les mains de Beatrix nourrissaient l'âme de Tom. Elle fit remonter sa main sur son torse et tira sur sa cravate.

Oui.

Il la fit basculer contre le canapé et se plaça au-dessus d'elle, tout en approfondissant le baiser.

— Papa, qu'est-ce que tu fais ?

Thomas et Beatrix se séparèrent. Bonté divine ! Il n'avait même pas entendu Regan entrer. Elle se tenait devant le canapé. Depuis combien de temps était-elle là ?

— Eh bien, je… euh… Mon amie me rend visite.

Thomas recula à l'autre bout du canapé et s'assit sur le bord.

— Tu te souviens d'elle ?

— Oui. Elle est jolie.

Redressant sa colonne vertébrale et reculant autant qu'elle le pouvait sur le canapé, Beatrix rougit. Ou plutôt, elle rougit davantage, car ses joues étaient déjà bien roses.

— Merci.

Regan continuait à fixer Beatrix.

— Pourquoi est-ce que tu t'habilles toujours comme un garçon ?

— C'est confortable.

Regan reporta son regard sur Thomas.

— Papa, puis-je m'habiller comme un garçon ?

— Nous en discuterons une autre fois. Pourquoi es-tu debout ?

— Alice m'a réveillée, affirma-t-elle en levant sa poupée.

Beatrix semblait avoir retrouvé son calme. La couleur de son visage était revenue à la normale. Elle se pencha en avant, abaissant la tête au niveau de celle de Regan.

— Pourquoi donc ?

— Elle voulait une histoire. Papa en raconte de bonnes.

— Vraiment ?

La bouche de Beatrix, gonflée par les baisers, se courba en un sourire à couper le souffle, tandis qu'elle se tournait vers lui.

— Voudrais-tu me raconter une histoire ? s'enquit Regan en regardant Beatrix. Elle serait nouvelle.

Beatrix n'hésita pas avant de répondre, et Thomas se dit que jamais son cœur ne pourrait se gonfler davantage.

— Oui.

Avec un sourire, Regan tourna les talons et partit vers la chambre de son père.

— Où vas-tu ? s'enquit Beatrix.

— Papa me raconte toujours une histoire au lit. Comme ça, je peux m'endormir plus facilement.

Elle le dit comme si c'était évident. Thomas ne put s'empêcher de rire. Beatrix sourit.

— Votre fille est plutôt brillante.

Thomas regarda Regan se glisser dans sa chambre.

— Je crois bien, répondit-il en se levant, puis il aida Beatrix à faire de même. Vous n'avez pas vraiment besoin de rester. Je peux lui dire que vous devez vous en aller.

— Il en est hors de question ! Je lui ai dit que je lui raconterais une histoire, et je ne la décevrai pas. Quel genre d'amie cela ferait-il de moi ?

Elle fit claquer sa langue et ses yeux se plissèrent brièvement. Thomas lui attrapa la main avant qu'elle puisse s'avancer vers sa chambre.

— Tu es merveilleuse, lui dit-il, puis il embrassa son poignet et la regarda droit dans les yeux. Mais sache que ce n'est pas ainsi que je t'imaginais dans mon lit.

Beatrix haussa les sourcils et lui répondit sur le même ton.

— Tu as imaginé ça ?

— *Souvent.*

Il la sentit frissonner.

— Eh bien, c'est quand même charmant... pour d'autres raisons. Viens, je vais lui raconter l'histoire de deux sœurs.

— Est-ce autobiographique ?

Elle haussa une épaule.

— Tu devras rester réveillé pour le savoir.

— Oh ! mais j'en ai bien l'intention. Après tout, je devrai te raccompagner chez toi.

Elle laissa échapper un soupir chargé de regrets.

— Oui. Mais d'abord, l'histoire.

Elle lui sourit avant de se retourner et d'entrer dans sa chambre. Thomas hésita avant de la suivre. Il n'arrivait pas à croire à quel point sa vie avait changé en si peu de temps, et pour le meilleur. Entrant dans la chambre à son tour, il s'arrêta net, le souffle coupé.

Beatrix était allongée sur la couverture à côté de Regan, qui était enfouie dessous. Toutes les deux étaient adossées aux oreillers. Tandis qu'il les regardait, la poitrine nouée par l'émotion, Regan se blottit contre le flanc de Beatrix. Cette dernière sourit, et elle passa un bras autour de la petite fille.

— Il était une fois deux sœurs aux cheveux clairs, l'une grande et l'autre petite.

Autobiographique, alors. Regan tapota l'espace de l'autre côté d'elle.

— Tu ne viens pas, papa ? Tu vas manquer l'histoire.

Il dut s'éclaircir la gorge.

— Si, bien sûr, répondit-il.

Il se précipita vers le lit et s'allongea par-dessus la couverture, juste à côté de Regan.

— C'est mieux ?

La petite fille leva les yeux vers Beatrix.

— Continue, s'il te plaît.

— Bon, où en étais-je ? Ah, oui ! Une grande et une petite. Elles furent envoyées au pensionnat par leur méchant beau-père.

— C'est quoi, le pensionnat ?

— Un endroit horrible, répondit aussitôt Beatrix.

Thomas nota dans un coin de sa tête qu'il devrait lui demander pourquoi elle avait dit cela.

— C'est une école où les élèves étudient et vivent.

— Est-ce que j'irai, papa ?

Il se baissa et l'embrassa sur la tête.

— Non.

— Parce que tu n'es pas méchant, dit Regan en bâillant.

— J'espère que non.

Les yeux de Beatrix se posèrent sur ceux de Tom et elle murmura :

— Loin de là.

— Que s'est-il passé au pensionnat ? s'enquit Regan, prise d'un nouveau bâillement.

— Les autres filles se moquaient des deux sœurs.

Était-ce vrai ? Thomas voulait tout savoir. Regan regarda Beatrix.

— Pourquoi ?

— Parce que les sœurs étaient intelligentes et jolies, et que les autres filles étaient jalouses. Elles faisaient tout leur possible pour attirer des ennuis aux sœurs.

— J'espère que cette histoire aura une fin heureuse, dit Regan. Celles de papa ont des fins heureuses.

— Comment pourrais-tu le savoir ? l'interrogea-t-il avec une incrédulité moqueuse. Tu ne restes jamais réveillée.

Regan se mit à rire.

— Parce que tu me le dis le matin. Papa, si je m'endors, me raconteras-tu la fin demain matin ?

— Bien sûr, chérie.

— Ou elle pourra, si elle est encore là, poursuivit la fillette en jetant un regard à Beatrix.

Thomas regarda la jeune femme, et il entrevit un avenir qu'il jugeait impossible depuis longtemps.

— Tu dois la laisser raconter l'histoire, dit-il doucement.

Il fit un signe de tête en direction de Beatrix.

— Je te promets que cette histoire se termine très bien. Et, si tu t'endors, je veillerai à ce que ton père connaisse la fin pour pouvoir te la raconter.

— Merci.

S'installant plus confortablement, Thomas était impatient de connaître la fin de l'histoire. Et, pour la première fois depuis des lustres, il se demanda si lui aussi connaîtrait une fin heureuse.

~

Beatrix aurait dû être fatiguée après être restée tard dans la nuit chez Thomas, mais elle était trop excitée par le mariage de Selina. Elle prit la petite boîte sur sa coiffeuse avant de quitter sa chambre et de descendre dans celle de Selina.

Quand Regan s'était endormie dans le lit de Thomas la nuit passée, Beatrix avait essayé de le persuader de la laisser rentrer seule à la maison ; de toute évidence, il fallait qu'il reste avec sa fille. Cependant, il avait insisté pour héler un fiacre et l'accompagner jusqu'à Cavendish Square. Au moins, c'était plus rapide que la marche, ce qui lui permettait de retourner auprès de Regan le plus rapidement possible.

Il lui avait posé des questions sur son passage chez Mme Goodwin. Elle ne lui avait pas tout raconté, elle ne lui avait pas avoué les vols, mais en lui parlant des tourments infligés par les autres filles, de son amitié pour Selina et de leur départ avant la fin de leurs études, elle s'était sentie étonnamment bien. Peut-être parce qu'il faisait preuve d'une écoute exceptionnelle et bienveillante.

Il l'avait ensuite régalée de quelques histoires d'Oxford, impliquant une bonne dose d'ivresse et de bouffonnerie. Elle avait un peu de mal à faire le lien entre le père veuf et troublé et le jeune homme jovial ; elle aurait aimé le connaître à l'époque.

Mais elle était quand même très contente de le connaître maintenant. Tout comme sa fille. Elle était adorable, et Beatrix était vraiment heureuse de savoir qu'elle avait un père aimant.

Située à l'arrière du premier étage, la chambre de Selina était la plus grande de la maison. Quand Beatrix y entra, elle s'arrêta net en voyant son amie dans sa robe de mariée. Confectionnée dans une soie ivoire et bordée de rose pâle, la robe ressemblait à une délicieuse confiserie.

Sa nouvelle femme de chambre, que la presque belle-mère de Selina jugeait indispensable, était occupée à attacher les boutons le long du dos de la future mariée.

— Tu es tellement belle ! s'exclama Beatrix avec un soupir.

Selina tourna la tête et sourit.

— Toi aussi.

Beatrix baissa les yeux sur sa nouvelle robe. D'un vert clair avec des broderies d'un vert plus foncé, elle lui faisait penser à une belle journée de printemps, comme c'était le cas aujourd'hui.

— Merci.

— C'est terminé, mademoiselle, dit la femme de chambre en reculant.

Selina tourna les talons et écarta légèrement les bras sur les côtés.

— Alors ?

— Presque parfaite.

La future mariée plissa le front.

— Presque ?

— J'ai juste ce qu'il te faut, répondit Beatrix, qui se tourna vers la domestique. Voudriez-vous nous excuser un instant ?

La femme de chambre fit une révérence avant de prendre congé.

— Je ne m'y habituerai jamais, remarqua Selina.

— Moi, je pourrais, mais, d'un autre côté, ma mère avait une femme de chambre, répondit Beatrix, avant de tendre à son amie un petit écrin noué d'un ruban bleu. J'ai quelque chose pour toi.

Elle déposa le cadeau dans la paume de Selina.

— Comment as-tu… ?

La future mariée pinça les lèvres, fronçant les sourcils en dénouant le ruban. Elle ouvrit le couvercle et haleta. Elle plaqua sa main libre sur sa bouche, et son regard se posa sur celui de Beatrix.

Celle-ci s'approcha et baissa les yeux sur le collier en corail.

— Je sais que ce n'est pas celui dont tu te souviens, mais je me suis dit qu'il devait beaucoup lui ressembler.

— C'est adorable. Bon sang ! Tu vas me faire pleurer ! Je t'ai dit que j'étais devenue une vraie fontaine, protesta Selina, qui cligna plusieurs des yeux en riant. Il est parfait.

Elle fit courir son doigt sur la fleur, puis releva les yeux sur son amie.

— Vraiment. C'est la plus belle chose que j'aie jamais reçue. En dehors de l'amour de Harry, précisa-t-elle, adressant un sourire d'excuse à son amie. Désolée.

Beatrix lui sourit à son tour.

— C'est normal.

— Veux-tu me le passer ? Je voudrais le porter aujourd'hui.

— C'était ce que j'espérais, répondit Beatrix d'une voix douce, heureuse que son amie aime le cadeau.

Le prenant dans sa main, elle sortit le collier et posa l'écrin sur la coiffeuse. Alors qu'elle se tournait vers Selina, elle hésita.

— Je vais avoir besoin d'un tabouret. Comme toujours, tu es une géante.

— Non, c'est toi qui es un lutin, répliqua Selina en pliant les genoux. Je vais m'accroupir, comme je le fais toujours.

En souriant, Beatrix passa derrière son amie et lui accrocha le pendentif autour du cou. La chaîne qui retenait la fleur sculptée dans le corail était dorée et assortie aux boucles d'oreilles en or et en perles que Selina portait déjà. Ses cheveux blonds comme le miel avaient été artistiquement coiffés par la femme de chambre, qui y avait incorporé un ruban rose pâle et des perles.

Selina se regarda dans le miroir de la coiffeuse et toucha le pendentif.

— Absolument parfait. Je pense que c'est le même genre de fleur, mais j'ai toujours pensé que celle de mon souvenir était une rose, et celle-ci est une pivoine, clairement.

Un coup fut frappé à la porte, et elles tournèrent la tête.

— Entrez, cria Selina.

Rafe pénétra dans la chambre et s'arrêta brusquement. Son regard parcourut Selina des pieds à la tête. Ils étaient sans conteste frère et sœur, tous deux grands, avec des cheveux dorés et des yeux bleus, même si l'œil droit de Rafe était marqué d'une tache orangée particulière. Une vilaine cicatrice lui barrait également la lèvre et le menton. Beatrix ignorait comment il se l'était faite, et elle n'était pas sûre que Selina le sache non plus. Il ne l'avait pas quand il l'avait envoyée loin de Londres.

— Cela fait si longtemps que j'imagine cette journée ! dit-il d'une voix douce. Tu es une magnifique mariée.

— Tu l'as imaginée ? demanda Selina.

Rafe s'avança vers elles.

— J'espérais que tu te marierais un jour, et que je serais là pour le voir.

— J'espère la même chose pour toi.

Il secoua la tête.

— Ce n'est pas mon destin et j'ai fait la paix avec cela.

Selina fronça les sourcils.

— Cette conversation n'est pas terminée, mais je ne vais pas la poursuivre aujourd'hui, répliqua-t-elle, puis elle toucha le pendentif, et ses traits se détendirent. Regarde ce que Beatrix m'a offert.

Rafe tendit la main et Selina baissa la sienne. Il glissa les doigts sous le pendentif en corail, et passa son pouce sur la fleur. Il entrouvrit les lèvres et murmura :

— C'était le sien.

— Celui de notre mère ? demanda Selina.

Il hocha la tête.

— Ce n'était sûrement pas ce bijou, dit-elle.

Relâchant le collier, Rafe passa une main sur sa mâchoire.

— Je ne sais pas. Il est très similaire… le corail, la fleur. Mais c'était peut-être une rose.

— C'est ce dont je me souviens.

Rafe leva un regard surpris vers elle.

— Tu t'en souviens ?

— Juste du corail et de la fleur, et qu'il pendait au cou de quelqu'un… Je ne savais pas de qui il s'agissait. Je me souviens de l'avoir touché, comme tu viens de le faire.

— Je faisais la même chose. Elle me tenait sur ses genoux. Une fois, nous étions sur une couverture près d'un petit lac. Il y avait un bâtiment derrière nous, raconta-t-il, plissant le front, le regard lointain. C'était comme… un temple miniature.

— Une folie ? s'enquit Beatrix.

Elle se souvenait en avoir vu une avec sa mère, une fois. Elles s'étaient rendues dans une maison de campagne, mais

Beatrix ne se rappelait ni pourquoi ni où. Cependant, la folie était toujours restée dans un coin de son esprit. Elle avait eu envie d'y vivre, au milieu des fées qui, selon sa mère, l'habitaient.

Rafe et Selina la regardèrent, déconcertés.

— C'est un faux bâtiment. Je veux dire, c'est un vrai bâtiment, même si je crois que certains n'ont pas de toit, mais c'est une réplique de quelque chose d'autre, comme un temple. Certaines personnes les construisent sur le terrain de leur domaine. Ils peuvent même payer un ermite pour y vivre.

Beatrix se souvint qu'une des filles chez Mme Goodwin avait évoqué la folie de son oncle, prétendant qu'un ermite y vivait. S'ils hochèrent la tête en signe de compréhension, Selina et Rafe échangèrent également des regards incrédules.

— Ces maudits riches ! marmonna Rafe.

— Ce que tu es désormais, répliqua Beatrix en riant.

— Vous ne me verrez pas construire une folie ridicule ! C'est le nom parfait pour une chose aussi inutile. Et vous ne me verrez certainement pas non plus *payer* quelqu'un pour y vivre ! *Doux Jésus !*

— Mais tu as le souvenir d'une folie, insista Selina, les yeux rivés sur Rafe.

— Et d'un lac, ajouta Beatrix.

— Était-ce là où nous vivions ? demanda Selina qui semblait incrédule.

— Je ne sais pas.

Rafe s'approcha de la fenêtre. Il avait cinq ans quand leurs parents étaient morts et qu'un « parent » les avait recueillis. Un parent qui n'était résolument pas riche et qui n'aurait jamais habité près d'un lac avec une folie. Cet homme, qui n'était pas vraiment leur oncle, les avait emmenés dans l'est de Londres et s'était servi d'eux pour escroquer les gens.

— Mais je vois clairement la folie et le lac, insista Rafe, penchant la tête vers Selina. Et ce pendentif.

— Ce même pendentif, exactement ? s'enquit Selina, et son amie entendit l'émerveillement dans sa voix.

Rafe se tourna vers Beatrix.

— Où l'as-tu trouvé ?

Oh, bon sang ! Elle avait espéré éviter de parler de la boutique du receleur. Mais elle pouvait expliquer de manière crédible pourquoi elle y avait acheté un cadeau.

— *Le Lion d'or.*

Selina et Rafe tournèrent des regards surpris vers elle.

— Pourquoi t'es-tu rendue là-bas ? l'interrogea ce dernier.

Beatrix haussa les épaules.

— Je voulais trouver quelque chose de joli, et c'est l'endroit idéal pour le faire sans dépenser une fortune. Et puisque, jusqu'à récemment, tu possédais l'endroit, j'ai pensé que c'était le choix le plus judicieux.

— Tillman t'a-t-il aidé ?

— Si c'est le gentleman mince avec un visage excessivement ridé, alors oui.

— C'est lui, confirma Rafe qui secoua la tête. J'irai lui parler, et je verrai d'où vient ce bijou.

— Crois-tu vraiment qu'il appartenait à notre mère ? demanda Selina, qui donnait l'impression de ne pas pouvoir y croire.

Beatrix ne pouvait pas lui en vouloir. Ce serait plus que stupéfiant. Rafe souffla.

— Je ne sais pas. Cela fait vraiment très longtemps. Mais, s'il ne s'agit pas de ce pendentif, il lui ressemble terriblement. J'irai en parler à Tillman.

Selina passa une main sur le bijou en corail.

— Oui, s'il te plaît. Il est possible que je retienne mon souffle jusqu'à ce que tu le fasses.

— Ne fais pas ça ! répondit Rafe avec un sourire. Tu devrais au moins respirer le jour de ton mariage.

Selina leva les yeux au ciel.

— Évidemment. D'ailleurs, en parlant de cela, nous devrions être en route pour l'église.

— Prête ? lui demanda Rafe en lui offrant son bras.

Elle posa sa main sur la manche de son frère.

— Je ne l'ai jamais été autant. Jamais je n'aurais imaginé ce jour. Pas une seule fois. Je crains toujours qu'un événement vienne tout gâcher.

Rafe posa la main sur celle de sa sœur et la serra.

— Cela n'arrivera pas. Je ne laisserais rien arriver, mais de toute façon, ça n'arrivera pas.

Selina hocha la tête. Il l'embrassa sur le front avant de la conduire hors de la pièce.

Beatrix s'attarda un moment, les regardant la précéder. Contrairement à son amie, elle avait imaginé un jour de mariage pour elle. Un jour où son père la confierait à son fiancé.

Ce rêve était mort quand son père l'avait rejetée. À présent, c'était à elle d'en trouver un nouveau.

CHAPITRE 12

La cérémonie de mariage à Saint-Georges avait été magnifique, en présence de toute la famille de Harry, plutôt nombreuse. Il avait deux parents, un frère jumeau, trois sœurs mariées et de nombreux neveux et nièces. Ils étaient à l'opposé de ce à quoi Beatrix et Selina, ainsi que Rafe, étaient habitués.

Beatrix les regarda avec ravissement prendre Selina dans leurs bras, l'entourer et lui souhaiter la bienvenue parmi eux. Elle savait que toute cette attention était un peu écrasante pour Selina, tout comme elle savait que cette dernière avait commencé à l'apprécier.

Le petit déjeuner se tenait dans la grande maison de lord et lady Aylesbury, sur Mount Street, et le salon et la pièce attenante étaient remplis d'invités. Beatrix se réjouit de retrouver des visages familiers parmi les femmes de la Société des femmes de tête, qui se réunissaient désormais dans diverses maisons, dont celles de la marquise de Ripley, de la duchesse de Clare et de la duchesse de Kendal. Elle se rendit soudain compte qu'elle avait atteint une position plutôt élevée au sein de la bonne société, du moins parmi ses amies, sans l'aide de son horrible père.

— Ah ! Mademoiselle Whitford, permettez-moi de vous présenter quelqu'un.

Beatrix avait été tellement occupée à observer la pièce qu'elle n'avait pas vu approcher le frère de Harry, le vicomte Northwood. Identique à son jumeau, à l'exception de ses épaules moins larges, North, comme on l'appelait, avait les mêmes cheveux auburn et les mêmes yeux fauves.

Mais ce fut l'homme à côté de lui qui attira toute l'attention de Beatrix : Tom.

Son souffle se bloqua tandis qu'elle arrangeait son expression pour ne pas laisser transparaître le fait qu'elle le connaissait. Elle fit une révérence.

— Bien sûr.

— Rockbourne, puis-je te présenter Mlle Whitford, ma nouvelle belle-sœur.

Beatrix n'avait pas encore réfléchi au fait que cette famille nombreuse et turbulente était désormais aussi *la sienne*. Ce qui était tout à fait merveilleux, car elle les aimait beaucoup.

Faisant une nouvelle révérence, Beatrix essaya de ne pas sourire à Tom, même si son cœur battait à un rythme effréné.

— Je suis heureuse de faire votre connaissance.

— Mademoiselle Whitford, voici le vicomte Rockbourne. C'est l'un de mes amis chers.

Beatrix remarqua le bandeau noir qui entourait le haut du bras de Tom.

— J'ai entendu parler de la tragédie que vous avez vécue. Je suis sincèrement désolée pour votre perte.

— Merci, dit-il simplement.

Mais le regard de Tom, rivé sur celui de la jeune femme, dégageait une chaleur sombre et palpitante.

— Je suis ravi que tu aies décidé de venir aujourd'hui,

Rockbourne, dit North en lui donnant une tape sur l'épaule. C'est une bonne chose pour toi que tu sortes.

— Certains diraient que ce n'est pas approprié, dit Tom doucement.

— Oh ! Tu es un vieil ami de la famille, et ce n'est pas comme si tu étais en train de folâtrer dans un cercle de jeu, remarqua North avant de se tourner à nouveau vers Beatrix. Je vous demande pardon.

La jeune femme sourit.

— Ne vous excusez pas. Folâtrer dans un cercle de jeux semble plutôt divertissant.

North éclata de rire.

— Je savais que je vous aimais bien !

À ce moment-là, son regard se posa sur quelque chose à l'autre bout de la pièce, et il hocha légèrement la tête. Se tournant à nouveau vers Beatrix et Tom, il leur dit :

— Veuillez m'excuser. Ma mère m'adresse *le regard*.

Il arqua les sourcils d'un air amusé tout en se retirant.

— Tu es venu, dit Beatrix dès que North fut hors de portée de voix.

— Il se trouve que je n'ai pas pu résister. Pas en sachant que tu serais ici, lui répondit Tom, et son regard glissa sur elle comme une couverture soyeuse. Tu es magnifique.

Elle essaya, en vain, de ne pas rougir.

— Merci. Toi aussi.

— Ce n'est pas la même chose et tu le sais. Je ne te vois jamais ainsi.

— Pas *jamais*. Tu m'as vue au bal masqué, répliqua-t-elle, et elle se rapprocha de lui, aussi près qu'elle l'osait pour murmurer. Serais-tu en train de dire que tu ne m'apprécies pas dans mes vêtements d'homme ?

— Je t'apprécierais dans n'importe quoi. Ou dans rien, si c'est une option.

Elle inspira brusquement tandis qu'un courant électrique la traversait.

— Pardonne-moi, murmura-t-il. C'était maladroit.

— Je ne suis pas offensée.

Il n'était pas le premier homme avec qui elle fleuretait. Ou qu'elle avait embrassé. Ou avec qui elle irait au lit. Elle avait eu un seul amant, plusieurs années auparavant, dont elle n'avait jamais parlé à personne. Pas même à Selina. Comment aurait-elle pu alors que son amie avait vécu une expérience aussi horrible aux mains de son employeur ?

— Ce… *pourrait être* une option.

Tom eut soudain le souffle court. Il se tourna vers elle.

— Beatrix, à cause de toi, il m'est difficile de me tenir debout dans un événement social sans attirer indûment l'attention.

Elle baissa le regard sous la taille de Tom. Elle pouvait distinguer la longueur de son érection.

— Mes excuses. Peut-être devrions-nous parler du temps qu'il fait. Ou bien des nouveaux membres de ma famille, suggéra-t-elle, et elle porta une main à sa bouche pour étouffer un rire. Non, ne parlons pas de *membres.* Nous pourrions parler du prix des anguilles ?

Tom écarquilla les yeux et il lutta pour ne pas éclater de rire.

— Est-ce que c'est vraiment mieux ?

Elle plaqua sa main plus fort contre ses lèvres souriantes.

— Pas du tout ! répliqua-t-elle, puis elle prit une grande inspiration avant de baisser la main. Navets. Parlons navets.

— J'adorerais discuter des navets en privé.

Qu'était-il en train de se passer ? Ils avaient déjà fleureté à plusieurs reprises, mais maintenant qu'ils s'étaient embrassés, leurs badineries avaient pris une autre ampleur.

Elle leva les yeux vers lui et étudia les lignes familières de son visage : son large front, ses pommettes sculptées et sa solide mâchoire carrée. Le regard de Beatrix s'attarda sur ses lèvres, l'inférieure plus épaisse que la supérieure, et elle se souvint de ce qu'elle avait ressenti quand il les avait posées sur les siennes.

Ils ne pouvaient pas continuer à faire cela. Et pourtant, quand elle pensait à ne plus le faire… Eh bien, elle n'aimait pas y penser.

— Alors, pourquoi es-tu venu aujourd'hui ? s'enquit-elle d'une voix douce.

— Pour te voir.

Une sensation de chaleur se répandit au creux du ventre de la jeune femme, ce qui la fit sourire à nouveau. Elle ne s'était pas attendue à ce qu'il dise une telle chose.

— Je suis heureuse que tu l'aies fait.

Elle avait du mal à garder ses distances avec lui. Ils s'étaient tellement rapprochés au cours des quinze derniers jours… mais cela s'était fait dans un cadre privé.

— C'est étrange, n'est-ce pas ? D'être ici avec tous ces gens ?

Tom sourit et hocha la tête.

— Oui. Je n'ai pas l'habitude de te partager. Sauf avec Regan.

— J'aime ça, en fait.

— Moi aussi, dit-il, le regard féroce. Plus que tu ne peux l'imaginer. Thea n'était pas une bonne mère.

— Oh ! eh bien… Je ne pourrais…

Elle ne savait pas vraiment quoi dire. Elle n'était pas la mère de Regan.

— Je voulais simplement dire que c'est bon pour elle de voir de la gentillesse et de la bienveillance chez une femme. D'ailleurs, elle a aimé la fin de ton histoire, ce matin.

Beatrix rit.

— Tant mieux.

Selina s'approcha d'eux, et Beatrix vit la lueur de détermination dans le regard de son amie. Cette dernière savait qu'il y avait quelque chose entre eux, et elle n'allait pas pouvoir éviter ses questions plus longtemps, alors qu'elle ne cessait de la voir en compagnie de Tom.

— Selina, voici lord Rockbourne. Lord Rockbourne, voici ma sœur, Mme Sheffield, les présenta Beatrix, qui ne put réprimer un sourire. C'est la première fois que je t'appelle ainsi ! C'est merveilleux à entendre, n'est-ce pas ?

— C'est vrai, dit Tom, qui prit la main de Selina et s'inclina. Permettez-moi de vous présenter mes félicitations les plus sincères pour votre mariage. Sheffield a beaucoup de chance.

— Merci, lord Rockbourne.

Se tournant vers Beatrix, Tom inclina la tête.

— Mademoiselle Whitford, ce fut un plaisir de vous parler. Veuillez m'excuser, mesdames.

Il se dirigea vers la porte. S'en allait-il ?

— Je n'avais pas l'intention de l'effrayer, murmura Selina avant de reporter toute son attention sur Beatrix. Que diable se passe-t-il entre vous ?

— Il ne se passe rien, protesta Beatrix, mais même elle ne trouvait pas cela convaincant.

— Ce sont des inepties et tu le sais. Sans compter que tu as manifesté de l'intérêt pour lui, que tu l'as défendu avant aujourd'hui et que tu as parlé avec lui après le service religieux dimanche. À vous voir tous les deux, on pourrait croire que vous vous faites la cour. L'as-tu vraiment rencontré au bal masqué ?

Beatrix soupira.

— Non, c'était avant ça.

— Quand ? s'enquit-elle à voix basse.

— Tu ne vas pas approuver.

Selina jura doucement.

— Je m'en fiche. Raconte-moi.

— Je ne veux pas gâcher ton mariage.

Selina fixa son amie, les yeux écarquillés, bouche bée.

— C'est si grave que ça ?

Beatrix se tourna et l'entraîna près du mur.

— Bien sûr que non ! Tu sais que je me suis rendue à Grosvenor Square pour espionner mon père.

— Oui, mais tu as arrêté…, protesta Selina, qui ferma les yeux et prit une grande inspiration. Mais tu n'as pas arrêté.

— Tom… Rockbourne… Il vit à côté de chez le duc. Je grimpai dans l'arbre de son jardin pour espionner Ramsgate.

— Et c'est ainsi que tu as rencontré Rockbourne ?

Beatrix acquiesça, laissant de côté la façon dont elle l'avait rencontré et le fait qu'elle avait vu sa femme tomber du balcon.

— Nous sommes devenus amis.

Selina haussa si fort les sourcils qu'ils touchèrent presque la racine de ses cheveux.

— Vous aviez l'air un peu plus proches que ça. À quelle fréquence exactement lui rendais-tu visite dans son jardin ?

— Tu n'as pas envie de savoir.

La mariée pressa brièvement une main sur sa joue.

— Veut-il te courtiser ? s'enquit-elle en secouant la tête. Il ne peut pas. Il est en deuil. Mais pourquoi est-il ici ? *Doux Jésus !* Je ne comprends absolument rien aux règles de la bonne société.

— Moi non plus. Je suis à peu près certaine que si c'était toi ou moi qui étions en deuil, nous serions vilipendées pour avoir assisté au mariage d'une amie.

— Hum…, murmura Selina en signe d'assentiment. J'ai l'impression que les gens profitent de la moindre occasion pour dénigrer une jeune femme.

Elle garda les yeux rivés sur Beatrix et prit un air renfrogné.

— Tu n'aides pas en te comportant ainsi. Tu ne peux plus aller dans son jardin.

— Je sais.

Elle savait.

— Bien, répondit Selina, qui lui toucha le bras. Je me suis totalement concentrée sur le mariage… mais les choses vont revenir à la normale maintenant. Enfin, elles seront aussi normales que possible. Aussi normales que nous l'avons jamais été.

Elle serra le coude de Beatrix.

— Je pense que ce sera bien. N'est-ce pas ?

— Excessivement. J'ai hâte de reprendre le travail à l'orphelinat.

Cet endroit était devenu la passion de Selina, après Harry, bien sûr. Et la Société des femmes de tête avait décidé de soutenir cette cause.

— Je voulais te dire que j'ai rencontré quelqu'un dont la belle-sœur dirige un orphelinat dans le Somerset. Apparemment, la famille de son mari s'en occupe depuis des siècles. J'ai prévu de leur écrire pour leur demander des conseils.

— C'est une merveilleuse idée. Peut-être que Harry et toi devriez aller y faire un tour. Pour votre voyage de noces.

Selina rit doucement.

— Pour cela, il faudrait que je persuade Harry de quitter son poste à Bow Street pour plus d'une semaine, et je ne suis pas sûre qu'il soit prêt à le faire. Il est très occupé ces derniers temps.

C'était ce qu'il semblait. Beatrix se réjouissait simplement que Selina et elle ne soient en rien responsables de ce surcroît d'activité. Et elles auraient pu l'être, si les choses s'étaient déroulées différemment. En fait, Beatrix pourrait encore avoir des ennuis si elle continuait à voler.

Instinctivement, elle passa ses mains sur sa robe, puis elle se souvint qu'elle n'avait pas de poches. Elle avait décidé qu'aucune de ses nouvelles robes, et celle-ci était la plus récente, n'en aurait. Cela semblait plus prudent. Où pourrait-elle cacher un objet volé si elle n'avait pas de poches ? Avec un peu de chance, cela fonctionnerait.

— Qu'en est-il de Rockbourne ? lui demanda Selina avec un petit sourire.

— Nous sommes amis.

— Rien de plus ?

— Il est en deuil.

— Il ne le restera pas éternellement.

Non, certainement pas.

— Si je décide un jour de m'engager avec quelqu'un, comme tu l'as fait avec Harry, je veux être sûre de le faire de tout mon cœur et qu'il en soit de même pour lui.

— C'est très sage. Et tu ne mérites rien de moins, répondit Selina, passant son bras dans celui de Beatrix. Viens, faisons comme si nous étions des membres de la bonne société pendant un moment.

Beatrix éclata de rire.

— Nous n'avons pas à faire semblant. Plus maintenant.

Du moins pas à ce sujet.

~

Même si Thomas ne faisait jamais de sieste, cet après-midi-là, il était tenté de s'allonger avec Regan. Il avait veillé très tard avec Beatrix la nuit précédente et le petit déjeuner de mariage avait fini de l'épuiser.

Cependant, c'était la meilleure des fatigues. Pour la première fois depuis une éternité, il se sentait plein d'énergie et non pas vidé.

Comme presque tous les jours, tante Charity arriva en fin d'après-midi. Thomas la retrouva dans le salon pour prendre le thé.

— Bonjour, ma tante, la salua-t-il en s'asseyant avec elle à la petite table ovale donnant sur Grosvenor Square.

Elle versa le thé et ajouta un peu de sucre, comme il l'aimait.

— Comment s'est passée ta journée, mon chéri ?

— Tu seras ravie d'apprendre que j'ai assisté à un petit déjeuner de mariage ce matin.

— Le fils d'Aylesbury ? demanda-t-elle, surprise, et un sourire illumina ses traits. Je suis tellement contente ! Comment était-ce ?

Thomas pensait encore à l'échange séducteur qu'il avait eu avec Beatrix.

— Charmant. Je ne suis pas resté très longtemps.

Sa tante hocha la tête.

— C'est sage de ta part. Comment les gens ont-ils réagi à ta présence ?

Il avait remarqué quelques regards surpris, mais surtout, il avait ignoré tout le monde sauf Beatrix.

— Je n'ai parlé qu'à une poignée de gens et ils ont tous été gentils.

Tous lui avaient demandé comment il allait et lui avaient dit qu'il avait bonne mine.

— Prépare-toi à l'inévitable rumeur selon laquelle tu es à la recherche d'une nouvelle comtesse.

Elle but une gorgée de thé.

— Si tu peux faire quelque chose pour faire taire ce genre de rumeur, je t'en serais très reconnaissant.

— Je peux essayer, répondit-elle.

Elle marqua une pause, puis elle reposa sa tasse. Son front était pincé et elle arborait une expression douloureuse.

— En parlant de rumeurs, je crains de devoir aborder un sujet difficile. J'ai rendu visite à une amie tout à l'heure, et elle a entendu dire que Bow Street enquêtait sur la mort de Thea, qu'il ne s'agissait peut-être pas d'un accident.

Tom souffla et son cœur commença à s'emballer sous l'effet de la colère.

— *Bon sang !* Comment diable pourrait-elle être au courant d'une telle chose ? s'exclama-t-il alors que sa fureur était à son comble. Peu importe. C'est sa maudite mère !

— Agnes Chamberlain ? l'interrogea la tante Charity avec un rictus. L'un de ses enfants va être déporté pour avoir commis un crime d'extorsion, et l'autre était une personne méchante, une épouse et une mère détestable. Pourquoi quelqu'un la croirait-il ?

— Elle a fourni une « preuve » à Bow Street.

Thomas se leva d'un bond, marcha jusqu'à l'âtre et revint. La tante Charity le regarda, affolée.

— Quel genre de preuves ?

— Peu importe. Ce ne sont que des foutaises !

Sa voix s'était élevée et il dut réprimer l'envie de jeter quelque chose comme il l'avait fait l'autre jour. Toute cette situation était un véritable désastre.

— My lord ? l'appela Baines depuis l'embrasure de la porte. M. Dearborn est ici pour les autres interrogatoires.

Bon sang ! Apparemment, il avait été trop fatigué, ou trop distrait, pour s'en souvenir.

— Convoquez Osbert et Mlle Addy dans le salon en bas. Veillez à ce que Mme Henley s'occupe de Regan.

L'intendante prenait souvent le relais de la nourrice quand c'était nécessaire et si elle était disponible. Elle insistait pour le faire, parce qu'elle adorait Regan.

— Oui, monsieur, répondit Baines.

— Oh ! Et Baines… J'aimerais que vous assistiez aux entretiens. Si Dearborn s'y oppose, je veux le savoir.

— Très bien, répondit le majordome qui inclina la tête et s'en alla.

— M. Dearborn fait-il partie de Bow Street ? s'enquit la tante Charity, les traits marqués par l'inquiétude.

— Oui.

Thomas serra les dents et se rendit à la fenêtre. Il contempla la pelouse au milieu de la place.

— Il a interrogé toute la maisonnée, à l'exception d'un valet de pied et de la nourrice. Il revient aujourd'hui pour terminer le travail.

— A-t-il parlé à Regan ? demanda-t-elle, portant la main à sa poitrine, horrifiée à cette perspective.

— Absolument pas et il ne le fera jamais.

— Mon pauvre garçon. Cette horrible femme te torture depuis l'au-delà.

Thomas se massa la tempe et se détourna de la fenêtre pour regarder sa tante.

— C'est exactement ce que je ressens. J'aimerais simplement passer à autre chose.

— Oui, bien sûr. Puis-je te verser quelque chose de plus fort que du thé ?

— Non, merci. Tu pourrais me parler d'autre chose que de cette enquête, de Thea, ou du gâchis qu'est ma vie actuellement.

C'est ce que fit la tante Charity, et même si Thomas ne se détendit pas complètement, il cessa de penser à Dearborn et à tout ce qui pouvait se passer pendant ses interrogatoires. Mais quand Baines ramena le constable dans le salon, l'agitation de Tom revint en force.

— Pardonnez-moi, my lord, dit Dearborn, tenant son chapeau. J'ai terminé mes interrogatoires. J'aimerais vous poser quelques questions supplémentaires, si vous le voulez bien.

— Il ne le veut certainement pas ! intervint la tante Charity, les sourcils froncés en signe de colère.

— Tante Charity, tout va bien, lui dit Thomas d'une voix tranquille.

Il se leva de la table et alla se placer près de la cheminée. Il n'invita pas le constable à s'asseoir.

Dearborn jeta un regard vers la tante de Thomas, l'air interrogateur.

Ce dernier se passa une main sur le front.

— Elle peut rester. De toute façon, je lui raconterai tout ce dont nous aurons parlé.

— C'est votre choix, répondit Dearborn, qui prit une profonde inspiration. La nourrice, Mlle Addy, m'a dit qu'une femme vous rendait visite tard dans la nuit… une amie. Qui est-ce ?

Bon sang ! Thomas fixa le constable du regard.

— Je ne vous donnerai pas son nom.

— Aviez-vous… avez-vous une liaison ?

— *Non.*

La tante Charity se leva rapidement et les rejoignit près de l'âtre.

— C'était lady Rockbourne qui n'était pas fidèle.

Une main sur la hanche, elle se tenait près de Thomas, et posa sur Dearborn un regard meurtrier.

— Oui, c'est ce que nous avons entendu dire.

Le constable gardait un ton égal. Il fixait Thomas d'un regard pénétrant.

— Si vous n'avez pas de liaison, pourquoi cette femme vous rend-elle visite tard le soir ? Était-elle ici la nuit où lady Rockbourne est tombée ?

Thomas était envahi par la frustration et la fureur. Il serra les poings, et ses épaules se crispèrent sous l'effet de la tension.

— Cette femme ne vous concerne pas. La mort de mon épouse est une tragédie, mais si vous cherchez quelqu'un pour la pleurer, vous ne le trouverez pas ici. C'était une femme froide et vicieuse, infidèle et dépourvue de tout amour maternel. Vous n'avez pas dû entendre beaucoup de gens parler d'elle en bien dans cette maisonnée. Personne ne savait comment la prendre, tout le monde la craignait.

Hochant solennellement la tête, Dearborn déclara :

— Oui, c'est le portrait que j'ai dressé d'elle grâce aux membres de votre foyer. Son... caractère désagréable constitue également un mobile pour vouloir la tuer.

— Caractère désagréable ? répéta Thomas, avant de rester bouche bée un instant. C'est un euphémisme extrêmement grossier pour décrire son comportement, Dearborn. Quant à ma motivation, le fait que je sois soulagé de sa mort ne signifie pas que je l'ai recherchée.

Le constable jeta un regard vers la porte.

— Votre majordome me dit que la maisonnée est bien plus paisible maintenant.

— C'est vrai.

Thomas s'efforça de détendre ses épaules et secoua ses mains.

— Votre majordome a également confirmé ce que le valet de pied a déclaré, à savoir que vous vous êtes récemment abîmé la main en frappant un arbre. Est-ce ce qui s'est passé ?

— Oui.

— Mme Chamberlain a témoigné que vous êtes un homme violent. Frappez-vous souvent les arbres ? Ou d'autres... choses ? Ou des gens ?

La rage qui bouillonnait en Thomas déborda.

— Pour l'amour du ciel, vous voulez vraiment parler de violence ? s'exclama-t-il, avançant d'un pas vers le constable. Parlons de ma femme, qui aimait lancer des objets sur moi. Je pourrais vous montrer la cicatrice sur mon cou, là où elle m'a griffé avec ses ongles il y a quelques mois. Il est dommage que l'hématome causé par le tisonnier avec lequel elle m'a frappé à l'épaule se soit estompé il y a un certain temps. Ou peut-être aurais-je dû la laisser me poignarder avec son canif cette nuit-là au lieu de m'écarter.

Aurais-je dû me sacrifier à sa colère pour l'empêcher de tomber ?

Dearborn plissa les yeux.

— Vous êtes en train de dire que vous étiez sur le balcon cette nuit-là ?

Merde. Il ne pouvait plus se rétracter maintenant.

— J'y étais.

— Vous avez menti.

— Pour protéger cette mégère infidèle, répliqua Thomas qui secoua la tête une fois. Non, pas pour la protéger, mais pour protéger ma fille. Je ne voulais pas qu'elle apprenne la cruauté et la violence dont sa mère était capable.

Dearborn souffla.

— Allez-vous me dire précisément ce qui s'est passé ? La vérité cette fois ?

Thomas sentit la main réconfortante de la tante Charity sur son bras. Son contact fit disparaître une partie de sa colère et de son désespoir.

— Nous étions en train de nous disputer. Je suis sortie sur le balcon pour m'éloigner de sa rage. Elle m'a suivi, elle hurlait à propos de… quelque chose.

Il entendait les mots très clairement dans sa tête, mais il ne voulait pas les répéter. Elle lui avait brisé le cœur de toutes les manières possibles, et il était censé être le méchant ?

— Elle hurlait toujours à propos de quelque chose, remarqua la tante Charity, la main toujours posée sur le bras de Thomas.

— Que s'est-il passé sur le balcon ? l'interrogea Dearborn.

Il sortit son petit carnet de son manteau, ainsi que son crayon.

— Elle s'est jetée sur moi avec son canif, ciblant ma gorge. Comme je ne portais pas de cravate, elle visait directement ma chair nue. Sachant de quoi elle était capable, je me suis déplacé pour éviter le coup. Elle a perdu l'équilibre, et, au niveau de la balustrade, elle est tombée.

La vision de Thomas se troubla lorsqu'il se rappela le spectacle de son corps basculant sur le côté et atterrissant sur les pavés en contrebas. C'était comme si cela s'était passé au ralenti, et que le monde tournait moins vite pour être sûr qu'il se souvenait de tous les détails horribles.

Il ferma les yeux brièvement et frémit. Quand il les rouvrit, il souffla.

— Je n'aurais rien pu faire pour l'empêcher de tomber. Je m'étais trop éloigné pour pouvoir l'atteindre.

Sans compter que, sur le moment, il avait été trop choqué pour agir. Choqué ? Ou bien ne tenait-il tout simplement pas suffisamment à elle pour le faire ? Si quelqu'un d'autre était tombé, Regan, ou… Beatrix, il se serait mis en danger pour les sauver.

La culpabilité qu'il s'était lui-même imposée le submergea. Peut-être que Bow Street le jugerait coupable aussi. S'il n'y avait pas eu sa fille, il se serait peut-être même permis d'être puni pour cela. Mais elle avait besoin de lui, et il se battrait pour elle jusqu'à son dernier souffle.

— Oh, Thomas ! haleta la tante Charity.

Elle l'entoura de ses bras et le serra fort et vite. Puis, le regard flamboyant, elle se tourna vers le constable.

— Ce pauvre homme a assez souffert. Ne le voyez-vous pas ?

— Cela ressemble assurément à un calvaire, confirma Dearborn, fronçant les sourcils en regardant Thomas. Vous avez fait mention d'un canif. Nous n'en avons pas trouvé au cours de nos recherches. Verriez-vous un inconvénient à ce que je regarde encore ?

— Vous ne le trouverez pas. J'ai cherché partout.

Dearborn grimaça. Il ouvrit la bouche, mais hésita avant de demander timidement :

— Ce canif existe-t-il vraiment ?

La tante Charity inspira brusquement, et Thomas se passa une main sur le visage.

— Oui. C'était un cadeau que son père lui avait fait il y a plusieurs années. Le manche était en ivoire, et ses initiales, DC, étaient gravées dans un motif. Sa mère en connaît l'existence, mais je ne peux pas vous le fournir. J'ai fouillé partout, y compris dans sa chambre.

Les plis barrant le front de Dearborn se creusèrent davantage.

— Pourquoi fouiller sa chambre si elle vous a attaqué avec ?

— Si vous voulez tout savoir, c'est parce que je voulais être sûr que je ne devenais pas fou. Lorsque vous vivez avec quelqu'un comme elle pendant des années, vous commencez parfois à douter de votre propre santé mentale.

Dearborn blêmit et baissa la tête pour griffonner une série de notes dans son carnet. La tante Charity serra le bras de Thomas avant de le laisser partir.

Lentement, le constable referma son petit carnet. Les traits tendus, il le rangea avec son crayon dans son manteau.

— Je m'en irai après avoir mené mes recherches. Il se peut que vous revenions pour fouiller toute la maison. Je vous enverrai un message si c'est le cas.

— Pourquoi continuez-vous à le harceler ? intervint la tante Charity. N'êtes-vous pas capable de voir qu'il a vécu l'enfer ?

Dearborn tourna un regard glacial vers elle.

— Lord Rockbourne n'a pas dit la vérité, et nous avons découvert des motifs suffisants pour qu'il ait poussé sa femme. À première vue, sa mort a tout d'un hasard commode et bienvenu. Il est de mon devoir d'enquêter sur la manière dont c'est arrivé. Que cela soit désagréable est regrettable, mais je suis sûr que vous conviendrez que la mort d'une femme l'est encore plus.

La tante Charity lui lança un regard noir, mais ne répondit pas. Le constable inclina la tête vers Thomas.

— Pardonnez-moi, my lord. Je serai aussi rapide que possible dans mes recherches.

— Baines supervisera et vous fournira toute l'aide dont vous aurez besoin.

Thomas s'avança vers la porte et vit le majordome qui se tenait juste à l'extérieur. Le domestique lui adressa un regard compatissant.

— Avez-vous entendu ? lui demanda Thomas.

— Oui. Vous conservez mon soutien indéfectible, my lord.

— Merci, Baines. S'il vous plaît, accompagnez M. Dearborn dans notre salon privé, ainsi que dans la chambre de lady Rockbourne et sur le balcon. Dans le jardin aussi, j'imagine.

Le constable les rejoignit à l'extérieur du salon.

— J'aimerais aussi fouiller votre chambre.

— Bien, répondit Thomas, agitant la main d'un geste dédaigneux. Je n'ai rien à vous cacher.

— Rien, à l'exception de ce que vous avez déjà caché, et le nom de la femme qui vous rend visite. Je me demandais si je devais interroger à nouveau la maisonnée pour voir si l'un d'entre eux se souvient de son nom ?

Mais bon sang ! Il essaya de se rappeler si Regan connaissait le nom de Beatrix. Ce devait être le cas. L'avait-elle répété à sa nourrice ? Il n'allait pas poser la question. Cela n'avait pas d'importance. Il n'aurait jamais dû s'attendre à ce que sa fille ne dise rien. C'était une enfant. Non, la vérité, c'était qu'il n'aurait pas dû la mettre en contact avec Beatrix. C'était inconvenant. Même s'il ne pouvait imaginer que sa fille puisse rencontrer une femme plus gentille et plus charmante que Beatrix, surtout après l'horreur qu'avait été sa mère.

— Faites ce que vous avez à faire, déclara Thomas, serrant les dents.

Dearborn se retourna et partit avec Baines.

Retournant dans le salon, Thomas se dirigea aussitôt vers le buffet et se servit un verre de cognac. Il aurait voulu quelque chose de plus fort… Un gin aurait été parfait. Sa main trembla lorsqu'il but la moitié du contenu de son verre d'une traite.

— Je vais en prendre un, demanda la tante Charity derrière lui.

Il posa son verre et lui en versa un. Se retournant, il lui offrit le cognac, puis reprit le sien pour le terminer. À présent, il avait envie d'aller frapper un autre arbre.

La tante Charity but une gorgée.

— Je suis inquiète. Qui est cette femme ? Tu as dit que tu n'avais pas de maîtresse.

— Je n'en ai pas. C'est comme je l'ai dit… c'est une amie.

— Qui te rend visite tard dans la nuit ? Pourquoi diable la nourrice est-elle au courant de son existence ?

Thomas reposa brutalement son verre vide sur le buffet.

— Parce que Regan l'a rencontrée. Seulement Regan.

— Depuis combien de temps cela dure-t-il ?

— Peu importe. Cela ne « dure » plus.

Il ne s'était pas rendu compte à quel point cela le dévastait jusqu'à ce moment-là. Beatrix avait été un phare, une amarre qui le retenait à la terre, depuis le moment où Thea était tombée.

— Je suis désolée de l'entendre. Nous avons besoin de tous les amis possibles, affirma la tante Charity, levant son verre en un toast silencieux.

Thomas pouvait boire à cela. Alors, il se versa un autre verre de cognac, et il le fit.

CHAPITRE 13

Beatrix tourna la page, et le bruissement du parchemin flotta dans l'air plus longtemps que d'habitude, car la maison était très silencieuse. Parce que Selina et Harry avaient choisi de passer leur nuit de noces dans la maison de Rupert Street pour avoir de l'intimité.

Ce n'était pas la première fois ce soir-là que la jeune femme se demandait si elle n'aurait pas dû envoyer un message à Tom. Il aurait pu venir lui rendre visite…

Soupirant, elle se concentra à nouveau sur sa page.

— Mademoiselle Whitford ?

Culpepper, le majordome qui s'occupait si bien de la maison des Femmes de tête, comme l'appelait Beatrix, entra dans la salle jardin.

Avec un sourire, elle leva le nez de son livre.

— Oui ?

— Il y a un… message pour vous.

Il avait les sourcils froncés et il lança un coup d'œil par-dessus son épaule. Beatrix posa son livre sur la table à côté de son fauteuil.

— S'agit-il d'un message écrit ou verbal ?

— Je n'en suis pas sûr. Un... gentleman est ici pour le délivrer.

Cela semblait étrange, en particulier à cette heure-ci. Beatrix jeta un regard à l'horloge. Il était dix heures et demie.

— Êtes-vous inquiet au sujet de ce gentleman ?

— Pas vraiment. En fait, il a vraiment l'air d'un gentleman. Mais quand je lui ai demandé sa carte, il a dit qu'il n'en avait pas.

Beatrix se leva rapidement, presque certaine de l'identité de ce mystérieux gentleman. Qui d'autre pourrait lui rendre visite à cette heure et refuserait de s'identifier ?

— S'il vous plaît, faites-le entrer.

L'impatience lui réchauffa le sang et accéléra le rythme de son cœur.

Tom pénétra à grands pas dans la salle jardin, le chapeau rabattu sur les yeux, vêtu d'un noir absolu, y compris le grand manteau qui recouvrait ses vêtements. Il n'avait rien de méconnaissable... mais c'était parce qu'elle le connaissait. Aux yeux de n'importe qui d'autre, il avait l'air d'un homme qui essayait d'échapper aux regards.

Beatrix se leva et se dirigea vers la porte, frôlant Tom au passage. Culpepper était resté proche de l'entrée de la pièce. Elle lui adressa un sourire éclatant.

— Je connais très bien ce gentleman. C'est un vieil ami de la famille. Merci de l'avoir fait entrer.

Elle referma la porte sans attendre la réponse du majordome.

Se tournant, elle attendit que Tom se place face à elle. Comme il n'en faisait rien, elle commença à s'inquiéter.

— Tom ? l'appela-t-elle timidement en s'approchant de lui.

Quand elle fut à côté, elle lui toucha doucement le bras.

Il tourna les talons et retira son chapeau. Il avait les traits tirés et était un peu pâle, ce qui renforça l'inquiétude de la jeune femme.

— Où est ta sœur ?

— Pas ici. Harry et elle passent leur nuit de noces chez lui. Ils voulaient de l'intimité. Dis-moi ce qui ne va pas.

— Tout est horrible, murmura-t-il. Je voulais que tu viennes ce soir, j'en avais besoin. Mais je savais que tu ne le ferais pas.

Beatrix posa une main sur la joue de Tom.

— Que s'est-il passé ?

— Un constable de Bow Street est revenu aujourd'hui. Ils savent que j'ai menti.

— Je ne comprends pas. À propos de quoi as-tu menti ?

— À propos de la nuit où Thea est morte.

Beatrix oublia momentanément de respirer.

— Ils savent que j'étais là ?

Il secoua la tête.

— Pas ça. Je ne leur ai pas dit exactement ce qui s'est passé. Pas plus que je ne te l'ai raconté.

Il y avait tant de ténèbres dans son regard, tant de désespoir que le cœur de Beatrix faillit se fendre en deux. Elle appuya davantage sa main sur le visage de Tom.

— Tu as froid. Et tu trembles. Tu as besoin de thé.

— Non. Rien que toi, protesta-t-il, prenant doucement la tête de Beatrix entre ses mains. Je n'ai besoin que de toi.

Il pouvait vouloir dire plusieurs choses : qu'il voulait simplement être en sa présence, qu'il voulait lui raconter ce qui s'était passé cette nuit-là, qu'il voulait cette camaraderie facile qu'ils partageaient. Mais il avait parlé de *besoin*. Et il l'avait dit d'une manière qui laissait supposer qu'il pensait à une chose en particulier.

Elle serra la main gantée de Tom et se tourna avec lui, le guidant hors de la salle jardin. Au lieu de l'emmener vers l'escalier principal, elle l'entraîna vers l'escalier de service. Elle ne le lâcha pas sur les deux volées de marches. Aucun d'eux ne prononça un mot.

Au deuxième étage, elle ouvrit la porte donnant sur le couloir, puis elle l'entraîna dans sa chambre. Contrairement à Selina, Beatrix n'avait pas de femme de chambre. Personne ne les dérangerait. Et Selina n'était pas à la maison.

Une fois qu'ils furent à l'intérieur, elle détacha ses doigts de ceux de Tom et referma la porte. Prolongeant le silence entre eux, elle lui prit son chapeau qu'elle jeta sur une chaise. Ensuite, elle tira ses gants, qui atterrirent sur le chapeau.

Ensuite, Beatrix détacha le pardessus de Tom, puis elle passa derrière lui pour le faire glisser de ses épaules, tandis qu'il dégageait ses bras des manches. Ce vêtement rejoignit ses accessoires sur la chaise. Elle posa à nouveau les mains sur ses épaules, lui intimant sans mot dire de retirer également sa veste. Il comprit, et elle suivit le même chemin que le reste de ses objets personnels.

Beatrix le contourna et posa ses mains sur sa poitrine, plongeant ses doigts dans les plis blancs comme neige de sa cravate. Il était plutôt magnifique, comme s'il sortait de son club. Avait-il eu l'intention de venir ici ?

Des charbons et des braises brûlaient dans la cheminée, apportant un minimum de chaleur et de lumière. Les lampes placées de part et d'autre du lit étaient allumées et éclairaient suffisamment pour qu'elle puisse lire la détresse dans les yeux de Thomas.

Elle tira sur sa cravate, qu'elle dénoua lentement jusqu'à ce qu'elle se détache.

— Tu me diras d'arrêter si c'est ce que tu veux ?

Il ne répondit pas. Il se contenta de la fixer, les lèvres pincées, les narines légèrement dilatées. Tirant le tissu soyeux de son cou, Beatrix l'envoya sur la chaise avec le reste. Puis elle détacha les boutons de son gilet.

— Et si c'était ma faute, en réalité ?

Il avait parlé si doucement que Beatrix avait dû faire un effort pour l'entendre, et il lui fallut un moment pour comprendre pleinement ses paroles.

— Ce n'était pas ta faute. J'étais *là*, Tom.

— Pas pour tout ce qui s'est passé.

Il semblait tellement brisé…

Elle abandonna le gilet, même s'il était déboutonné à présent, et posa les mains sur la mâchoire de Tom. Elle l'obligea à baisser le visage.

— J'étais *là*. Ce n'était pas ta faute. C'était un accident, et Bow Street en tirera la conclusion qui s'impose.

Comment pourraient-ils faire autrement ?

— Il y a des choses…, commença-t-il avant de déglutir, détournant le regard de celui de Beatrix. Le mobile, les preuves, le soulagement que nous ressentons tous maintenant qu'elle est morte…

Il plaqua une main sur sa bouche. Lorsqu'il regarda à nouveau Beatrix, il exprimait une profonde détresse qui la fit frissonner de froid.

— Je la voulais hors de nos vies. Je voulais être libre !

— Bien évidemment ! N'importe qui l'aurait voulu !

— Il y a des choses que tu ne sais pas, Beatrix. Il y a de la violence en moi.

Qu'essayait-il de dire ? Elle repensa à la façon dont il avait frappé le voleur, à son absence de pitié. Elle se demanda s'il se serait arrêté si elle n'avait pas été là. La sensation de froid s'intensifia en elle. Un frisson lui parcourut les épaules.

— Il y a de la *bonté* en toi, affirma-t-elle, saisissant le visage de Tom entre ses mains. Je la vois. Regan la voit. Thea ne la voyait pas, et c'est tant pis pour elle. *Elle* est passée à côté de quelque chose.

Une expression d'émerveillement se mêla à sa détresse.

— Comment se fait-il que tu sois entrée dans ma vie ? Cette nuit-là, parmi toutes les autres ?

— Je n'en sais rien, mais je suis heureuse de l'avoir fait.

Tom agrippa les hanches de Beatrix et l'attira contre lui ; il baissa la tête et s'empara de ses lèvres dans un baiser brûlant. La glace dans les veines de la jeune femme fondit sous l'assaut de sa passion et de son désespoir, alors que ses doigts mordaient la chair, ses mains se déplaçant vers ses fesses pour la maintenir collée contre lui.

Elle sentit la longueur dure de son sexe contre son bas-ventre, mais ce n'était pas là qu'elle le voulait. Comme s'il lisait dans ses pensées, il la souleva légèrement, les ajustant l'un contre l'autre avec plus de précision. La sensation la secoua profondément. Beatrix agrippa la nuque de Tom et pencha la tête, glissant sa langue dans sa bouche.

Avec un gémissement, il répondit à son invasion avec chaleur et gourmandise. Leurs lèvres et leurs doigts se déplacèrent, s'explorèrent. Il tirailla la chair de Beatrix avec ses dents. Elle lécha le dessous de sa mâchoire.

Il la souleva complètement, la serrant contre lui, et se dirigea vers le lit. Elle plongea ses doigts dans son épaisse chevelure, saisit sa tête entre ses mains et l'embrassa profondément, revendiquant chaque partie de lui qu'il était prêt à lui donner.

Le désespoir l'avait peut-être conduit à elle, mais, à présent, elle sentait le goût de son désir et de ses exigences. C'était une merveilleuse félicité. Tom posa Beatrix, le lit derrière ses fesses, mais ils continuèrent à s'embrasser. C'était un délire haletant, rapide et brûlant ; elle repoussa son gilet de ses épaules.

Tom trouva les boutons qui retenaient le devant de la robe de Beatrix. L'avant du vêtement retomba sur la taille de la jeune femme. Elle ne portait pas de corset ; elle s'était habillée de manière plus confortable plus tôt dans la soirée, ne s'attendant pas à voir quelqu'un. Elle en était exceptionnellement heureuse, car il lui saisit les seins, et seule sa chemise s'interposa entre la chair de Tom et la sienne.

Il n'était pas rude, mais il n'était pas tendre non plus. Elle rejeta la tête en arrière, gémissant, quand il tira sur ses mamelons.

Puis ses mains disparurent. Elle ouvrit les yeux et se redressa ; elle vit Tom qui la fixait du regard, les yeux écarquillés, sombres, avec ce qui ressemblait à une pointe d'horreur.

— Qu'est-ce qui ne va pas ? Pourquoi t'es-tu arrêté ?

— Je ne devrais pas faire ça. Tu es vierge…

Beatrix leva la main.

— Arrête. Tu ignores ce que je suis. Au risque de te faire fuir, je ne suis *pas* vierge, affirma-t-elle.

La honte la submergea. Son visage était sur le point de prendre la couleur d'une cerise, mais elle refusa de s'abandonner à cette émotion inutile.

— Apparemment, j'ai hérité de l'effronterie de ma mère. Au moins en partie, expliqua-t-elle en rougissant. Il y a de nombreuses années, alors que Selina et moi mourrions pratiquement de faim, je n'envisageais pas de me marier. En revanche, je m'inquiétais d'avoir assez d'argent pour nous nourrir et nous loger. Et je désespérais de récupérer la vie et la famille dont je me souvenais. Il y avait un gentleman qui m'appréciait. Je travaillais comme serveuse dans un bar et Selina et moi voulions quitter cette ville pour trouver mieux.

Tom se figea contre elle.

— Qu'as-tu fait ?

Elle détesta la peine qu'il exprimait dans sa question, craignant d'avoir gâché cette chose magnifique qu'il y avait entre eux.

— J'ai assuré mon avenir… du moins à court terme. J'ai passé quinze jours dans son lit. Assez longtemps pour gagner l'argent dont nous avions besoin pour partir et trouver notre place ailleurs.

— Doux Jésus ! Beatrix !

Elle lâcha Tom, mais elle ne pouvait pas reculer, car le lit était derrière elle.

— Je te déçois, murmura la jeune femme.

— Jamais.

Il posa une main sur sa nuque et ramena la bouche de Beatrix contre la sienne. Il l'embrassa avec une tendresse pure qui fit flancher ses genoux. Elle s'agrippa aux bras de Tom avant de se liquéfier par terre.

Il posa son front contre celui de la jeune femme, et son autre main sur sa cuisse.

— Je suis sincèrement désolé que tu aies dû faire ça.

— Mais c'est ce qu'il y a eu de pire, affirma-t-elle, se sentant plus vulnérable qu'elle ne l'avait été dans toute sa vie. Y étais-je vraiment obligée ? Je voulais améliorer notre situation. J'ai vu une occasion et je l'ai saisie : il était gentil et charmant. J'ai fait beaucoup de choses dont je ne suis pas fière.

Tom la regarda dans les yeux.

— Ferais-tu autrement aujourd'hui ?

— Je… je ne sais pas.

Il la serra du bout des doigts.

— Tous ces choix et toutes ces expériences ont fait de toi la femme que tu es aujourd'hui. Je ne changerais absolument rien.

Beatrix en eut le souffle coupé.

— Tom, je te veux. Si tu me veux aussi, resteras-tu ?

— Je te veux plus que je n'ai jamais voulu quoi que ce soit. Oui, je vais rester.

Il l'embrassa à nouveau, sa langue caressant doucement la sienne, puis avec plus d'insistance. La passion se réveilla entre eux une fois de plus, et Beatrix eut l'impression que tout son être s'enflammait pour lui.

Elle tira l'ourlet de sa chemise de sa ceinture, puis ils se mirent à enlever frénétiquement leurs vêtements : sa chemise d'abord, puis la robe de Beatrix, les bottes de Tom, jusqu'à ce qu'elle ne porte plus que sa camisole et qu'il n'ait plus que ses sous-vêtements.

Thomas retira une à une les épingles de ses cheveux afin qu'ils retombent autour de ses épaules et effleurent le milieu de son dos. Il glissa les doigts dans ses boucles et tira doucement pour qu'elle bascule la tête en arrière. Il déposa des baisers le long de sa gorge, lécha le creux à la base, et il tira sur le décolleté de sa chemise jusqu'à découvrir ses seins.

Fermant les yeux, elle sentit les lèvres de Tom sur sa chair, douces, impatientes, et il prit un sein dans sa main. Sa bouche se referma autour de son mamelon. Cette sensation chaude et humide lui arracha un halètement et envoya une étincelle de désir directement au cœur de son ventre.

La bouche et la main de Thomas travaillaient de concert, la taquinant et la tourmentant jusqu'à ce qu'elle gémisse.

— Tom, s'il te plaît.

Elle le désirait tellement. Elle avait besoin de lui pour soulager son mal.

Il l'allongea sur le lit et souleva l'ourlet de sa chemise, dévoilant d'abord ses cuisses, puis son sexe. Elle écarta les jambes, mais il les ouvrit davantage, l'exposant sous ses yeux. Au premier contact de la langue de Tom, elle se cambra. Il enroula une main autour de sa hanche et la tint fermement tandis qu'il léchait sa chair.

Beatrix agrippa sa tête pour s'ancrer dans la tempête qui s'annonçait. C'était bien plus que son contact, les sensations qu'il éveillait en elle : c'était un désir profond, non seulement de ressentir, mais aussi de partager, de s'ouvrir complètement à lui. Elle abandonna toute pensée rationnelle et se rendit.

La langue de Tom la pénétra et elle gémit, ses hanches remuant sous lui. Il plaça les jambes de Beatrix sur ses épaules et remplaça sa langue par son doigt, entamant un mouvement de va-et-vient tout en léchant son clitoris, la poussant vers des limites qu'elle n'avait jamais entrevues auparavant. C'était plus qu'une tempête. C'était un bouleversement absolu de son corps et de son esprit. Elle était tendue comme une corde, totalement à sa disposition. Il la possédait à ce moment précis, sa bouche et ses doigts la poussant toujours plus haut, dans une chaleur si intense qu'elle n'avait plus d'autre choix que de s'enflammer.

Elle cria quand l'extase la brisa en un million de morceaux… qui appartenaient tous à Tom. Il était implacable, poursuivant son assaut jusqu'à ce que les vagues qui agitaient son corps commencent à ralentir. Puis il s'éloigna.

Ouvrant les yeux, Beatrix le regarda se dépouiller de ses sous-vêtements. Elle se mit à genoux, les jambes tremblantes, et tira sa chemise par-dessus sa tête avant de la jeter sur le sol.

Tom grimpa sur le lit, les yeux couleur argent en fusion, les lèvres entrouvertes, la mâchoire figée dans une détermination rigide. Il s'agenouilla devant elle ; son sexe dressé frôlait le ventre de Beatrix. Elle glissa la main entre eux et saisit la base de son érection. Il plissa les yeux et inspira brusquement.

Les yeux rivés sur ceux de Tom, Beatrix le caressa, d'abord lentement, puis elle accéléra le rythme et raffermit sa prise. Il ferma les paupières et gémit. Une perle humide s'échappa de lui, et elle la recueillit avec sa main, s'en servant pour bouger plus vite sur sa chair veloutée.

À la caresse suivante, elle baissa la main et entreprit de masser ses testicules.

— *Beatrix.*

Il l'embrassa, lui enserra la taille et la souleva.

— Guide-moi en toi, lui intima-t-il d'une voix rauque.

Elle lui obéit pendant qu'il la tenait fermement. Lentement, leurs corps s'unirent, le sexe de Beatrix engloutissant celui de Tom. Elle enroula ses jambes autour de ses hanches pendant qu'il agrippait ses fesses et commençait à bouger.

Il la transperça profondément, entrant et sortant d'elle avec une précision impitoyable. À chaque coup de reins, elle avait envie de pleurer.

— Regarde-moi, murmura-t-il.

Elle le fit, rivant son regard sur celui de Tom. Les sensations devinrent encore plus intenses.

— C'est la perfection, soupira-t-il. Rien ne sera jamais aussi bon.

Il l'embrassa à nouveau, sa langue épousant sauvagement la sienne alors qu'il la repoussait vers l'arrière, la plaquant sur le lit sous lui. Elle parvint à déplier ses jambes sans le perdre. S'installant entre ses cuisses, il la pénétra avec force. Elle passa les jambes autour de la taille de Tom et enfonça ses doigts dans son dos, criant à mesure que l'extase atteignait un niveau presque impossible.

Il accéléra le rythme et elle explosa encore, gémissant à chaque coup de reins qui lui procurait un plaisir encore plus grand. Tom cria à son tour et laissa échapper un doux juron quand il se retira et répandit sa semence sur sa cuisse.

— *Mon Dieu !* Béatrix… Je suis désolé.

Elle haleta, essayant de reprendre son souffle.

— Pourquoi serais-tu désolé ? Comme tu l'as dit, c'était parfait.

Il roula sur le côté et jura à nouveau.

— J'ai presque oublié de me retirer. *Bon sang !*

Il passa son bras sur ses yeux, le souffle court. Beatrix glissa hors du lit et trouva un linge pour se nettoyer. Le laissant tomber dans une bassine vide, elle en prit un autre pour Tom et le nettoya à son tour.

Il abaissa son bras et la regarda, soulevant à peine la tête du lit.

— Que fais-tu ?

— Je m'occupe de toi, répondit-elle en souriant alors qu'elle finissait. Tu es tout propre, maintenant.

Elle alla ensuite jeter le linge souillé sur l'autre. Revenant au lit, elle se blottit contre lui, posant une main sur son torse.

— Maintenant… Vas-tu me dire ce qui s'est passé ? La nuit de notre rencontre, je veux dire. Je pense que tu dois le faire.

Il lui jeta un coup d'œil, et l'angoisse qu'ils avaient bannie pour un court instant était de retour.

— Pas parce que je veux que tu le fasses, mais parce que cela aidera, dit-elle.

Elle se hissa sur un coude et regarda Tom, remarquant le tourment qui se lisait sur son beau visage. Elle poursuivit.

— Tu portes un tel fardeau ! Voudrais-tu le partager avec moi ?

Il croisa le regard de la jeune femme.

— Je ne sais pas si je peux. Je ne sais pas si je pourrais supporter que tu me détestes.

Beatrix toucha la mâchoire de Tom, caressant doucement sa chair chaude.

— Je ne crois pas que je pourrais jamais te détester.

Quelque chose en lui se libéra ; elle le sentit quand ses muscles se détendirent, elle le vit dans le calme soudain qui illumina son regard.

— Je vais tout te raconter.

Une sérénité bouleversante gagna Thomas tandis qu'il contemplait le beau visage de Beatrix. Ses cheveux pâles étaient ébouriffés, un halo de désordre sauvage entourant ses traits angéliques. Ce soir avait été une révélation.

Il entortilla une mèche de ses cheveux autour de son doigt.

— Je n'ai pas emmené beaucoup de femmes au lit, et cela fait des années. Pour moi, c'était stupéfiant. J'espère que c'était la même chose pour toi.

Beatrix rit doucement.

— Tu n'étais pas obligé de me parler de ton expérience.

— Pourquoi pas ? Tu m'as parlé de la tienne.

Redevenant sérieuse, elle détourna le regard de Tom.

— C'est différent.

C'était sans doute vrai, mais il ne voulait pas qu'elle se sente mal à cause d'un choix qu'elle avait cru devoir faire. Enroulant une main autour de la nuque de Beatrix, il la tira pour qu'elle le regarde à nouveau.

— Ne te sens jamais gênée ou honteuse avec moi. Je te suis reconnaissant de ton ouverture, de ta vulnérabilité.

Les yeux de la jeune femme s'adoucirent, et le vert qu'ils contenaient prit une teinte chaude et vive.

— Et je te suis reconnaissante pour les tiennes… ainsi que pour ton soutien. Je n'ai jamais laissé beaucoup de gens m'approcher d'aussi près. Me connaître aussi bien, je veux dire.

— Je comprends.

Tom tira la tête de Beatrix vers le bas et leva la sienne pour l'embrasser. Leurs lèvres se rencontrèrent et fusionnèrent brièvement.

Thomas s'assit et repoussa la couverture. Elle l'imita et ils se glissèrent tous les deux entre les draps. Il s'adossa à la tête de lit et passa son bras autour d'elle, tandis qu'elle se blottissait contre lui.

— Je n'aurais sans doute pas dû venir ici ce soir, mais j'avais besoin de te voir, lui dit-il, passant une main dans ses cheveux, frottant son cuir chevelu. Je n'ai pas réfléchi. Et si Selina et Harry avaient été ici ? C'est leur fichue nuit de noces !

Beatrix posa une main sur le torse de Tom.

— Ils n'étaient pas là. Tout va bien. Ou, du moins, tout ira bien. Tu as l'air de te sentir bien mieux qu'à ton arrivée.

Il ne put s'empêcher de sourire.

— Comment pourrait-il en être autrement ?

En vérité, il ne s'était jamais senti aussi bien de toute sa vie. Il voulait ignorer l'angoisse qui lui taraudait l'esprit, Bow Street, Thea, tout cela.

— Je suis heureuse, dit-elle, embrassant la base de sa gorge.

Thomas se rendit compte que s'il ne commençait pas à parler maintenant, il risquait de ne jamais y arriver. Il sentait déjà l'excitation gagner à nouveau son corps, impatient d'explorer Beatrix une fois encore.

— Je t'ai menti, et j'ai menti à Bow Street, au sujet de ce qui s'est produit la nuit où Thea est morte. Tu as vu qu'elle m'avait suivi sur le balcon et qu'elle était tombée, mais je ne crois pas que tu aies vu ce qui s'est réellement passé. Plus important encore, tu ignores ce qui s'est passé à l'intérieur.

— Oui, c'est vrai. J'ai vu que vous vous disputiez, j'ai entendu des voix s'élever. Ce n'était pas la première fois que je vous entendais. Ou plutôt, que je l'entendais, elle. Je percevais toujours sa voix, la tienne bien moins.

— Elle enrageait à propos d'une multitude de choses. Sur le besoin d'attention de Regan, qui demandait à sa mère de lui lire une histoire de temps en temps.

Thomas entendit le son peu féminin qui s'échappa de la gorge de Beatrix, et il la sentit se crisper.

— Quelle femme horrible ! murmura-t-elle. Pardon… continue.

Tom déposa un baiser sur son front.

— Merci de prendre la défense de ma fille. Cela représente bien plus pour moi que tu ne pourrais l'imaginer, lui dit-il.

Regan, comme elle ne tarderait pas à l'apprendre, était le centre de tout, du moins pour Thomas. Il poursuivit.

— Elle s'est également emportée, car elle avait besoin de davantage d'argent pour payer ses dettes de jeu, parce qu'elle voulait un phaéton, que je refusais de lui acheter, et parce qu'elle déplorait de manière générale son sort de *foutue* vicomtesse. Ou, plus précisément, en tant que *ma* vicomtesse.

Beatrix leva les yeux vers lui.

— Crois-tu qu'elle aurait été plus heureuse avec quelqu'un d'autre ? Certaines personnes sont tout simplement incapables de trouver la moindre satisfaction, quelle que soit la situation.

— Thea était l'une de ces personnes. Je ne sais pas si elle aurait pu un jour être heureuse. Honnêtement, je ne sais pas si elle était même capable de comprendre ou de savoir à quoi cela ressemblait, expliqua Tom.

Il déglutit, rassemblant son courage pour partager ce qu'il n'avait jamais dit qu'à Thea, regrettant ensuite de l'avoir fait.

— Mon père était pareil. Ma mère était merveilleuse, gentille, attentionnée, aimante. Il ne l'a jamais appréciée. Ni moi.

— Qu'est-il arrivé à ta mère ?

— Elle est décédée peu de temps après avoir donné naissance à mon jeune frère. Il est mort plusieurs heures plus tard, et elle l'a suivi en quelques jours. Mon père insistait pour qu'elle sorte du lit et ne se complaise pas dans le chagrin. Il la punissait pour la mort de mon frère. Il cherchait le moindre prétexte pour la tourmenter. Et, dans une moindre mesure, moi aussi.

— *Oh, mon Dieu !* Tom ! Quel âge avais-tu ?

— Dix ans. Maman était faible. Elle avait déjà accouché d'un enfant mort-né, et un troisième n'a vécu que jusqu'à l'âge de six mois. J'ai appris plus tard qu'elle avait failli mourir en me donnant naissance, et que le médecin avait prévenu qu'elle ne survivrait peut-être pas à la naissance d'un autre enfant, raconta-t-il, et la vieille rage familière enfla en lui. Cela n'a jamais eu d'importance aux yeux de mon père. Sa cruauté et son incapacité à prendre soin de qui que ce soit d'autre que lui-même ne connaissaient pas de limites.

Beatrix se redressa, et Tom passa son bras derrière elle.

— Je suis vraiment désolée. Comment se fait-il que tu sois devenu un homme si bon ? Un père si merveilleux ? Après tout ce que tu as traversé…

— Je pourrais te poser la même question. Tu as énormément souffert, entre la perte de ta mère, le harcèlement de ces filles à l'école, l'abandon de ton père. À deux reprises. Un éclat douloureux brilla dans le regard de la jeune femme, et Tom regretta d'avoir abordé le sujet.

— Je n'aurais pas dû dire ça. Pardonne-moi.

— Pourquoi ? Tout est vrai. Nous formons un sacré duo, répondit-elle, et elle l'embrassa sur la joue. Peut-être est-ce pour cela que nous nous sommes trouvés.

Thomas adorait cette idée.

Il se força à reprendre le récit de ce qui s'était passé avant la mort de Thea. Il n'était pas encore arrivé au pire.

— D'une certaine manière, j'ai réussi à épouser quelqu'un d'aussi atroce que mon père, ou presque, affirma-t-il, puis il secoua la tête. Non, elle était aussi mauvaise que lui, mais d'une manière différente. Elle était particulièrement en colère ce soir-là. Elle a de nouveau évoqué le divorce, mais je lui ai expliqué que cela n'arriverait jamais, et que le fait d'essayer ne ferait que donner une mauvaise image d'elle, tout comme son infidélité. Mais elle s'en moquait. Elle ne pensait jamais aux conséquences.

Il s'interrompit, puis un sourire triste lui effleura les lèvres.

— Je suppose que je devrais en être reconnaissant, car si elle l'avait fait, je n'aurais pas Regan.

Beatrix fronça les sourcils.

— Que veux-tu dire ?

Thomas prit une profonde inspiration, ses doigts effleurant le creux du dos de Beatrix, un réconfort pour son âme en détresse.

— Ce soir-là, elle m'a dit que je n'étais pas le père de Regan, que je ne pouvais pas l'être. Elle ne voulait plus d'autres enfants et prenait soin d'utiliser une éponge pour éviter une grossesse, quand bien même nous ne partagions pas le même lit très souvent, y compris dans les premiers mois de notre mariage.

Au moment où Thomas lui avait dit qu'il n'était pas le père de Regan, Beatrix avait plaqué sa main sur sa bouche. Et quand il avait poursuivi, les larmes lui étaient montées aux yeux.

— Oh, Thomas ! s'exclama-t-elle, la voix brisée, alors qu'elle passait les bras autour de son cou. Mais, bien sûr que tu es son père !

Thomas la prit dans ses bras et la serra contre lui.

— Bien sûr que je suis son père, et je le serai toujours. Elle n'aura jamais besoin de connaître la vérité.

Beatrix s'écarta et prit son visage entre ses mains, l'observant attentivement.

— Pourtant, tu as dû être dévasté quand Thea t'a appris cela.

— Principalement parce qu'elle me l'a dit pour m'infliger une douleur maximale. Elle semblait si… fière de me dire que Regan n'était pas de moi, expliqua Tom.

Il avait du mal à ne pas se sentir à nouveau détruit par la méchanceté de celle qui avait été sa femme.

— Et j'ignore qui est son père. Je n'ai pas posé la question, et je m'en fiche.

Il s'était demandé si Thea le savait. De toute évidence, elle n'avait pas pris soin d'utiliser sa précieuse éponge avec la personne en question, ce qui lui indiquait que l'acte avait été spontané et irréfléchi.

C'était là que le récit devenait plus difficile, et qu'il ressentait une honte brûlante.

— J'étais plus que contrarié. J'étais furieux. Qu'elle ait mêlé notre fille, ma fille, à son comportement égoïste et malveillant m'a rendu enragé.

Le pouls de Tom s'emballa. Alors que Beatrix laissait retomber ses mains sur ses épaules, il se demanda si elle pouvait sentir son cœur battre sous sa peau.

— J'ai travaillé très dur pour ne pas être violent comme mon père. Il poussait et frappait souvent ma mère, infligeant des ecchymoses et des coupures, voire des fractures. Il faisait la même chose avec moi, jusqu'à ce que je devienne plus grand que lui. Mes blessures n'étaient pas très graves, mais c'est parce que j'essayais de l'éviter et que, en général, j'y parvenais. Ce n'était pas le cas de ma mère. Elle subissait tout ce qu'il voulait lui faire endurer. Je pense que c'était pour me protéger.

Des larmes roulèrent en silence sur les joues de Beatrix. Thomas s'obligea à poursuivre.

— J'ai peur d'avoir perdu le contrôle, dit-il à voix basse, envahi par le dégoût de lui. Quand elle m'a parlé de Regan, je ne pouvais plus respirer. Je n'arrivais pas à réfléchir. J'ai simplement réagi. Je l'ai attrapée. Elle m'a nargué.

Il s'interrompit. Il se rappelait son ricanement, le pur poison dans sa voix.

— Elle m'a demandé si j'allais la frapper comme mon père frappait ma mère. Je regrette de lui en avoir parlé. Elle est la seule personne à qui j'ai révélé la vérité… jusqu'à toi. Et je n'avais pas l'intention de te le dire. Parce que j'avais peur.

Beatrix prit la main de Tom et la serra fort.

— Je n'utiliserai jamais ça contre toi. *Jamais.* Tu n'es pas ton père.

— Comment peux-tu le savoir ? Tu ignores ce qui s'est passé ensuite.

— Je sais que tu ne lui as pas fait de mal. Je pense que tu l'as lâchée et que tu es sorti sur le balcon pour t'échapper, pour reprendre tes esprits.

C'était exactement ce qu'il avait fait. Elle le *savait.*

— Mais j'y ai pensé, murmura-t-il. Je voulais le faire.

— Mais tu n'en as rien fait. C'est ce qui compte, répondit-elle, s'essuyant le visage de sa main libre. Ne pas parler de cela à Bow Street ne signifie pas que tu as menti. Tu ne m'as pas menti non plus.

— J'ai menti par omission.

Beatrix haussa les épaules.

— En ce qui me concerne, ce n'est pas un mensonge. Tu me l'as dit quand tu l'as voulu, poursuivit-elle avec un sourire encourageant. Merci.

Beatrix se laissa aller contre Tom, puis elle déposa des baisers sur sa gorge.

— Oh, Thomas ! Tu n'as pas menti.

— Si, j'ai menti à Bow Street. Je leur ai dit que je ne l'avais pas vue tomber, que j'étais resté à l'intérieur.

Beatrix recula en haletant, son front se creusant en un V profond.

— Pourquoi as-tu fait ça ?

— Tu as parfaitement réussi à me convaincre qu'il fallait

que cela ressemble à un accident pour qu'il n'y ait pas de doute. Je me suis dit que ma présence sur le balcon pourrait causer des problèmes, répondit-il avec un soupir. Ce n'est qu'une petite partie. Elle est sortie sur le balcon, tu as vu ce moment.

— Et j'ai entendu ce qu'elle a dit. Je l'ai aussi vue lever la main et se précipiter vers toi.

— Elle tenait un canif à la main, et elle visait ma gorge qui, si tu t'en souviens, était exposée.

— Je m'en souviens, absolument. Presque chaque fois que je grimpais dans ton arbre et que je te voyais, tu ne portais pas de cravate, confirma-t-elle, décrivant du bout des doigts un triangle à la base de sa gorge. Cette vision, c'était ce que je préférais quand j'espionnais mon père.

Thomas se surprit à rire. Qu'elle parvienne à alléger son humeur au milieu de cette discussion pénible était merveilleux, bien au-delà des mots. Il lâcha la main de Beatrix et saisit sa tête, l'embrassant vite et fort.

— Tu es extraordinaire.

— Et tu as un cou exceptionnellement attrayant, répondit-elle, puis elle fronça les sourcils. Je viens de me rappeler que quelque chose est tombé du balcon avant elle… ce devait être le canif. Je l'avais totalement oublié.

Tom laissa retomber ses mains sur le lit et se tourna face à elle.

— Tu l'as vu ? Dearborn, le constable, a fouillé ma maison aujourd'hui parce que je ne l'ai pas retrouvé. Il me soupçonne de mentir quand je dis qu'elle a tenté de me poignarder parce que je ne lui ai pas dit la vérité au départ. J'essayais seulement de protéger Regan. Je ne voulais pas qu'elle sache que sa mère avait essayé de faire du mal à son père. Aussi horrible qu'ait été Thea, je ne voyais pas l'intérêt de révéler la vérité sur son comportement méprisable à Regan, pas après sa mort.

Les yeux de Beatrix étaient à nouveau embués de larmes, mais elle souriait.

— Tu es le meilleur des hommes.

— Je n'en sais rien. En tout cas, je suis dans le pétrin jusqu'à ce que Bow Street termine son enquête.

— Tu ne crois pas qu'ils pourraient t'arrêter ? Ils ne peuvent pas avoir assez de preuves. *Tu ne l'as pas poussée.*

— Ils disent que j'ai un mobile, et, comme tu peux le voir, c'est vrai. Imagines-tu ce qu'ils feraient s'ils découvraient que je venais d'apprendre que Regan n'était pas de mon sang ?

Tom frissonna à cette perspective. Il ne pouvait pas aller en prison… ou pire. Regan avait besoin de lui.

— De plus, comme je leur ai menti au début, ils ne sont pas vraiment enclins à me croire maintenant.

— C'est grotesque. Tu avais une excellente raison de mentir. Je parlerai à Harry.

— Non, je ne veux pas que tu sois impliquée. Même si tu n'essaies plus d'impressionner Ramsgate, tu as toujours une réputation à défendre. Je ne vaux pas la peine que tu la ruines.

Beatrix se renfrogna.

— Tu vaux bien plus que tu ne le penses.

— J'aurais simplement aimé pouvoir leur fournir le canif. Cela aurait peut-être suffi à persuader Dearborn de conclure son enquête. Ce n'est pas sûr, mais cela n'a pas d'importance, car je ne le retrouve pas.

Beatrix détourna le regard et se mordit la lèvre.

— À quoi ressemble le couteau ?

— Il a un manche en ivoire. Ses initiales, DC, pour Dorothea Chamberlain, sont gravées dans le motif. C'était un cadeau de son père.

Beatrix fit la grimace. Quand elle regarda à nouveau Tom, ses yeux étaient assombris par la tristesse.

— Maintenant, c'est à mon tour de te confesser mon… omission. Je sais ce qui est arrivé au couteau.

Tom la dévisagea, surpris.

— Comment est-ce possible ?

— Parce que je l'ai volé.

CHAPITRE 14

Beatrix vit la confusion dans le regard de Tom et recula instinctivement. Elle s'éloigna vers le bord du lit, dans l'intention de trouver sa chemise. Son sentiment de nudité allait au-delà de la peau : elle se sentait exposée et vulnérable d'une manière qui la mettait mal à l'aise.

Thomas agrippa son poignet, l'empêchant de s'éloigner.

— Ne fais pas ça. Je ne te laisserai pas t'enfuir. Tu étais là pour moi. Laisse-moi être là pour toi.

C'était plus difficile qu'elle ne l'avait prévu. Elle lécha sa lèvre inférieure et se força à parler.

— Je… vole des choses.

— Je ne comprends pas. Tu as dit que tu avais volé le canif, mais tu as aussi dit que tu venais juste de te rappeler que quelque chose était tombé du balcon et que ce devait être le couteau. Avais-tu oublié que tu l'avais volé ?

— Je ne sais pas toujours quand je vole un objet, dit-elle, et elle savait à quel point cela semblait ridicule. Tu vas penser que je suis folle.

— Non, répondit calmement Tom, caressant le poignet de Beatrix avec son pouce. Veux-tu me l'expliquer ?

— Je vais essayer. C'est difficile parce que je ne le comprends pas toujours moi-même. Quand je suis arrivée chez Mme Goodwin, j'ai commencé à prendre des choses. Je ne me rendais pas compte que je le faisais. Des objets apparaissaient dans ma commode, sous mon lit ou dans ma poche, et je ne me rappelais pas comment ils étaient arrivés là.

Elle se souvenait de la terreur qu'elle avait ressentie lorsque cela s'était produit pour la première fois.

— Cela a continué pendant tout le temps que j'ai passé à l'école, mais le problème s'est atténué après notre départ.

— Je devine que c'est de nouveau un problème ?

Beatrix hocha la tête.

— Depuis que nous sommes arrivées à Londres. Selina a une théorie selon laquelle lorsque je suis anxieuse ou nerveuse, je suis encline à prendre des choses. Elle pense que, d'une certaine manière, cela m'apaise.

— Ce n'est pas une mauvaise théorie. Pourquoi ne voulais-tu pas me le dire ?

— C'est embarrassant. Mais ce n'est pas toute la raison. Je suis devenue plutôt habile pour voler, et Selina était déjà incroyablement douée après avoir vécu dans les rues de l'est de Londres.

Tom en resta bouche bée, les yeux écarquillés.

— Tu ne m'as pas dit ça.

— Non. Je t'ai expliqué que c'était son histoire, alors je n'en dirai pas plus. Mais je devais te le révéler si je veux pouvoir te raconter les choses que j'ai faites… et pourquoi je les ai faites. En raison de mon talent naturel pour le vol, Selina m'a appris à faire les poches sans être repérée.

Tom la regarda fixement, la main toujours posée sur son poignet.

— Oh, mon Dieu ! Tu ne plaisantais pas quand tu as dit que tu étais une voleuse !

— Pas vraiment, non.

— Et quand tu t'es battue contre cet homme ! s'exclama-t-il, plissant les yeux. Comment as-tu réussi à le faire fuir ?

Elle sentit la chaleur sur son visage, qui se propageait jusqu'à ses seins. Bon sang ! Elle était encore nue !

— Je l'ai poignardé. Avec le couteau que j'avais dans la botte.

Elle n'aurait pas cru possible qu'il puisse écarquiller davantage les yeux ; pourtant il le fit.

— Comment ai-je fait pour ne rien voir du tout ?

Elle se lécha à nouveau la lèvre inférieure, troublée par l'incertitude et la stupéfaction qu'exprimait l'expression choquée de Tom.

— Tu étais occupé. Je ne voulais pas que tu saches que j'étais capable de me débrouiller seule de cette façon. C'est Selina qui me l'a enseigné aussi.

— Je n'arrive pas à croire que ta sœur vienne de la rue.

— Elle ne *vient pas* de là, mais elle ne se souvient de rien d'autre. Rafe dit qu'ils avaient des parents dont il se souvient à peine, mais qu'ils sont devenus orphelins quand ils étaient très jeunes. Ils ont dû se battre pour survivre… plutôt littéralement.

Tom secoua la tête, incrédule.

— C'est incroyable. Alors, tu étais une voleuse ?

— Quand j'ai dû l'être. Entre autres choses, affirma-t-elle, détournant le regard de lui alors que sa gorge se nouait. Je croyais avoir laissé tout cela derrière moi, mais nous avons commencé à manquer d'argent ici à Londres. Bon sang ! Tout est tellement cher ! Et il *fallait* que je fasse une saison pour impressionner mon père.

La colère monta en elle. Elle arracha son bras de la main de Tom.

— J'ai failli tout faire perdre à Selina. Et pour quoi ? Un homme qui se fiche de moi et qui n'hésiterait pas à raconter au monde ce que j'ai fait, et que je suis une voleuse et une bâtarde. Non, pas une bâtarde, car il devrait alors expliquer comment il l'a su, et il ne voudrait jamais être associé à quelqu'un comme moi.

Le sang de Beatrix bouillonnait dans ses veines, et son pouls battait si fort qu'elle se demandait si Tom pouvait l'entendre.

Il saisit les épaules de la jeune femme et l'obligea à le regarder.

— Je ne suis pas sûr d'avoir tout compris, mais cela n'a pas d'importance. Es-tu toujours une voleuse ?

— Seulement quand je ne peux pas m'en empêcher.

Son mensonge la fit grimacer intérieurement. Les bijoux de sa mère ne comptaient pas. Était-ce un vol si l'objet vous appartenait légitimement ?

— Comme avec le canif. Je l'ai trouvé dans ma poche, mais je ne me souvenais pas comment il était arrivé là. Je l'ai caché avec ma collection d'objets inconnus, mais j'ai tout vendu l'autre jour. Je peux probablement récupérer le couteau. Cela t'aiderait-il ?

— Je ne vois pas comment. Tu… l'as vendu ?

— « Revendu » serait sans doute plus approprié, précisa Beatrix, et son visage et son cou rougirent à nouveau. Je peux essayer de le racheter demain.

Tom secoua la tête.

— Je ne pense pas que ce soit important, et, honnêtement, bon débarras. Tu as dit que ton père parlerait à tout le monde de ton passé. Il sait ?

Elle acquiesça ; la colère et la frustration martelaient sa poitrine.

— J'ai été attrapée à l'école, et elles l'ont prévenu. Ensuite, il nous a suivies à la trace après notre départ de chez Mme Goodwin. Il sait que Selina et moi sommes des arnaqueuses. Des escrocs.

La chaleur de sa colère diminua et céda la place à un froid intense.

— Elle a prétendu être une diseuse de bonne aventure. Je faisais semblant d'être malade et d'avoir besoin d'argent pour me soigner. Nous avons fait semblant de créer une organisation caritative pour collecter des dons, expliqua Beatrix en regardant Tom dans les yeux. Je n'en suis pas fière, mais tu conviendras sûrement que c'était mieux que de me vendre.

Elle avait l'impression que son corps avait été plongé dans la glace. Elle tressaillit et frissonna tandis que sa peau se couvrait de chair de poule.

Il lui tenait encore les épaules ; il l'attira contre lui. Passant ses bras autour d'elle, il la souleva jusqu'à ce qu'elle soit sur ses genoux, et il s'adossa à la tête de lit. Il appuya ses lèvres contre sa tempe et massa sa chair, ramenant lentement la chaleur dans son corps.

— Comme tu l'as dit, nous formons un sacré duo.

— Oui, mais un duo de quoi ? s'enquit-elle, frottant sa joue contre le torse de Tom.

— D'âmes malchanceuses.

Il ricana et elle ferma les yeux, reconnaissante pour cet homme et ce qu'ils partageaient.

— Cette soirée a été très instructive, déclara-t-elle avec ironie. Cependant, je dois admettre que je me sens plutôt *chanceuse*. Pas toi ?

— Si. Plus que je l'ai été depuis des années. Peut-être depuis toujours. Et le mérite t'en revient.

Il posa une main sur sa joue et lui fit basculer la tête pour pouvoir l'embrasser, ses lèvres séduisant les siennes par un doux effleurement et une légère pression. Sa langue entra en jeu, et ses défenses, même si elle n'en avait aucune contre lui et qu'elle n'en voulait pas, s'évanouirent complètement.

Elle lui rendit son baiser dans un abandon passionné, enroulant ses bras autour de son cou. Les révélations de la nuit laissèrent place à une compréhension plus aiguë, peut-être à un désir plus insistant. Plus elle en savait sur lui, mentalement, physiquement, émotionnellement, plus elle en voulait.

— Que va faire ton père, demanda Tom d'une voix douce. Faut-il que je le provoque en duel ?

Beatrix passa les mains sur son torse puissant, et elle croisa son regard.

— Tu le ferais ?

— C'est bien possible. Il n'a pas le droit de te dénoncer, pas après la façon dont il t'a traitée. Il est méprisable.

— Il semblerait que nous ayons tous les deux été accablés d'horribles pères. Il est tout à fait remarquable que tu sois tout le contraire.

Beatrix sourit tout en continuant à l'explorer. Le bout de ses doigts glissa le long des arêtes de ses muscles et sur les petites pointes de ses mamelons. Il inspira brusquement.

— Du moment que je le laisse tranquille, il fera de même avec moi. Je ne lui fais pas confiance, mais je n'ai aucune raison de croire qu'il dévoilera mes secrets ou ceux de Selina. S'il le fait, je raconterai à tout le monde qu'il est mon père, et *ça*, il ne le veut pas.

— Tu ne le veux pas non plus, remarqua Tom, qui passa son pouce sur la lèvre inférieure de Beatrix. La bonne société est cruelle, mais tu le sais à cause des filles de l'école.

Oui, elle le savait. Et, non, elle ne voulait pas que son passé ou les circonstances de sa naissance soient dévoilés au grand jour.

Dévoilé... Elle contempla l'étendue du torse de Tom sous ses yeux. Elle se pencha en avant et lécha son mamelon. Son membre, qui s'agitait déjà sous elle, durcit.

— Beatrix, je...

Elle s'assit plus bas sur les cuisses de Tom, et déplaça sa main pour le caresser.

— Oui ?

— Je devrais probablement m'en aller.

— Pourquoi ? Selina et Harry ne sont pas là. Tu n'as qu'à partir juste avant l'aube.

— Il y a des raisons pour lesquelles je ne devrais pas rester plus longtemps.

Elle lui embrassa la gorge.

— Il y a des raisons pour lesquelles tu devrais, répliqua-t-elle, basculant la tête en arrière pour le regarder. Tom, ce n'est que ce soir. Je crois que nous le méritons tous les deux.

L'expression de Tom reflétait son incertitude.

— Resteras-tu ?

~

Rien ne lui faisait plus envie. En fin de compte, il laissa le désir l'emporter sur la raison.

Enserrant la taille de Beatrix, Tom la fit tourner de sorte qu'elle chevauche ses hanches. Il leva une main à sa tempe et repoussa ses cheveux de son visage. Il plongea ses doigts dans ses boucles et l'attira vers lui pour lui offrir un baiser torride.

Leurs bouches se rejoignirent, lèvres et langues se dévorant avec impatience. Il tira sur ses cheveux, et elle laissa retomber sa tête en arrière, étirant sa gorge. Thomas lécha sa chair. Elle se redressa pour s'offrir à lui. Avide, il prit son mamelon entre ses lèvres. Il mordilla la pointe durcie, arrachant un gémissement profond et érotique à la jeune femme.

Tom tremblait de désir pour elle, son corps était tendu et affamé, son vit dur et prêt. Ce n'était pas seulement que cela faisait longtemps avant ce soir-là, mais davantage cette éternité sans elle. Jusqu'à maintenant. Soudain, il eut envie de remonter le temps pour revivre les cinq dernières années, mais avec elle à la place de Thea.

Mais c'était impossible, et il ignorait ce que l'avenir lui réservait. Il leur restait cette nuit. Il allait en savourer chaque instant.

Beatrix lâcha son sexe et remonta ses mains le long de son torse, massant sa chair. Il aspira son mamelon avec force, incapable de s'en lasser. Elle se frotta contre lui, son intimité humide de désir.

Thomas passa la main entre eux et taquina ses replis intimes. Il appuya sur son clitoris, puis plongea ses doigts dans son fourreau. Elle était si serrée autour de lui... Il relâcha son sein et posa une main sur la nuque de Beatrix pour l'embrasser à nouveau.

— Je t'en prie, le supplia-t-elle. *Maintenant.*

Elle gémit et haleta son nom, des sons qui le séduisaient.

Tom posa sa main sur celle de Beatrix, et ensemble ils guidèrent son vit dans son sexe. Au début, il alla lentement, fermant les yeux sous le coup de l'extase provoquée par les sensations spectaculaires qui l'envahissaient. Impatient de la revendiquer, il bascula les hanches vers le haut, s'enfonçant fort et loin, s'enfouissant complètement en elle.

D'une main, il tint l'arrière de sa tête, tandis que l'autre lui caressait les fesses.

— Regarde-moi, Beatrix.

Elle ouvrit les yeux, le vert éclatant se détachant sur le brun chocolat chaud. S'agrippant aux épaules de Tom, Beatrix bougea au-dessus de lui, ses cuisses tremblant contre celles de son amant.

Il donna des coups de reins, s'accrochant à son corps pour pouvoir s'enfoncer en elle. Alors qu'il la regardait dans les yeux, il éprouva un sentiment irrésistible de joie, de justesse. Il embrassa Beatrix et accéléra le rythme de leur union. Elle enfonça ses doigts dans la chair de Tom.

Avant de se perdre totalement, il ramena sa main autour de la hanche de la jeune femme pour la glisser entre eux. Il caressa son clitoris avec son pouce. Elle haleta dans sa bouche, et il tira sur sa lèvre inférieure avec ses dents. Ses muscles intimes se contractèrent autour de Tom, lui arrachant un gémissement guttural grave et tremblant.

Il se retint aussi longtemps qu'il le put, la comblant tandis qu'elle chevauchait la vague de son extase. Lorsqu'elle commença à se détendre, que son corps se fondit contre le sien, Thomas lâcha prise. Il la souleva et pivota le bassin pour que sa semence se répande sur le côté.

Alors que son orgasme le traversait de part en part, il fut choqué de sentir la main de la jeune femme s'enrouler autour de son sexe, caressant sa chair pendant qu'il se répandait. Il lutta pour reprendre son souffle. Elle était encore partiellement à califourchon sur lui, ses jambes chevauchaient le bas de sa cuisse. Thomas agrippa sa hanche avec sa main droite, les doigts posés sur son derrière.

— Mon Dieu ! Beatrix ! Tu es un miracle.

— Toi aussi.

Elle se pencha pour l'embrasser sur la joue, la mâchoire, le creux sous son oreille. Passant derrière lui, elle s'enfouit sous les couvertures, les remontant en se blottissant contre son flanc. Il sentit son souffle dans son dos tandis que sa main s'étalait sur sa cage thoracique.

Thomas ferma les yeux, savourant la chaleur de la jeune femme et la paix absolue de ce moment. Son corps s'immobilisa lentement, tout comme celui de Beatrix. La joie qu'il avait éprouvée plus tôt le traversa avec encore plus de force. Il avait du mal à reconnaître ce qu'il était en train de vivre. Il était complètement submergé, presque privé de pensée rationnelle.

Que se passait-il ? Était-il amoureux de Beatrix ? Il n'en était pas sûr. Tout ce qu'il savait, c'était qu'elle le faisait sourire, qu'il pensait à elle de plus en plus souvent et de plus en plus intensément, et que lorsqu'il n'était pas avec elle, il élaborait des stratégies pour pouvoir l'être. Et, pour un homme censé pleurer sa défunte femme, c'était compliqué.

À cet instant, le fait qu'il ait eu une épouse, ou même Thea en particulier, lui semblait très lointain. Une autre vie, peut-être.

Sauf que cela avait été sa vie. Il avait tant eu envie de trouver le bonheur et l'amour qu'il s'était lancé à corps perdu dans un mariage, s'imaginant que celui-ci lui apporterait les deux.

Faisait-il la même chose avec Beatrix ?

Il repensa à l'époque où il avait fait la cour à Thea. Il s'était d'abord intéressé à Mlle Jane Pemberton. Mais, ensuite, son attention s'était portée sur Thea. Le frère de cette dernière lui avait dit que Mlle Pemberton avait déjà accordé des faveurs de nature physique à un autre gentleman. Thomas était tellement résolu à trouver un modèle d'honnêteté et de gentillesse qu'il s'était tourné vers Thea.

Tout récemment, il avait appris que Chamberlain avait répandu ce mensonge vicieux sur Mlle Pemberton dans l'unique but de le pousser vers sa sœur. Cette révélation était venue seulement quelques jours avant la mort de Thea, lors du mariage avorté de Chamberlain avec la sœur de Mlle Pemberton.

Thomas avait considéré cela comme l'ultime insulte, et il s'était dit qu'il devrait envisager de se séparer de sa femme hypocrite pour vivre dans une autre maison. Mais c'était avant qu'elle ne lui décoche la flèche la plus empoisonnée en plein cœur : que Regan n'était pas vraiment sa fille.

Si seulement il avait épousé Mlle Pemberton !

Mais alors, il n'aurait pas eu Regan, et il ne pouvait tout simplement pas l'imaginer. Pas plus qu'il n'en avait envie. Elle n'était peut-être pas de son sang, mais Beatrix savait la vérité : qu'elle était sa fille de toutes les manières qui comptaient.

Thomas ouvrit les yeux, se rendant soudain compte que Mlle Pemberton, devenue lady Colton, était blonde et mesurait peut-être trois centimètres de plus que Beatrix, qui était également blonde, comme l'avait été Thea. Et sa défunte épouse devait faire trois centimètres de moins que Beatrix. Cela signifiait-il qu'il était attiré par un certain type de femmes ?

Se pourrait-il qu'il soit également attiré par les personnes instables ? Certes, Jane ne l'avait pas été. Il ne l'avait pas très bien connue, mais il se souvenait qu'elle était charmante et pleine d'esprit, plus proche de Beatrix que de Thea. Beatrix était-elle instable ?

Il se retourna et vit qu'elle était endormie, ou qu'elle en avait l'air tout du moins. Ses traits étaient détendus dans le sommeil, ses lèvres s'incurvaient en un soupçon de sourire, comme si elle rêvait déjà de lui. À supposer qu'il lui fasse ressentir ne serait-ce que la moitié de ce qu'elle lui faisait éprouver.

Elle avait été un escroc et une voleuse, mais il n'avait jamais vu de preuve de son instabilité. Leur rencontre avec les voleurs ne comptait pas. Elle s'était comportée de manière défensive et courageuse. Brillamment, voilà comment il aurait pu le décrire.

Le fait qu'elle se soit comportée avec un tel calme et une telle détermination était en soi remarquable. Elle avait mené une existence qui aurait poussé n'importe qui dans ses retranchements. L'abandon de son père et la manière dont il l'avait traitée récemment suffisaient.

Thomas l'embrassa sur le front et lui caressa doucement les cheveux.

— Tu es très courageuse, murmura-t-il.

Elle inspira par le nez, mais ne montra pas le moindre signe qu'elle l'avait entendu. Il la contempla encore un moment. Ses cils blonds s'agitaient, et, de temps en temps, elle pinçait légèrement ses lèvres roses. Il la désirait encore, avec une férocité qui l'effrayait.

Descendant du lit, il s'habilla. Quand il eut terminé, il s'en rapprocha et tira la couverture plus haut, jusque sous le menton de Beatrix. Avec un peu de chance, aucune femme de chambre ne viendrait et ne trouverait étrange qu'elle soit nue. Ou peut-être dormait-elle toujours ainsi.

Il sourit, songeant qu'avec elle, rien n'était impossible. Elle était surprenante et singulière. Il n'avait jamais rencontré de femme comme elle, et il doutait que cela arrive un jour.

Mais c'était un homme qui s'était trop fié à ses sentiments et à l'espoir ; il ne pouvait pas se le permettre cette fois. Il devait être certain, et la seule chose dont il était sûr à cet instant, c'était que Regan avait besoin de lui. Elle devait passer en premier, et ce serait le cas.

Thomas toucha la main de Beatrix à travers la couverture. Expirant doucement, il tourna les talons et rentra chez lui, auprès de sa fille.

CHAPITRE 15

L'endroit prévu pour le pique-nique de lady Exeby à Hyde Park, le jeudi après-midi, se trouvait juste à l'intérieur de Cumberland Gate, entre deux allées, au milieu des arbres, sur une étendue de pelouse verdoyante. Selina et Harry profitaient du temps passé à la maison en tant que jeunes mariés, et Beatrix arriva en compagnie de leurs amies, Jane, vicomtesse Colton, et Phoebe, marquise de Ripley. La sœur de Jane, Anne Pemberton, était censée les rejoindre, mais elle avait décidé de rester chez elle. Trois semaines s'étaient écoulées depuis que son mariage avec Gilbert Chamberlain, le frère de lady Rockbourne, avait été interrompu par l'arrestation de ce dernier pour extorsion de fonds, mais elle n'était pas encore prête pour un événement mondain.

Phoebe et Jane étaient toutes deux membres fondatrices de la Société des femmes de tête, et Phoebe était bien sûr propriétaire de la maison où Beatrix vivait alors. Leurs maris étaient également venus, mais ils étaient presque aussitôt partis rejoindre un autre groupe d'hommes.

— Est-ce ce qui arrive après le mariage ? s'enquit Beatrix en observant les groupes distincts d'hommes et de femmes.

Il y avait un endroit où ils se côtoyaient et la jeune fille comprit en les reconnaissant qu'ils étaient célibataires.

— En quelque sorte, répondit Phoebe, qui échangea un regard avec Jane, puis éclata de rire. Cependant, je suis chanceuse, car après avoir vu nos amis, nous nous retrouvons toujours dès que possible.

Cela semblait si charmant. Et romantique. Beatrix observa ceux qui étaient rassemblés, à la recherche de Tom. Il lui avait envoyé un billet la veille pour lui dire à quel point il avait aimé la nuit précédente et lui demander si elle serait présente au pique-nique ce jour-là. Il avait dit qu'il prévoyait d'y assister.

— Je suis désolée que Selina n'ait pas pu se joindre à nous, déclara Jane. Mais je comprends ce que l'on ressent quand on vient de se marier.

Elle lança un regard quelque peu nostalgique à son mari.

Beatrix suivit son regard et vit que le vicomte le lui rendait, et, même à cette distance, elle sentit la chaleur entre eux. Ce qui lui rappela ce qu'elle ressentait chaque fois qu'elle regardait Tom. Ou qu'elle le touchait. Ou qu'elle était avec lui.

Elle le guetta à nouveau, mais elle ne le vit toujours pas.

— Cherches-tu quelqu'un ? s'enquit Phoebe.

Beatrix haussa les épaules.

— Pas vraiment. Je regardais juste qui était présent.

Jane se rapprocha de Beatrix.

— Y a-t-il des gentlemen qui ont attiré ton attention ?

— Personne en particulier.

C'était le plus énorme mensonge qu'elle ait jamais dit, mais bien sûr, sa relation, ou quoi que ce soit avec Tom, était un secret. Elle se demandait si cela resterait ainsi. Autant elle avait adoré l'autre nuit, autant elle pensait qu'il ne fallait pas que cela se reproduise. Elle ne deviendrait pas sa maîtresse, quels que soient ses sentiments pour lui.

Et qu'étaient-ils ?

Elle n'en était pas certaine, mais elle soupçonnait qu'elle était amoureuse de lui. Beatrix avait failli poser la question à Selina, mais elle n'était pas prête à le dire à voix haute. Et si elle était seule à ressentir cela ? Elle n'était pas certaine de pouvoir faire face à un autre rejet après celui de son père.

— Oh ! Voici les Femmes de tête ! s'exclama Phoebe avec un sourire.

Elle joignit son bras à celui de Jane, qui passa le sien dans celui de Beatrix, et elles se dirigèrent vers l'endroit où quatre dames étaient rassemblées.

Leur petit cercle s'ouvrit pour accueillir les nouvelles venues. Beatrix les connaissait toutes pour les avoir rencontrées lors de leurs réunions. La plus âgée était lady Satterfield, une comtesse véritablement merveilleuse qui, à bien des égards, était la mère de leur groupe. Sa belle-fille, la duchesse de Kendal, était également présente, de même que deux de ses amies proches, la duchesse de Clare et la comtesse de Sutton.

— Bonjour, dit lady Satterfield. Mademoiselle Whitford, comment va votre charmante sœur ?

— Très bien, merci. Elle aurait adoré venir aujourd'hui et elle se réjouit de réintégrer le tourbillon social une fois qu'elle se sera habituée au mariage.

En vérité, Selina n'était pas certaine de recommencer à assister à autant d'événements qu'elle l'avait fait pour établir Beatrix dans la bonne société. Elle était heureuse de n'être qu'une épouse et un membre de la Société des femmes de tête.

Beatrix n'était pas non plus certaine de vouloir continuer

avec tout cela. Aujourd'hui, c'était différent : elle avait une occasion de voir Tom. Mais, au fond, à quoi bon, maintenant que son père l'avait rejetée ? Espérait-elle se marier ?

Seulement si c'est avec Tom.

Elle repoussa cette pensée. Ce n'était pas une option pour l'instant, et ce ne le serait peut-être jamais. Elle remarqua un gentleman qui marchait droit vers elle. Ce n'était pas Tom, malheureusement, mais quelqu'un qu'elle ne connaissait pas.

Lady Satterfield, cependant, le connaissait. Elle sourit lorsqu'il s'approcha.

— Bonjour, lord Sandon. Comme c'est agréable de vous voir ! Vous venez de revenir à Londres ?

— Effectivement. La propriété que possède ma famille en Irlande est charmante, mais elle n'est pas comparable à ma terre natale.

Il laissa échapper un petit rire, et son regard se posa sur Beatrix.

— Permettez-moi de vous présenter Mlle Whitford, déclara lady Satterfield, se rapprochant de Beatrix.

Grande, avec une chevelure majoritairement foncée avec quelques traces d'argent aux tempes, la comtesse était d'une beauté royale, et sa bonté s'accordait avec la chaleur de ses yeux gris tourterelle.

— Sa sœur a épousé très récemment M. Harry Sheffield.

— Le frère de North ? s'enquit Sandon. C'est plaisant.

Lady Satterfield fit un geste vers Sandon.

— Permettez-moi de vous présenter le vicomte Sandon.

Il y avait quelque chose de vaguement familier chez le vicomte, mais Beatrix ne trouvait pas ce que c'était. Il était sans doute séduisant, de la même taille que Tom, et il était sûrement proche de lui en âge. Ses yeux présentaient un mélange de bleu et de vert, avec un petit air endormi qui lui donnait un air... romantique, songea-t-elle. C'était sans doute le mot le plus approprié. Il possédait un menton carré marqué d'une fossette. C'était aussi romantique. Pour certaines. À ses yeux, Tom était l'idéal romantique.

Elle se souvint qu'elle devait faire une révérence.

— Je suis heureuse de faire votre connaissance, my lord.

— Le plaisir est plutôt pour moi, je vous assure, répondit-il, puis il lui prit la main et s'inclina légèrement quand elle se redressa. Vous êtes nouvelle à Londres, cette saison ?

— Oui, confirma Beatrix.

— Dans ce cas, je suis bien malheureux d'en avoir raté la plus grande partie.

En temps normal, Beatrix aurait eu une réplique pleine d'esprit et de séduction, mais à cet instant, elle aperçut Tom qui marchait sur le sentier en direction d'un des groupes d'hommes. Celui où se trouvaient les maris de Jane et de Phoebe, en fait.

S'obligeant à détourner son attention de lui avant de se faire surprendre, elle adressa un sourire à lord Sandon.

— Si cela peut vous aider, je n'ai pas été là toute la saison.

Il laissa échapper un petit rire.

— Cela m'aide, je le confirme. Peut-être me réserverez-vous une promenade plus tard ? Je crois que le pique-nique est sur le point d'être servi.

— Ce serait charmant.

Bien au contraire, ce serait une torture. Le seul homme avec lequel elle avait envie de se promener, c'était Tom. Oh, c'était lamentable ! Elle était assurément amoureuse de lui, et tous les autres hommes faisaient pâle figure à côté. C'était encore pire maintenant qu'il était là, et qu'elle pouvait si aisément les comparer.

— J'ai hâte, dit Sandon en inclinant la tête vers le reste des dames, avant de s'éloigner d'un pas léger.

— Eh bien, voilà qui était intéressant, remarqua lady Satterfield en se retournant vers leur cercle.

— Était-ce le fils du comte de Stone ? s'enquit lady Kendal.

Lady Satterfield hocha la tête.

— Je ne pensais pas qu'il était déjà à la recherche d'une épouse. Sans doute parce qu'il était absent pendant la plus grande partie de la saison. Visiblement, je me suis trompée.

Jane se pencha vers Beatrix.

— Il a directement jeté son dévolu sur toi. Tu seras peut-être mariée comme ta sœur avant la fin de la saison.

— En fait, je ne suis pas certaine d'être prête pour cela, murmura Beatrix, coulant un autre regard vers Tom. L'avait-il vue ?

— Mon Dieu ! Est-ce lord Rockbourne ? s'exclama lady Satterfield.

La comtesse de Sutton lui répondit.

— Oui. Je ne lui ai pas parlé depuis les funérailles de lady Rockbourne, mais nous avons prévu de dîner ensemble la semaine prochaine.

Ah oui ?

— Tu le connais ? ne put s'empêcher de l'interroger Beatrix.

Lady Sutton, exceptionnellement joyeuse, sourit.

— C'est mon cousin. Nos enfants aiment jouer ensemble. En fait, sa fille adore prendre mon fils par la main et l'emmener partout. Elle a presque deux ans de plus que lui et elle adore jouer à la grande sœur. C'est dommage qu'elle n'ait pas de frère ou de sœur. Peregrine, lui, sera bientôt grand frère.

Elle caressa brièvement son ventre rond.

— Il ne te sera d'aucune aide, répondit la duchesse de Clare d'un ton ironique. Du moins, pas encore. J'espère que Leah s'occupera de son petit frère, mais je suppose que je vais devoir attendre au moins jusqu'à ce qu'elle ait deux ans.

— C'est bien possible, répondit lady Kendal en riant.

— Les enfants sont si charmants ! s'exclama lady Satterfield.

Lors d'une récente réunion de la Société des femmes de tête, elle leur avait raconté avoir perdu sa fille jeune, emportée par la maladie. Elle avait ensuite eu la chance de devenir une mère pour son beau-fils, le duc de Kendal.

— Voilà pourquoi je suis si ravie que nous ayons décidé d'ouvrir un orphelinat.

Beatrix se rappela aussitôt ce que Tom lui avait raconté au sujet de Kendal. Elle eut envie de lui demander si on l'appelait réellement le duc Inaccessible, mais elle se rendit compte que ce serait sans doute grossier de le faire devant sa femme et sa belle-mère. Elle se souvint soudain que la duchesse de Clare était également mariée à l'un de ces Insaisissables. Beatrix décida d'oublier ce sujet. Peut-être en parlerait-elle plus tard avec la cousine de Tom. Ou, de préférence, elle interrogerait lady Sutton à propos de lui. L'avait-elle connu enfant ? Était-il heureux à l'époque, ou son expérience avec son père l'avait-elle rendu malheureux ?

Il n'aurait pas pu être heureux. Certainement pas après la mort de sa mère. Mais, d'une certaine manière, elle doutait qu'il ait laissé les mauvais traitements de son père l'affecter complètement. Il n'avait pas laissé l'horrible personnalité de Thea le faire non plus. Il parvenait même à être un père adorable et un gentleman charmant.

Elle jeta un nouveau regard dans la direction de Tom. Il était magnifique.

Et elle était si éprise que c'en était écœurant.

Le moment était venu de prendre place sur des couvertures et de déguster le repas que lady Exeby avait prévu. Beatrix s'assit avec Jane, Phoebe et leurs maris pendant que des valets de pied apportaient des plateaux de nourriture contenant des fruits, de la viande froide, du pain et du fromage. Il y avait aussi beaucoup de vin et de bière.

— Bien le bonjour ! les salua le duc de Daventry, avec qui Beatrix avait dansé chez Almack et au bal masqué, en arrivant à leur couverture. Apparemment, lady Exeby a prévu six personnes par couverture, et il vous reste une place libre. Puis-je me joindre à vous ?

Et zut ! Beatrix aurait préféré la réserver pour Tom. Elle l'avait perdu de vue quand ils s'étaient assis sur les couvertures et le regrettait profondément. Elle regarda frénétiquement autour d'elle pour le chercher, mais en vain. Lord Daventry était ici et le rejeter serait impoli.

Et zut encore !

Daventry était d'une beauté éblouissante, avec ses cheveux blonds ondulés et ses yeux bleus perçants. Il avait également le sourire facile et du charme à revendre. Elle avait aimé danser avec lui. Mais elle n'avait pas envie de partager sa couverture de pique-nique avec lui alors que Tom était une option.

Sauf que... Tom n'était pas une option. Pour ce qu'elle en savait, il était peut-être déjà parti.

Ripley fit un geste vers la place libre à côté de Beatrix.

— Bonjour, Daventry. Joignez-vous à nous.

— Merci.

Dès que le comte fut assis, un valet de pied lui apporta une assiette et lui demanda s'il préférait du vin ou de la bière.

— De la bière, merci, répondit Daventry, qui se tourna ensuite vers Beatrix. Je suis très heureux de vous voir ici, mademoiselle Whitford. Et je suis particulièrement ravi d'avoir la chance de profiter de votre compagnie pendant un long moment, autour de ce dîner.

Beatrix s'obligea à sourire, puis elle but une gorgée de vin. Ce pique-nique allait décidément être *très* long.

*D*aventry était assis trop près de Beatrix.

Thomas termina sa bière et tâcha de ne pas regarder en direction de la couverture de Beatrix. Il était assis à quelques couvertures de là avec sa cousine, Aquilla, la comtesse de Sutton, qui l'avait invité à se joindre à elle et à son mari. Le duc et la duchesse de Clare étaient également installés sur la couverture, de même que la tante Charity, qui avait tenu à retrouver sa nièce et son neveu et était ravie qu'ils soient tous réunis.

— Connais-tu Mlle Whitford ? s'enquit Aquilla.

Thomas reporta son attention sur sa cousine. Sa mère était la sœur cadette de celle de Thomas, et la tante Charity était la plus jeune des trois.

— Nous nous sommes rencontrés.

— Je viens de remarquer que tu ne cessais de regarder dans sa direction.

Zut !

Tom ne répondit rien. Que pouvait-il dire ? D'ailleurs, elle n'avait pas posé de question.

— Nous appartenons toutes les deux à la Société des femmes de tête, expliqua Aquilla, ses yeux bleus brillant sous le rebord de son chapeau de paille. Je les aime beaucoup, sa sœur et elle. Elles ont tant d'idées merveilleuses au sujet de l'orphelinat que nous sommes en train de fonder !

— Tu fondes un orphelinat ? s'enquit Thomas.

— Comment peut-on devenir membre de cette Société ? intervint la tante Charity.

— Il n'y a rien de formel. Nous invitons sans cesse des amies et des parentes, ce qui signifie que nous grandissons en permanence. Si tu souhaites assister à notre prochaine réunion, nous serons ravies de t'accueillir.

— Oh ! Avec plaisir, merci ! Un orphelinat est un projet merveilleux.

Thomas imaginait volontiers que Beatrix, et Selina plus particulièrement, purent se passionner pour l'aide aux orphelins.

— Où cet orphelinat sera-t-il situé ?

— Nous n'avons pas encore décidé. Il y a beaucoup de choses à faire avant cela, répondit Aquilla, qui se tourna vers la duchesse de Clare. Ivy et sa sœur Fanny, la comtesse de Saint-Ives, mènent une action visant à fonder un hospice qui permettrait aux femmes d'acquérir des compétences et les aiderait à trouver un emploi. Le projet a beaucoup progressé et l'école de perfectionnement pour ladies ouvrira ses portes dans le courant de l'été. Une fois qu'elle sera en place, nous concentrerons toute notre énergie sur l'orphelinat.

— Juste ciel ! Je n'en avais aucune idée ! s'exclama Thomas, impressionné. Tu ne m'as jamais demandé de don.

Aquilla rougit légèrement.

— Mes excuses. Si tu souhaites faire un don, nous serons très heureuses d'accepter ton argent.

— Oui, très heureuses ! confirma lady Clare avec un sourire.

Thomas était bien content que la conversation ne tourne plus autour de l'intérêt, apparemment évident, qu'il portait à Beatrix. Pendant le reste du repas, il s'efforça de ne pas regarder dans sa direction.

C'était diablement difficile.

Non seulement parce qu'il était impatient de lui parler, car il n'avait guère songé qu'à elle depuis l'avant-veille, mais aussi parce qu'il était conscient de la proximité de Daventry avec Beatrix. Et avant cela, ce satané Sandon avait mis un point d'honneur à aller vers elle. Si Thomas ne la revendiquait pas, il risquait de la perdre au profit de l'un d'entre eux. Ou de quelqu'un d'autre.

Dès que le valet de pied retira son assiette et son verre,

Thomas s'excusa. Il se déplaça autour des couvertures afin de ne pas se diriger tout droit vers Beatrix. Après s'être attardé quelques minutes, il emprunta un chemin qui le mena près de la couverture de la jeune femme. Il avançait lentement et, certain qu'elle le voyait, établit un contact visuel. Il lui adressa un petit sourire, car il ne voulait pas attirer l'attention ; puis il inclina très légèrement la tête vers un bosquet d'arbres à l'écart du pique-nique.

Alors qu'il passait près de sa couverture en direction des arbres, il espéra qu'elle comprendrait son message silencieux. Se cachant à l'abri des regards, il attendit.

Heureusement, moins d'un quart d'heure plus tard, elle le rejoignit.

Au moment où elle fut hors de vue des convives, Thomas l'attrapa par la main et l'attira contre lui. Beatrix enroula les bras autour de son cou au moment où il posait les lèvres sur les siennes.

Leur baiser était ardent, passionné, l'expression parfaite de tout ce qu'il ressentait : le manque, le désir, la jalousie, et mille autres choses qu'il n'était pas sûr de pouvoir nommer. Beatrix avait réveillé toutes ces émotions, des choses qu'il avait enfouies et auxquelles il avait renoncé, croyant qu'il n'aurait jamais l'occasion de les ressentir à nouveau.

Elle prit le visage de Tom entre ses mains et se recula légèrement ; ses lèvres se recourbèrent en un sourire séducteur.

— Tu m'as manqué. On dirait que je t'ai manqué aussi.

— J'ai l'impression que cela fait un mois et non un jour.

— Et demi. Un jour et demi.

Thomas l'embrassa sur la joue et la mâchoire, mordillant sa chair. Elle frissonna contre lui et elle glissa les mains sur ses épaules.

— J'avais envie de jeter Daventry hors de ta couverture.

— Ce n'est pas un mauvais bougre.

Thomas recula et baissa les yeux sur Beatrix.

— Est-ce qu'il te courtise ?

— Pas encore, mais il a laissé entendre qu'il avait envie de le faire, répondit-elle avec un soupir. Et je suis censée aller me promener avec un certain Sandon.

Un sentiment de jalousie transperça Tom à nouveau, ainsi que de l'envie et de la détresse. Il ne pouvait pas la perdre.

Avant qu'il puisse parler, elle dit :

— J'aurais préféré que ce soit *toi* sur notre couverture. J'avais peur que tu sois parti.

Il se détendit et la serra contre lui.

— J'essayais de garder mes distances.

— Pourquoi ?

Tom ne trouva pas immédiatement la réponse. Il la tenait par la taille, mais il la repoussa légèrement.

— Je ne sais pas. Je suppose que je ne voulais pas que les gens fassent des commérages.

Elle ramena ses mains sur le torse de Tom.

— Il y aura toujours des commérages. J'ignore combien de temps je passerai au sein de la bonne société à l'avenir. Je n'ai aucune raison de le faire : je n'essaie pas de faire un mariage avantageux, et je n'essaie assurément plus d'impressionner mon père. Je vais concentrer mon énergie sur la Société des femmes de tête.

— Ma cousine Aquilla était justement en train de me parler de vos projets. Je vais faire un don à votre excellente cause. J'imagine que l'orphelinat vous tient particulièrement à cœur, à toi et à Mme Sheffield.

— C'est vrai. Elle est orpheline, et même si je ne me suis jamais considérée comme telle parce que je croyais avoir un père, je me rends compte aujourd'hui que c'était idiot, répondit Beatrix, lissant les revers de la veste de Tom. Merci de soutenir notre cause.

Ils ne pouvaient pas vraiment rester ici plus longtemps

sans que leur absence soit remarquée par au moins quelques personnes.

— Beatrix, je veux que tu saches que je n'arrête pas de penser à l'autre nuit, à toi…

Thomas se figea lorsqu'il entendit un bruit sur sa droite. Elle l'entendit aussi, car elle tourna la tête dans cette direction, les lèvres entrouvertes.

— Va-t'en ! lui murmura-t-il d'un ton pressant, retirant ses mains de la taille de Beatrix.

Elle tourna les talons et s'enfuit. Il s'avança vers l'un des arbres et jeta un coup d'œil autour pour la voir retourner au pique-nique. Il regarda autour de lui pour trouver la personne ou la chose qui avait produit le son, mais il ne vit rien.

Bon sang ! Il n'avait pas pu lui dire ce qu'il voulait. Et qu'était-ce ?

Qu'il l'aimait. Qu'il espérait qu'ils pourraient avoir un avenir ensemble. Pouvait-elle lui promettre qu'elle était la femme qu'il pensait ?

Thomas se tourna et s'adossa à l'arbre, tapant sa tête contre l'écorce en signe de frustration. Maudite soit Thea pour avoir fait de lui un homme plein de doute et de peur. Il n'avait aucune raison de croire que Beatrix était différente de la femme attentionnée, pleine d'esprit, charmante et tout à fait merveilleuse qu'il avait appris à connaître. Qu'il n'arrive pas à le croire, à lui faire confiance, le rendait furieux.

Ce n'était pas vraiment qu'il n'avait pas confiance en elle. Il n'avait pas confiance *en lui*. Il avait fait un si mauvais choix la première fois. Et s'il recommençait ?

Il s'écarta de l'arbre et quitta le bosquet. Alors qu'il revenait au pique-nique, sa tante Charity l'intercepta. Elle arborait une expression inquiète, et son regard semblait agité. Elle enroula une main autour de son avant-bras.

— Je crains qu'une terrible rumeur ne soit en train de se répandre dans ce pique-nique depuis la fin du repas.

Thomas se prépara.

— Je suppose qu'elle me concerne ?

— C'est une… amplification de celle dont je t'ai déjà parlé. À présent, les gens disent que tu as *poussé* Thea vers sa mort, et que Bow Street enquête sur toi à propos d'un meurtre.

Par tous les diables !

— Une seule personne pourrait rendre cette information publique.

La tante Charity pinça les lèvres et émit un son guttural grave et menaçant.

— La mère de Thea. Quel dommage que cette femme ne soit pas présente ! Je pourrais l'interpeller devant tout le monde.

Thomas éclata de rire.

— C'est *vraiment* dommage, effectivement !

Elle leva les yeux vers lui, inquiète.

— Ce n'est pas amusant !

— Que pourrais-je faire d'autre que rire ? Je n'ai absolument aucun contrôle sur tout cela. Thea détient tout le pouvoir, même depuis sa maudite tombe.

— Elle ne peut pas. Tu n'as rien fait de ce que cette horrible femme prétend. La vérité finira par se savoir.

Thomas aurait aimé avoir la conviction de sa tante. Comme Dearborn l'avait clairement exprimé, sans témoin oculaire, sa version des faits ne pouvait être corroborée. De plus, Thomas avait démontré à Bow Street qu'il était capable de mentir.

— Je rentre à la maison.

Thomas avait envie de serrer sa fille dans ses bras et de tout oublier pour un moment.

— Très bien, mon chéri. Embrasse Regan pour moi.

Elle essaya de lui adresser un sourire encourageant, mais n'y parvint pas tout à fait.

— Je le ferai.

Il l'embrassa sur la joue avant de repartir vers Cumberland Gate.

Il ne s'arrêta même pas pour chercher Beatrix. De toute façon, elle était sans doute en train de se promener avec Sandon. Et, en toute franchise, Thomas n'avait aucune envie de voir cela.

CHAPITRE 16

*A*lors qu'elle quittait le bosquet d'arbres, Beatrix vit un écureuil s'enfuir. Elle plissa les yeux en direction de la petite bête et la réprimanda intérieurement pour avoir écourté son temps avec Tom.

Malgré tout, c'était sans doute mieux ainsi, car son absence aurait pu être remarquée si elle était restée plus longtemps. La bonne société et ses règles étaient si ennuyeuses !

Elle n'avait pas particulièrement envie de rester et de se promener avec Lord Sandon. Retournant auprès de Jane et Phoebe, qui étaient debout près de là où s'était trouvée leur couverture, Beatrix se demanda si elles s'apprêtaient à partir. Le fait qu'elle ne puisse pas simplement rentrer seule chez elle était encore l'une de ces règles stupides.

— Ce n'est pas vrai !

Beatrix se retourna pour voir qui avait dit cela assez bruyamment. Apparemment, c'était lady Sutton, la cousine de Tom, qui s'adressait à une femme plus âgée. Elle semblait en colère, les joues d'un rose profond, les yeux réduits à des fentes.

Phoebe passa son bras dans celui de Beatrix.

— Venez, nous devons aller prendre la défense d'Aquilla.

— Sais-tu ce qui se passe ? s'enquit Beatrix alors qu'elles se dirigeaient à grands pas vers lady Sutton.

— Je n'en ai pas la moindre idée.

— Je m'attendrais à ce que vous le défendiez, déclara la femme. Cependant, Mme Chamberlain ne mentirait pas sur une telle chose. Cette pauvre femme a vécu une tragédie inimaginable ces derniers temps.

Phoebe adressa à l'inconnue, du moins, c'en était une pour Beatrix, un sourire acide.

— Veuillez nous excuser.

Elle lâcha Beatrix et prit le bras d'Aquilla. Les quatre jeunes femmes s'éloignèrent.

— Tu trembles, murmura Phoebe.

— Avez-vous entendu ce que cette horrible femme a dit ? leur demanda lady Sutton, jetant un regard meurtrier par-dessus son épaule.

— Non, nous étions trop loin, répondit Jane.

— Apparemment, on en parle partout dans le pique-nique. L'autoritaire mère de lady Rockbourne affirme que mon cher cousin a en fait poussé sa femme vers sa mort.

Beatrix trébucha ; Jane la rattrapa et lui demanda si elle allait bien.

— Je vais bien, merci. C'était juste une bosse dans la pelouse.

Lady Sutton s'arrêta et tourna les talons, balayant du regard les gens qui étaient encore là.

— Où est ma tante ? Rockbourne est-il déjà parti ?

— Je ne le vois pas, répondit Jane, observant les alentours elle aussi.

Beatrix ne le voyait pas non plus. Était-il parti ? Et, si c'était le cas, s'en était-il allé avant que la rumeur l'atteigne, ou l'avait-il entendue lui aussi ? C'était horrible, et pas seulement parce que c'était complètement faux! Il était peut-être temps qu'elle aille se présenter en tant que témoin de ce qui s'était passé, pour qu'il puisse mettre tout cela derrière lui.

Certes, cela ruinerait sa réputation, mais quelle importance, à présent? Pourtant, elle devait penser à Selina et Harry. Elle parlerait à son amie dès qu'elle rentrerait à la maison. Elle détestait l'idée de faire irruption dans son heureuse lune de miel avec cette situation.

Elle raconterait tout à Selina, y compris comment elle était tombée amoureuse de Tom. Elle pourrait peut-être l'aider à décider de ce qu'elle devait faire.

— Je ne vois pas ta tante non plus, dit Phoebe. Cependant, lord Sutton est là.

Elle fit un geste vers l'homme qui se trouvait à quelques mètres d'elles.

Lady Sutton partit dans sa direction, marchant aussi rapidement que le lui permettait son état de grossesse. Beatrix et les autres la suivirent, restant à distance quand elle rejoignit son mari. Il passa les bras autour d'elle et lança un regard dans le vague par-dessus sa tête.

Beatrix se tourna vers Jane et Phoebe.

— Je suppose qu'aucune d'entre vous n'a l'intention de partir bientôt?

— Ai-je manqué ta promenade avec lord Sandon? s'enquit Jane.

— Non, mais je crois que je préférerais rentrer chez moi. Cette rumeur ignoble m'a retourné l'estomac.

Une étincelle de colère jaillit dans les yeux de Jane.

— Les rumeurs sont inacceptables. Ceux qui les propagent devraient être expulsés de la bonne société.

— Je suis tout à fait d'accord, dit Phoebe, touchant le bras de son amie.

— En particulier quand elles peuvent causer de vrais

dommages, intervint Beatrix, jetant un regard à Jane. J'imagine que tu le sais mieux que quiconque.

Les traits de Jane se détendirent.

— Effectivement. Ce pauvre Rockbourne a souffert, lui aussi. J'imagine combien il doit regretter d'avoir écouté une rumeur il y a cinq ans. Il était assurément en colère à ce sujet lors du mariage avorté de ma sœur, ricana Jane. Et je devine que les pires d'entre nous se plairont à considérer cette colère comme la « preuve » qu'il a poussé sa détestable épouse.

Elle s'interrompit. Puis elle blêmit.

— Pardonnez-moi, je ne devrais pas dire du mal des morts.

Beatrix aurait aimé pouvoir affirmer que lady Rockbourne était en effet détestable, et à tel point que ses amies en seraient dégoûtées.

— Oui, allons-y, dit Phoebe. Je vais chercher Marcus.

— Et je vais aller chercher Anthony, intervint Jane, regardant Beatrix. Veux-tu venir avec nous ou attendre ici ?

— Je vais attendre ici.

En espérant que Sandon ne passerait pas par là.

Jane et Phoebe partirent, et Beatrix fit de son mieux pour se fondre dans les arbustes derrière elle. Apparemment, elle n'était pas très douée, car une femme s'approcha d'elle.

Grande, avec un visage allongé et un menton pointu, elle arborait un petit sourire plutôt arrogant. Elle était vêtue d'une robe de marche coûteuse, ce que Béatrix savait, car elle avait récemment fait confectionner des vêtements. Quelque chose dans ses yeux d'un bleu délavé et dans la légère fossette qu'elle avait au menton éveilla un souvenir.

— Mademoiselle Whitford, c'est ça ? demanda-t-elle d'une voix douce.

Trop mielleuse. Bon sang ! Cette voix était si familière…

— Oui.

Le corps de Beatrix était entièrement tendu.

— Pourquoi pas Mlle Linley ? C'est ton nom, n'est-ce pas ? s'enquit-elle, clignant des yeux vers Beatrix avec un air faussement innocent.

Les mots lui manquaient, alors même que Beatrix était envahie par une chaleur horrible et piquante. C'était *Deborah*. L'horrible, l'arrogante, la malveillante Deborah.

— Je sais qui tu es vraiment, dit-elle d'un ton hautain. Ce que j'aimerais savoir, c'est si tu es toujours une sale petite voleuse.

Beatrix eut soudain du mal à respirer. Selina et elle s'étaient demandé si elles croiseraient un jour l'une ou l'autre des filles qu'elles avaient rencontrées chez Mme Goodwin. Elles avaient espéré que ce ne serait pas le cas et, si c'était le cas, elles étaient persuadées qu'il s'était écoulé tant de temps que personne ne les reconnaîtrait. Et comme les deux jeunes femmes portaient des noms de famille différents, personne ne pourrait faire le lien.

Elles avaient clairement sous-estimé la situation. Ou simplement Deborah.

Beatrix n'était même pas sûre de pouvoir se rappeler le nom de famille de cette fille.

D'une manière ou d'une autre, elle parvint à se ressaisir suffisamment pour demander :

— Avons-nous été présentées ? demanda-t-elle, regardant Deborah comme si elle n'avait aucune idée de qui elle pouvait être.

Elle pria pour être une comédienne convaincante.

Deborah pinça ses lèvres minces.

— Il y a des années, chez Mme Goodwin. À présent, je suis lady Burnhope, mais à l'époque j'étais Deborah Mallory.

Sa grande taille lui permettait de toiser aisément Beatrix. Cette dernière fit une révérence.

— Je suis heureuse de faire votre connaissance. Je suis

certaine que nous ne nous sommes jamais rencontrées. Je ne suis pas Mlle Linley.

Pas depuis très longtemps, et elle ne le serait plus jamais.

— Tu mens, et je parierais que tu es toujours une voleuse.

Heureusement, Jane, Phoebe et leurs maris se dirigeaient droit vers elles.

— Vous devez m'excuser. Je dois retrouver mes amis, dit-elle, ne résistant pas à la tentation d'ajouter, lady Ripley et lady Colton, ainsi que leurs maris, le marquis et le vicomte.

Lui adressant un sourire éclatant, Beatrix passa devant l'horrible Deborah. Elle avait l'impression de marcher au ralenti.

Ils furent bientôt tous installés dans la calèche des Ripley qui se mit en route pour Cavendish Square. Beatrix croisa les mains, espérant que personne ne la verrait trembler.

— Je suis vraiment très heureuse que ta sœur et M. Sheffield vivent dans ma maison, dit Phoebe. J'espère qu'ils y seront très heureux.

Beatrix répondit, mais, en toute honnêteté, elle ne se souvenait pas de ce qu'elle avait dit. Son cerveau bouillonnait, partagé entre l'inquiétude et la peur de ce que Deborah pourrait faire.

Parce que, oui, Beatrix était toujours une voleuse. Seulement trois jours auparavant, elle avait volé les bijoux de sa mère dans la maison du duc. Mais c'était son dernier larcin.

Cependant, maintenant, posséder ces bijoux la mettait mal à l'aise. Ils constituaient un rappel de tout ce qu'elle avait été, et de tout ce qu'elle voulait laisser derrière elle. Pas seulement les vols, mais l'espoir de retrouver son père. La demi-parure ne lui rappelait pas sa mère. Elle lui faisait penser à sa perte et au rejet. Et l'avoir faisait d'elle une voleuse.

N'est-ce pas ?

Elle allait rendre les émeraudes. Son esprit commença à élaborer des stratégies alors que la calèche entrait dans

Cavendish Square. Elle sortit et remercia ses amies pour leur compagnie.

Puis elle se hâta d'entrer dans la maison et jeta son chapeau et ses gants sur une petite table dans l'entrée. Le valet de pied qui se trouvait à la porte ne dit pas un mot.

— Où est ma sœur ? s'enquit Beatrix sans préambule.

— Dans la salle jardin, mademoiselle.

Beatrix traversa le couloir à grands pas, puis s'arrêta brusquement pour lui répondre.

— Merci ! dit-elle, puis elle poursuivit son chemin.

Une fois arrivée à la salle jardin, elle referma la porte derrière elle. Heureusement, Harry n'était pas là. Selina leva les yeux de la table où elle était assise, en train de passer sa correspondance en revue.

— Comment était le pique-nique ? lui demanda-t-elle, puis elle blêmit sitôt la question posée. Quelque chose s'est passé.

Beatrix traversa précipitamment la pièce et s'assit à table en face de Selina.

— Deborah était là. Elle s'appelle lady Burnhope maintenant.

Selina la fixa du regard.

— Dis-moi tout.

Beatrix décrivit la rencontre dans les moindres détails, y compris l'effroyable triple ourlet froncé de la robe de Deborah. Quand elle eut terminé, elle s'adossa à sa chaise, soudain épuisée. Ou lasse. Ou les deux.

— Penses-tu qu'elle t'a crue ? lui demanda Selina.

— Je ne sais pas trop, mais mon instinct me dit que non. Il lui suffit de dire à tout le monde que nous étions chez Mme Goodwin. Il doit y avoir des archives.

Selina expira en posant son coude sur la table et en plaçant sa main sous son menton.

— Nous aurions dû changer nos prénoms, poursuivit

Beatrix. Nous avons été stupides de vouloir conserver ce petit morceau de nous-mêmes. Les gens n'auront pas de mal à croire que Mlle Selina Blackwell et Mlle Beatrix Linley sont nos vrais noms.

— Et qu'est-ce que cela révèle sur moi ? Mon nom de jeune fille avant de me marier avec sir Barnabus ?

Beatrix grimaça.

— Il ne faudrait pas que quelqu'un essaie de trouver ton certificat de mariage qui n'existe pas.

— J'espère que personne ne le fera, dit Selina d'un ton sombre. Quant à ton nom, ils pourraient découvrir que tu es la fille bâtarde du duc de Ramsgate. Pourrait-on te reprocher d'avoir changé de nom de famille pour éviter d'être jugée ou mise à l'écart ?

— C'est une bonne explication, en fait. Dommage que la bonne société s'en fiche. C'est bien plus divertissant de croire que je suis une voleuse, ce qu'elle leur dira, j'en suis sûre.

— Eh bien, elle leur dira que j'en suis une aussi, puisque j'ai endossé la responsabilité d'un vol, une fois, répondit Selina avec un haussement d'épaules. Laissons-la essayer d'entacher nos réputations. Nous devons être fortes, Trix.

— Vas-tu le dire à Harry ?

— Bien sûr que oui. Je n'ai aucun secret pour lui. Plus maintenant.

Des secrets. Il était temps pour Beatrix de partager le sien aussi.

— Ce n'est pas tout ce qui s'est passé.

Selina baissa la main sur la table, écarquillant brièvement les yeux.

— Bonté divine ! Quoi d'autre ?

— L'enquête de Bow Street sur la mort de lady Rockbourne a été rendue publique. Au cours du pique-nique, les gens se sont mis à accuser Tom d'avoir poussé sa femme à sa mort. Cela a fait grand bruit.

— *Tom ?*

— C'est l'autre partie de ce que je dois te raconter, et, je t'en prie, ne sois pas en colère contre moi. Je connais Rockbourne, *Tom*, plus que je ne te l'ai avoué. En réalité, je l'ai rencontré la nuit où sa femme est morte. J'ai vu tout ce qui s'est passé. Elle est tombée après l'avoir attaqué avec un couteau. Enfin, je n'ai pas vraiment vu le couteau, mais apparemment, je l'ai volé ensuite.

— Tu ne t'en souviens pas.

Selina l'affirma : ce n'était pas une question, parce qu'elle savait.

— Non. J'ai vendu tous les objets que j'avais volés dimanche dernier, et c'est là que je l'ai trouvé. Ce n'est que le lendemain que j'ai compris de quoi il s'agissait.

Selina lui lança un regard suspicieux.

— Qu'entends-tu par « tous les objets que tu as volés » ?

— J'ai gardé tout ce que j'avais pris au fil des années dans une boîte… Enfin, la plupart des choses. J'ai décidé qu'il était temps que je m'en débarrasse. En plus, je voulais t'offrir un cadeau de mariage.

— C'est comme ça que tu as fait ! Je craignais que tu l'aies volé, mais quand tu as dit que tu l'avais eu au *Lion d'or*, j'ai compris que tu avais simplement trouvé de l'argent. Mais je me demandais comment.

— Jamais je ne volerais ton cadeau de mariage ! s'exclama Beatrix, qui n'était pas offensée, mais elle voulait que Selina en soit convaincue. Honnêtement, je ne veux plus jamais rien voler. Le simple fait d'y penser me rend malade. Si je n'avais pas pris le couteau, le constable l'aurait trouvé sous le balcon du jardin de Tom, et cela aurait corroboré le récit de son agression par lady Rockbourne.

Elle leva un regard angoissé sur Selina.

— Ils ne le croient pas. Je ne peux pas le laisser aller en prison.

— S'ils le condamnent pour meurtre, il n'ira pas en prison. Ils le pendront. Probablement.

Beatrix haleta, puis elle plaqua une main sur sa bouche. Des larmes lui brûlèrent les yeux. Selina lui prit la main au-dessus de la table.

— Vous êtes bien plus que des amis avec Rockbourne, n'est-ce pas ?

Hochant la tête, Beatrix essuya les larmes sur ses joues.

— Je l'aime.

Selina se leva et vint étreindre son amie.

— Ma très chère Trix.

L'étreinte était quelque peu maladroite, avec Beatrix assise et Selina, qui était de toute façon trop grande, qui se tenait debout. La première se leva et entoura de ses bras la taille de la seconde. Elles restèrent ainsi pendant un bon moment.

Finalement, Beatrix recula et s'essuya à nouveau les joues.

— Je dois raconter à Dearborn, le constable, ce qui s'est vraiment passé cette nuit-là. J'aurais dû le faire dès le début, mais Tom ne voulait pas que je compromette ma réputation, expliqua-t-elle, laissant échapper un son de dégoût. C'était quand j'espérais encore que le duc voudrait être mon père.

Selina lui toucha l'épaule.

— Mais je m'inquiétais aussi pour toi, et pour Harry, poursuivit Beatrix. Je ne voulais pas vous causer d'ennuis. Je ne veux toujours pas.

— Je comprends, la rassura Selina qui lui serra la main avant de se rasseoir. Harry n'est pas là, mais nous allons lui demander ce qu'il faut faire.

Beatrix se laissa retomber sur sa chaise.

— Je ne voulais vraiment pas vous impliquer ni l'un ni l'autre, alors que vous étiez sur le point de vous marier. Jamais je n'aurais imaginé que Bow Street poursuivrait son enquête. Mais ensuite, ils ont reçu cette lettre de la mère de lady Rockbourne, et Tom leur a menti sur ce qui s'était passé parce qu'il voulait éviter que sa fille apprenne à quel point sa mère était une personne horrible.

— Tu vas devoir m'expliquer tout cela un peu plus en détail, parce que je suis perdue, s'excusa Selina.

Quand elle l'eut fait, en omettant les choses que Tom lui avait dites à propos de lui-même, de son épouse et de leur mariage, Selina lui adressa un sourire encourageant.

— Harry saura quoi faire, c'est le meilleur constable de Bow Street. Dearborn est jeune, et sans doute trop enthousiaste. Tout cela va s'arranger.

— J'espère bien.

À présent, Beatrix avait une certitude : elle était totalement épuisée.

— Qu'en est-il de Tom ? demanda Selina d'une voix douce.

Beatrix passa ses doigts sur ses paupières, puis se concentra sur son amie de l'autre côté de la table.

— Que veux-tu dire ?

— T'aime-t-il en retour ?

— Je ne sais pas. Il est en deuil, ou du moins il est censé l'être. Je ne lui ai pas dit ce que je ressens. Il… Je ne suis pas sûre qu'il veuille se marier à nouveau.

Elle n'en dirait pas plus.

— Eh bien, suis mon conseil et dis-le-lui. J'aurais aimé avoir avoué mes sentiments à Harry plus tôt.

Beatrix lui adressa un petit sourire.

— Je sais. Mais tout s'est arrangé, finalement.

— Jusqu'à présent. Avec un peu de chance, Deborah n'essaiera pas de tout gâcher, répondit Selina avec un rictus. Pourquoi ne suis-je pas surprise qu'elle soit celle qui nous cause des ennuis ?

— Parce qu'elle était la pire d'entre toutes chez Mme Goodwin ?

Selina sourit.

— C'est vrai. Nous avons eu de la chance de nous trouver là-bas, toi et moi. Tu imagines, si nous ne l'avions pas fait ?

Beatrix y songea pendant un moment. Elle imagina une vie où elle occuperait un poste de gouvernante, ou peut-être de dame de compagnie. Elle aurait pu devenir courtisane comme sa mère, et, finalement, la maîtresse d'un lord.

— Nous avons peut-être fait des choses dont nous ne sommes pas fières, et que nous ne referions pas, mais je ne suis pas désolée, dit Beatrix avec une certitude tranquille. Il n'y a personne au monde que je choisirais plutôt que toi pour être ma famille.

— Je ressens exactement la même chose. Et, pour le meilleur ou pour le pire, nous faisons désormais partie d'une grande famille, avec Harry et les siens.

— Plus Rafe.

Beatrix avait toujours imaginé que ce serait elle qui ajouterait des membres à leur famille, mais, pour le moment, il n'y avait qu'elle. Elle éprouva une soudaine bouffée de solitude, ce qui était stupide. Elle aurait toujours Selina.

Oui, mais elle *voulait* Tom.

— Nous allons régler cela avec Harry, lui dit Selina. Ensuite, Rockbourne et toi pourrez décider de ce qu'il faut faire. Je suis sûre que c'est un gentleman intelligent… Il doit l'être, puisque tu l'aimes. Et il se rendra compte de la merveilleuse femme que tu es.

La question était de savoir ce qu'il comptait faire, le cas échéant.

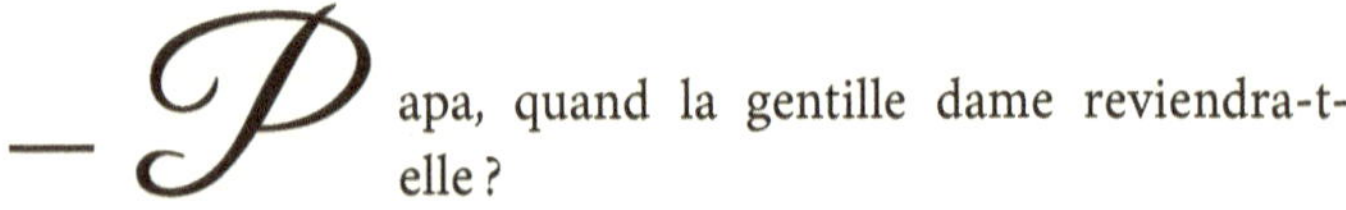

— *P*apa, quand la gentille dame reviendra-t-elle ?

Thomas déposa les marionnettes dans le coffre qui contenait beaucoup des jouets de Regan. Il venait de la régaler avec un spectacle ridicule mettant en scène Horace le cheval et Jack l'âne. Elle avait ri tout du long, et cela avait eu un effet merveilleux sur son moral, au plus bas depuis le retour du pique-nique.

Il referma le coffre et se retourna pour soulever Regan dans ses bras.

— Je ne sais pas, ma chérie. Tu l'aimais bien ?

Regan hocha la tête.

— J'ai bien aimé son histoire. Je voudrais qu'elle me la raconte encore.

— Je pourrais le faire, si tu veux.

Thomas était presque certain de pouvoir s'en souvenir. Ou, du moins, de trouver quelque chose d'assez proche.

— Non, il faut que ce soit elle !

Évidemment ! Thomas était du même avis : il voulait Beatrix et non pas un remplaçant médiocre. En l'occurrence, lui.

Honnêtement, cela ne le dérangeait pas. Il serait plus que ravi de donner à Regan une mère qu'elle pourrait aimer et qui l'aimerait en retour. Beatrix était-elle cette femme ?

— Je vais lui demander quand elle pourra revenir, dit Thomas, même s'il craignait de décevoir sa fille.

Il était trop risqué pour Beatrix de venir la nuit, et ils avaient convenu qu'ils ne pourraient pas continuer à agir de la sorte. Ce qui signifiait qu'elle devrait lui rendre visite à un autre moment. Soit elle se déguiserait, soit ils devraient complètement bafouer les règles de la bonne société.

Il se demanda si elle viendrait habillée en homme et si cela tromperait quiconque à la lumière du jour. Il ferma les yeux et se réprimanda en silence. Il ne lui demanderait pas de faire une telle chose. Ce n'était pas ainsi qu'il envisageait leur avenir.

— Bientôt, papa ! s'exclama-t-elle, jouant avec sa cravate. Et aussi, où est mon chaton ?

— J'y travaille, lui répondit Thomas.

En fait, il s'était renseigné lors du pique-nique. Aquilla avait affirmé qu'elle était presque certaine que l'une des chattes de Sutton Park avait récemment eu des petits. Il ne voulait pas donner de faux espoirs à Regan avant d'en être certain.

— Tu dois te montrer patiente, mais je sais que c'est difficile.

Baines entra dans la chambre d'enfant, surprenant Thomas. Et l'emplissant d'un sentiment d'effroi.

— Qu'est-ce qui vous amène jusqu'ici ? s'enquit Thomas en posant Regan.

— Vous avez un visiteur. M. Dearborn, j'en ai bien peur. Et il n'est pas seul.

Bon sang ! Que cela signifiait-il ? Dearborn et un autre constable étaient revenus la veille, et ils avaient fouillé toute la maison. Thomas ne croyait pas qu'ils avaient trouvé quoi que ce soit ; du moins ils n'avaient rien dit.

— Sheffield est-il avec lui ? Un type aux épaules larges, avec des cheveux roux foncé.

Baines secoua la tête.

— Cela ne correspond pas à la description des deux gentlemen qui l'accompagnent.

— Il y en a deux ? s'exclama Thomas.

Oh, bon sang de bon sang !

— Voulez-vous aller chercher la nourrice ?

Baines s'en alla rapidement. S'accroupissant, Thomas fit signe à Regan avec son doigt.

— Je dois descendre et voir quelqu'un. Je te verrai au dîner.

— Merci pour les marionnettes, papa.

Elle jeta ses bras autour de son cou et l'embrassa sur la joue.

Thomas la serra contre lui pendant un moment. Il inspira le doux parfum sucré de la petite fille, de *sa* petite fille, et ressentit un pincement dans sa poitrine. Il l'embrassa sur la tempe avant de la laisser partir.

Mlle Addy entra dans la chambre et prit aussitôt la relève. À contrecœur, Thomas partit.

À mesure qu'il descendait, ses pieds lui semblaient de plus en plus lourds. Il se rendit compte qu'il n'était pas certain de l'endroit où les constables l'attendaient. Après avoir regardé dans le grand salon, qu'il trouva vide, il se dit qu'ils devaient être dans le petit salon avant.

Prenant une grande inspiration, il descendit la dernière volée de marches et tomba sur Baines.

— Le petit salon ? s'enquit Thomas.

— Oui, my lord. Avez-vous besoin de quoi que ce soit ?

— Du courage ? De la patience ? demanda Thomas avec un sourire serein. Tout ira bien, Baines.

Il entra dans le salon. Les trois visiteurs, dont il supposa qu'ils étaient tous constables, étaient dispersés dans la pièce. L'un se tenait près de la porte, l'autre devant les fenêtres, et Dearborn était devant le mur où était auparavant accroché le portrait de Thomas et Thea.

— Bonjour, my lord, le salua Dearborn, inclinant la tête vers le mur. Qu'est-il arrivé au portrait de vous et de votre femme ?

Que ce soit par agacement, ou par simple besoin de se montrer honnête, Thomas répondit :

— Je l'ai déchiré et brûlé.

Dearborn écarquilla les yeux, et l'homme près de la porte toussa.

— Je vois, dit Dearborn. Eh bien, je suppose que cela répond à notre question sur votre penchant pour la violence.

— Vous êtes venu m'interroger à ce sujet ? s'enquit Thomas, énervé.

— En fait, non. Comme vous le savez, nous avons fouillé votre maison hier. Nous cherchions encore ce canif.

— Et vous ne l'avez pas trouvé.

— Non. Cependant, nous avons découvert un flacon contenant une substance dans votre salon à l'étage. Il se trouvait dans le placard où vous rangez l'alcool. C'est pour cela que nous sommes revenus hier pour fouiller toute la maison.

Thomas essaya de réfléchir à ce que l'homme était en train de décrire, mais il n'en avait pas la moindre idée. Il ouvrait rarement ce placard. Il y avait toujours une bouteille et des verres sur le dessus, et il n'avait besoin de rien d'autre pour se servir une boisson.

— Quelle substance ?

— Nous ignorions de quoi il s'agissait, mais nous avons depuis déterminé qu'il s'agissait de ciguë.

Pourquoi y avait-il du poison dans son maudit placard à alcool ? Oh, non… ! Thomas eut l'impression que l'air s'était raréfié autour de lui. Il voyait précisément où cette conversation les menait.

— Vous pensez qu'il s'agit d'une preuve, dit-il à voix basse.

— C'est du poison.

— Lady Rockbourne n'a pas été empoisonnée. Elle est tombée.

— La ciguë peut entraîner la paralysie. Peut-être a-t-elle été empoisonnée ; cela pourrait avoir contribué à sa chute.

— Cela fait beaucoup de suppositions. En réalité, c'est tout ce que vous avez. Elle est *tombée*, bon sang ! Après s'être jetée sur moi avec un couteau, bien déterminée à me poignarder. Elle me détestait, c'était une épouse et une mère horrible, et je suis soulagé qu'elle ne soit plus là. Si cela fait de moi un coupable de meurtre…, dit-il avant de serrer les poings. Non, cela ne me rend pas coupable de meurtre. Cela me rend simplement coupable de la mépriser comme elle me méprisait, et de ne pas regretter sa disparition.

Il n'était peut-être pas aussi horrible qu'elle, mais il n'était pas irréprochable. Il ne cherchait pas non plus à prétendre l'être.

— Il y a des preuves, intervint le constable près de la porte.

Il était plus âgé que Dearborn ; il devait avoir dans les quarante ans, avec des cheveux gris et noirs et un corps svelte.

— La lettre de lady Rockbourne, le témoignage de votre maisonnée quant à votre tempérament qui n'est pas, disons, tout à fait favorable, et la ciguë. Vous avez également menti à Dearborn au début de l'enquête. Nous allons exhumer le corps de lady Rockbourne et effectuer des tests pour détecter la présence de ciguë.

— Vous ne pouvez pas faire ça, répliqua Thomas, serrant les dents.

— Sa mère nous en a fait la demande. Ce sera fait.

Quelle importance ? Ils ne trouveraient rien. À moins que Thea ne se soit empoisonnée elle-même. Pourquoi diable y avait-il de la ciguë dans la maison ?

Soudain, Thomas sut. *Elle* avait eu l'intention de s'en servir contre lui. Il repensa à la manière dont cette soirée avait commencé. Elle s'était montrée d'une gentillesse inquiétante, proposant de lui servir un cognac. Surpris et perturbé par son charme inhabituel, il avait refusé. À présent qu'il revoyait les événements dans son esprit, il se rendit compte qu'elle avait été déçue. Les choses s'étaient rapidement envenimées ensuite, et il comprenait maintenant qu'il l'avait mise en colère en contrariant ses projets.

— Très bien, dit Thomas. Elle n'a pas été empoisonnée, et vous le découvrirez bientôt.

Dearborn s'éloigna du mur pour se diriger vers le centre de la pièce.

— Pourquoi y avait-il de la ciguë dans votre salon ?

Thomas se tenait encore dans l'embrasure de la porte.

— Ma meilleure hypothèse, c'est que lady Rockbourne avait l'intention de m'empoisonner. Elle voulait un divorce. Désespérément. Je refusais de le lui accorder.

Fronçant les sourcils, Dearborn croisa les bras.

— Encore une chose que vous avez négligé de nous raconter. Que cachez-vous d'autre ?

— J'essayais de protéger la mémoire d'une femme qui ne méritait pas que je m'en préoccupe. Elle voulait être libérée de notre mariage. C'était une épouse et une mère épouvantable. Je ne voulais pas que ma fille l'apprenne.

— Elle n'aura pas besoin de le savoir.

— Sauf que cette enquête est déjà le dernier commérage à la mode.

Thomas éprouva un certain plaisir à voir l'expression de surprise sur les traits de Dearborn, suivie d'une certaine déception.

— Nous ne partageons pas d'informations, lui assura le constable.

— Vous ne pouvez pas promettre que cette information ne sera pas rendue publique. Surtout si je suis arrêté, remarqua Thomas, jetant un regard aux deux autres constables. Est-ce ce qui se passe ici ?

Il se crispa. Le visage de Dearborn tressaillit.

— Je n'ai pas encore décidé. Cependant, j'aimerais que vous veniez à Bow Street pour que nous puissions vous interroger officiellement. Ainsi, vous aurez l'occasion de fournir tous les éléments que vous auriez pu omettre. Y compris le nom de cette femme avec laquelle vous avez une liaison.

— Je vous l'ai dit, je n'ai pas de liaison.

Du moins, pas à ce moment-là. Pas au moment de la mort de Thea. Mais, était-ce le cas maintenant ? *Bon sang !* Il l'espérait.

— Voudriez-vous réunir la maisonnée, my lord ? Nous aimerions interroger brièvement tout le monde, demanda le plus âgé des constables.

Thomas lança un regard noir à Dearborn.

— Peut-être pourriez-vous au moins me présenter à vos collègues.

Dearborn rougit.

— Bien sûr. Toutes mes excuses, répondit-il, puis il pointa du doigt l'homme le plus âgé, et le plus proche de Thomas. Voici M. Woodward, et ici, M. Mercer.

Mercer était plus jeune que Woodward et bien plus intimidant. Il était plus petit, mais il était trapu, avec un cou épais et une tête massive. Thomas se demanda s'il était possible de renverser un tel homme ; il doutait fort que ce soit possible.

— Vous voulez que nous rassemblions toute la maisonnée ? Moins ma fille et sa nourrice. Je ne soumettrai pas ma fille à ce genre de choses.

— Nous aimerions également parler à la nourrice, remarqua Dearborn.

— Alors, vous allez devoir m'autoriser à monter et à rester avec ma fille pendant ce temps.

Dearborn se tourna vers Woodward, qui hocha légèrement la tête.

— C'est acceptable.

Sans un mot, Thomas tourna les talons et sortit dans le vestibule, où Baines se tenait raide et droit.

— My lord ?

— Réunissez la maisonnée. Ici. Je vais envoyer Mlle Addy en bas.

Woodward avait suivi Thomas dans le vestibule.

— Lord Rockbourne, il est sans doute inutile de le préciser, mais je manquerais à mon devoir si je ne vous disais pas clairement que vous ne devez pas quitter la maison.

— Cela ne me viendrait pas à l'idée, répondit Thomas avec un peu plus de sarcasme que de raison.

Il était trop en colère pour se censurer complètement.

Il espérait simplement qu'il parviendrait à garder son sang-froid. Ce n'était pas le moment de laisser apparaître ce qu'il pouvait tenir de son père.

CHAPITRE 17

Harry s'appuya contre le coin de l'âtre dans la salle jardin, le visage marqué par une profonde réflexion. Beatrix et Selina venaient de tout lui raconter. Presque tout. Elles avaient omis la partie où Beatrix était éperdument amoureuse de Tom, préférant dire qu'ils étaient « devenus proches ». Harry n'était pas stupide. Il savait ce que cela signifiait.

— Je devrais me rendre tout de suite à Bow Street.

— Vas-tu leur dire qu'il y a un témoin oculaire de ce qui s'est passé ? lui demanda Selina.

Elle jeta un regard à Beatrix, assise à côté d'elle sur le canapé.

— Je ne peux pas, pas sans nommer la personne en question. Pour l'instant, je pense que nous devrions éviter de le faire, expliqua-t-il, grimaçant avant de poser sur Beatrix un regard empreint de compassion. J'apprécie ta réticence à partager cette information pour protéger Selina… et toi aussi.

— S'il n'y avait pas Selina, je me rendrais aussitôt à Bow Street, protesta la jeune femme.

Selina tapota doucement la main de son amie. Les traits de Harry se détendirent.

— Bien sûr que oui. Laisse-moi voir ce qui se passe, et nous déciderons de ce qu'il faut faire, dit-il en frottant sa mâchoire. Il semblerait que j'aie choisi un mauvais moment pour me marier et prendre du recul par rapport à mon poste.

— Ne dis pas ça, dit Beatrix. Ce n'est qu'une situation malheureuse. La mort de lady Rockbourne était un accident, et sa mère doit l'accepter.

Harry hocha la tête.

— Je reviens dès que possible.

Selina se leva quand il s'approcha d'elle, et ils échangèrent un bref baiser avant qu'il parte. Beatrix se leva à son tour, et son pouls s'accéléra sous l'effet de l'énergie nerveuse.

— Je déteste attendre.

— Je sais. Ce ne sera pas long. Veux-tu quelque chose à manger ?

Jetant un regard à l'horloge sur le manteau de la cheminée, Beatrix vit qu'il était quatre heures et demie. Un jeudi. C'était précisément le jour et l'heure où son père se rendait au parc pour l'heure fashionable*. Ce qui signifiait qu'il n'était pas chez lui. De plus, c'était l'après-midi, moment où plusieurs membres de la maisonnée avaient quartier libre.

— Je vais à l'étage, annonça Beatrix. Je crois que j'ai juste besoin de me reposer et d'essayer de me changer les idées.

Selina plissa les yeux en regardant son amie.

— *Tu* vas te reposer ?

Beatrix n'essaya même pas de débattre, car Selina la connaissait trop bien.

— Je peux *essayer*. Je vais sans doute me contenter de faire les cent pas.

---

* *NdT :* L'heure à la mode, où les gens de la bonne société se rendaient dans les parcs pour voir et être vus.

— Je te ferai savoir dès que Harry sera de retour.

— Merci.

Beatrix allait devoir se dépêcher. Ce qu'elle ferait : elle n'avait qu'à remplacer la fausse demi-parure qu'elle avait mise là le lundi soir par la vraie. Elle était entrée et sortie rapidement ce jour-là, et elle n'avait aucune raison de penser que les choses se passeraient différemment.

Mais elle l'avait fait tard dans la nuit. Là, il faisait encore jour, et elle serait certainement vue. C'était une bonne chose qu'elle ait un plan.

~

Beatrix parvint à s'éloigner de la maison des femmes de tête sans croiser personne. Habillée en domestique, elle se rendit rapidement à Grosvenor Square. Au lieu de se glisser dans le jardin de Tom et d'escalader le mur pour pénétrer dans le jardin du duc afin d'accéder à sa maison, elle y pénétrerait audacieusement par l'entrée des serviteurs. Avec sa coiffe bien serrée sur la tête et un foulard noué autour, elle pria pour qu'on ne la remarque pas. Elle était aussi particulièrement satisfaite de la connaissance qu'elle avait de la maison de Ramsgate et de ses domestiques.

Il était un peu plus de cinq heures lorsqu'elle pénétra furtivement dans l'entrée située à l'étage le plus bas de la maison. Les bruits de la cuisine résonnèrent dans le couloir tandis que Beatrix se précipitait vers l'escalier qui la mènerait directement au premier étage, où se trouvaient les appartements du duc.

En chemin, elle remarqua un placard ouvert. À l'intérieur se trouvait de quoi faire le ménage. Elle attrapa un balai avant de monter les escaliers.

Alors qu'elle arrivait sur le palier du premier étage, elle marcha précipitamment dans l'étroit couloir jusqu'à la dernière porte. Elle menait directement à la penderie du duc. Son valet serait-il présent ? Beatrix ferma brièvement les yeux, priant pour qu'il n'y soit pas.

Serrant le balai et retenant son souffle, elle ouvrit la porte avec précaution. Elle jeta un coup d'œil à l'intérieur et, trouvant la pièce vide, elle souffla.

Lors de sa dernière visite, elle avait dû chercher les bijoux dans cette pièce. Elle savait précisément ce qu'elle recherchait : une boîte recouverte de velours violet. Enfant, elle avait passé ses petits doigts sur le velours doux un nombre incalculable de fois.

Heureusement, ce jour-là, elle n'avait pas besoin de perdre de temps à chercher l'écrin. Elle alla directement le chercher dans le tiroir du bas d'une étroite commode dans le coin.

Elle appuya le balai contre le mur, prenant soin de ne pas faire de bruit au cas où le valet se trouverait dans la chambre. S'accroupissant, elle ouvrit le tiroir. L'écrin était là où elle l'avait trouvé sur le côté gauche.

Elle l'ouvrit, et les fausses émeraudes étaient là. Agissant rapidement, elle ramassa les bijoux un à un et les glissa dans sa poche gauche.

— Voleuse !

Beatrix ferma les yeux. Elle ne se tourna pas. Son cœur se mit à battre la chamade, et de la sueur perla sur son cou et son front. Tâchant de rester calme, elle fouilla dans sa poche droite et en retira les vrais bijoux.

— Les voilà. Il n'y a pas de vol. Elle mit les bijoux dans l'écrin, les mains tremblantes.

— Quelle servante es-tu ? Cette nouvelle fille dans les cuisines ?

L'homme, vraisemblablement le valet du duc, lui saisit le bras.

Elle attrapa le balai et le frappa en plein ventre avec le

manche. Hurlant de douleur, il se plia en deux. Mais Beatrix n'attendit pas de voir ce qui allait se passer. Elle lâcha le balai et s'élança vers la porte de l'escalier de service. Elle ne prit pas la peine de la refermer derrière elle avant de descendre à toute allure.

Au moment où elle atteignit l'étage de la cuisine, elle haletait fort. Elle avait entendu des cris, mais n'avait pas réussi à déterminer de quoi il s'agissait. Si elle arrivait à sortir de la maison, ce serait un miracle.

Elle jeta un regard dans la cuisine avant de s'élancer dans le couloir et de se heurter directement à un torse dur.

À bout de souffle, Beatrix leva le nez vers les yeux sombres et plissés de ce qui était sans doute un valet de pied, à en juger par sa livrée.

— J'allais faire une course, lui dit-elle. Nous avons besoin de… sel.

Le valet de pied ne crut pas à son flagrant mensonge. Il plissa davantage les yeux et l'attrapa par le bras.

— Nous allons à l'étage.

Beatrix essaya de se dégager, mais en vain. Cet homme était taillé comme un arbre. Apparemment, elle était à court de miracles.

Il la guida vers l'escalier qu'elle venait de descendre, puis vers le rez-de-chaussée, la suivant de près et gardant une prise ferme sur son coude. Passant une main devant elle, il ouvrit la porte et la poussa gauchement dans le vestibule. Ils se retrouvèrent face au majordome hautain de son père.

Derrière lui se tenait le valet, une main sur le ventre, le corps légèrement voûté.

— C'est elle, la fille qui m'a frappé avec le balai et qui a volé les bijoux de lord Ramsgate.

Le majordome observait Beatrix avec un mépris non dissimulé.

— Je vous connais. Vous êtes cette femme insolente qui a osé rendre visite à lord Ramsgate récemment.

Bon sang ! C'était trop d'espérer qu'il ne la reconnaisse pas. Au lieu de répondre, elle leva le menton et le gratifia de son regard le plus arrogant.

— J'ai déjà envoyé chercher lord Ramsgate, annonça le majordome. Nous l'attendrons dans la salle des épées.

La quoi ?

Le valet de pied commença à la tirer, mais elle planta ses pieds dans le sol.

— S'il vous plaît, lâchez-moi ! Je n'ai pas besoin de votre aide.

— Si vous vous enfuyez, il fera ce qui est nécessaire pour vous rattraper, la prévint le majordome d'un ton glacial. Comprenez-vous ?

— Parfaitement.

Beatrix pinça les lèvres et continua à le fixer d'un air de défi. Le valet de pied la relâcha, et elle se massa aussitôt le coude.

— Suivez-moi, ordonna le majordome avant de la conduire dans le vestibule rond.

Il tourna vers la gauche et lui fit signe de le précéder dans une pièce décorée… d'épées.

— Nous attendrons lord Ramsgate ici.

Le majordome prit position à la porte, et le valet de pied se tint de l'autre côté.

Beatrix se rendit à la fenêtre, car c'était là qu'elle se trouvait le plus loin d'eux. Elle voyait aussi la façade de la maison de Tom. Que dirait-il quand il apprendrait qu'elle avait été arrêtée ?

La réalité de sa situation brouilla un instant tout autour d'elle, comme si elle était tombée dans l'eau. Elle haleta, aspirant de l'air dans ses poumons.

Peut-être que le duc ne voudrait pas engager de poursuites. Après tout, elle avait rendu la demi-parure. Et elle lui promettrait de le laisser tranquille pour toujours.

Évidemment qu'il allait vouloir la poursuivre. Il n'y avait pas vraiment de doute dans son esprit. Son demi-frère l'aiderait-il ?

Ses pensées cessèrent brutalement de tourbillonner quand elle vit Tom descendre les marches de sa maison. Il était accompagné de trois hommes. L'un d'entre eux, un gentleman mince aux cheveux noirs et gris, lui semblait très familier. Elle était sûre de l'avoir déjà vu, mais où ?

Au *Brown Bear*, en face de la cour des magistrats de Bow Street, où Selina et elle avaient croisé Harry un jour. Cet homme était un coureur de Bow Street.

Et Tom partait avec eux.

Beatrix se détourna de la fenêtre et se précipita vers la porte. Le majordome et le valet de pied lui barrèrent la route.

— Où croyez-vous aller ? s'enquit le premier.

— Dehors. Chez votre voisin. Je dois parler à quelqu'un. Je vous promets que je ne suis pas en train de m'enfuir. En fait, venez avec moi.

— Asseyez-vous, aboya le majordome.

Elle tâcha de rester calme en dépit de la frénésie qui s'était emparée d'elle.

— Non. Il y a des constables de Bow Street *juste à côté*. Je dois leur parler. Vous pourrez leur dire ce que vous voulez. *S'il vous plaît.*

Le majordome la toisa d'un regard sceptique, mais le valet de pied lui prit à nouveau le bras.

— Je l'emmène. Vous parlerez au constable.

Beatrix hocha la tête avec enthousiasme.

— Oui, emmenez-moi. Vous pouvez me tenir tout le temps si vous voulez.

Le majordome plissa les yeux vers elle.

— Comment savez-vous que ce sont des constables ?

— Parce que mon beau-frère en est un, répondit-elle, franchement exaspérée.

Cela ne servait plus à rien de cacher son identité à présent, ou celle de sa famille, qui ne l'était pas vraiment. Peut-être pourrait-elle également l'admettre, et s'éclipser discrètement sans affecter Selina.

Si seulement cela pouvait être aussi facile !

Le valet de pied la conduisit dehors, dans la lumière brillante de l'après-midi. Tom se trouvait sur le trottoir avec les trois hommes.

— Tom ! s'écria Beatrix avant de secouer légèrement la tête. Euh… lord Rockbourne !

Ce dernier tourna la tête et regarda au-delà des hommes qui l'entouraient, la mine renfrognée.

— Beatrix ?

Son regard se dirigea vers le valet qui lui serrait le bras. Il s'avança à grands pas vers elle, et les autres le suivirent, l'air inquiet.

— Lâchez-la, ordonna Tom, dont les yeux crachaient du feu en direction du valet de pied.

— C'est une voleuse ! affirma le majordome de l'autre côté de Beatrix.

Le regard de Tom s'adoucit quand il reporta son attention sur elle.

— Qu'as-tu fait ? murmura-t-il.

— Je ne suis pas une voleuse. Je remettais quelque chose que j'avais… emprunté.

Cela semblait horrible, même à ses propres oreilles. Parce qu'elle *était* une voleuse. Et elle ne pouvait plus ignorer ce fait.

Levant les yeux vers Tom, son cœur se brisa à l'idée qu'elle l'avait déçu de la sorte.

— Je suis désolée, Tom, lui dit-elle, puis elle jeta un regard sur les hommes derrière lui. Vas-tu quelque part avec ces constables ?

— À Bow Street. Ils veulent m'interroger officiellement.

Le constable le plus âgé, que Beatrix avait reconnu, s'avança.

— Accusez-vous cette femme d'un crime ? demanda-t-il au majordome du duc.

— Oui. Elle a été surprise en train de voler des bijoux dans la maison de lord Ramsgate.

— J'étais en train de les remettre, répliqua Beatrix en serrant les dents, puis elle se concentra à nouveau sur Tom. Vont-ils t'arrêter ?

— Cela ne se présente pas bien. Ils ont trouvé de la ciguë dans mon placard à alcool, expliqua-t-il, et son œil tressauta.

C'était trop. Beatrix ferma les paupières et prit une profonde inspiration. Rouvrant les yeux, elle regarda le constable aux cheveux noirs et gris.

— Vous me reconnaissez sans doute ; vous devez donc savoir que je suis une personne crédible. J'ai vu ce qui s'est passé la nuit où lady Rockbourne est tombée.

— *Beatrix*, siffla Tom alors que son visage se vidait de toutes ses couleurs.

Elle l'ignora.

— J'étais perchée dans un arbre dans le jardin de lord Rockbourne. J'ai vu lady Rockbourne se précipiter vers lui avec un couteau. Il l'a évitée, et elle est tombée. C'était horrible, mais ce n'était pas la faute de lord Rockbourne.

À cet instant, elle regarda Tom. Elle lui adressa un sourire encourageant, avant de murmurer :

— Tout ira bien.

L'un des autres constables, un jeune homme aux cheveux noirs et ondulés et aux yeux bleus, s'avança à son tour.

— Êtes-vous la maîtresse de Rockbourne ?

Un halètement quelque part sur la droite de Beatrix la

poussa à tourner la tête. L'effroi l'envahit lorsqu'elle se rendit compte qu'une foule de gens était rassemblée sur la place, et même dans la rue, et qu'ils les observaient, Tom et elle, comme s'il s'agissait d'un spectacle, pour leur plus grand plaisir. Beatrix se mit à trembler.

— Non ! rétorqua Tom. Elle n'est pas ma maîtresse.

La jeune femme lui en fut reconnaissante.

— Pourquoi étiez-vous dans son arbre ? s'enquit le plus âgé des constables.

— J'espionnais le duc d'à côté, expliqua-t-elle, inclinant la tête vers la maison de son père, se demandant si elle devait révéler la vérité. Pourquoi est-ce important ? J'étais là, et lord Rockbourne est innocent.

Tom la fixait, silencieux, le regard impénétrable.

— Si vous êtes sa maîtresse, vous pourriez mentir pour le protéger, remarqua le jeune coureur.

Se tournant vers ce dernier, Tom retroussa la lèvre.

— Redites qu'elle est ma maîtresse, et je vous ferai avaler votre foutue langue.

Même si le valet de pied lui tenait toujours le bras, Beatrix tendit la main et parvint à toucher la manche de Tom. Menacer de violence n'aiderait pas sa cause.

— Ne fais pas ça.

— Que diable se passe-t-il ici ?

Toutes les têtes se tournèrent vers le duc de Ramsgate, qui remontait le trottoir derrière Tom et les constables. Ces derniers reculèrent à son approche. Tom, lui, ne bougea pas.

— Nous avons attrapé une voleuse, my lord, annonça l'odieux majordome à côté de Beatrix.

— Vous avez également attiré un public ! remarqua le duc.

Il marmonna quelque chose tout en dépassant Tom pour s'arrêter devant Beatrix.

— Regarde les problèmes que tu as causés.

Beatrix refusait de flancher face à lui, devant tous ces gens.

— Je n'ai rien pris, dit-elle d'une voix tranquille. Enfin, si, mais j'étais en train de le rapporter.

— La demi-parure, dit-il avec assurance.

Elle en resta bouche bée.

— Tu savais ?

— Je l'ai regardée tous les soirs après ta visite. N'oublie pas que je sais qui tu es. Qui tu as *été*.

— Nous pouvons l'emmener à Bow Street pour qu'elle soit poursuivie, my lord, proposa le plus âgé des constables.

Le duc se tourna vers lui.

— Non, je ne la poursuivrai pas.

Le valet de pied lâcha aussitôt le bras de Beatrix, qui recommença à masser son membre malmené. Le majordome couina.

— Eh bien ? dit le duc, observant les constables. Poursuivez votre chemin.

— Nous n'étions pas là pour elle, expliqua le plus jeune coureur, dont Beatrix comprit qu'il devait s'agir du Dearborn dont Harry avait parlé. Nous enquêtons sur la mort de lady Rockbourne.

— Mais vous avez terminé, insista Beatrix, puisque je vous ai déjà dit ce qui s'était passé, ce que j'ai *vu*.

— Bon sang ! Pourrions-nous faire cela à l'intérieur, hors de la vue et de l'ouïe des spectateurs ? exigea le duc.

À cet instant, un homme arriva à dos de cheval, faisant reculer plusieurs personnes. Il s'arrêta devant les maisons et descendit de sa monture.

— Que se passe-t-il ici ? s'enquit Harry, dont le regard passa de Beatrix aux coureurs, puis à Tom avant de revenir sur la jeune femme.

Elle fut soudain prise d'une envie de rire.

— C'est une histoire terriblement longue.

— À l'intérieur. Maintenant ! ordonna le duc en marchant à grands pas vers sa maison.

Apparemment, ils devaient tous le suivre. Ce qu'ils firent.

Cependant, ils ne retournèrent pas à la salle des épées. Il les précéda dans l'escalier jusqu'au salon où Beatrix l'avait rencontré.

Cette dernière se tenait près de Harry. Le duc prit place près de la cheminée, tandis que son majordome et son valet de pied restaient près de l'embrasure de la porte. Tom et les trois constables allèrent se poster devant les fenêtres.

Ramsgate jeta un regard meurtrier aux coureurs.

— Je n'arrive pas à imaginer pour quelle raison vous enquêtez sur Rockbourne à propos de la mort de sa femme. N'est-elle pas tombée du balcon ?

— Si, my lord, répondit Dearborn, un peu pâle. Cependant, des preuves et des informations sont apparues et nécessitaient une enquête.

Beatrix s'avança d'un pas.

— Comme le fait que j'aie été témoin de toute la scène, et qu'elle est *tombée*. Il ne l'a pas poussée !

Harry posa brièvement sa main sur son bras.

— Laisse-moi faire, l'interrompit-il avant de s'adresser à ses collègues. J'arrive de Bow Street, où j'étais venu pour te parler, Dearborn. Ma belle-sœur a vu ce qui s'est passé. Elle ne s'est pas manifestée plus tôt parce qu'elle ne s'était pas rendu compte que c'était nécessaire. Et, comme tu peux l'imaginer, le faire aurait mis en péril sa réputation.

Le duc fit un petit bruit de gorge.

— Sa réputation… Comment as-tu pu voir la scène, ma petite ?

Juste au moment où Beatrix pensait avoir réussi à maîtriser son tremblement, il reprit de plus belle.

— J'étais dans l'arbre de lord Rockbourne. Je, euh… Je

t'observais, jusqu'à ce que je sois distraite par les cris de lady Rockbourne.

Ramsgate lança un regard vers Tom.

— La vicomtesse pouvait être une véritable harpie, remarqua-t-il avant de pencher la tête vers Beatrix. Pourquoi m'observais-tu ? C'est très étrange.

— Parce que je voulais te voir. Je voulais me sentir… proche de toi. C'était étrange. Et stupide.

Elle faillit dire qu'elle le regrettait, mais elle ne pouvait pas. Car si elle ne l'avait pas fait, elle n'aurait jamais rencontré Tom. Et cela, elle ne le regretterait *jamais*.

Étonnamment, les traits du duc s'adoucirent. Mais juste pour un instant. Ils se durcirent à nouveau, comme de la glace qui se formait, et il reprit la parole.

— C'était extrêmement stupide. Tu aurais dû venir me voir dès ton arrivée en ville. Nous aurions pu trouver un… arrangement.

Il posa à nouveau le regard sur les coureurs, arborant le même regard hautain dont il avait gratifié Beatrix lors de leur précédente rencontre.

— Mlle Whitford est ma… Eh bien, c'est la fille d'un ami proche. Elle peut se montrer un peu stupide, comme vous pouvez le constater, mais si elle dit qu'elle a vu la vicomtesse tomber, c'est que la vicomtesse est tombée. En aucun cas je ne douterai de cela. Lady Rockbourne était si souvent ivre que c'est un miracle qu'elle ne soit pas tombée du balcon, ou d'un autre endroit, bien avant ce jour-là.

Beatrix le fixa du regard. Il n'avait pas admis qu'il était son père, mais il lui avait donné une raison pour qu'ils soient au moins en bons termes. Et il avait demandé aux gendarmes de la croire.

Harry s'éclaircit la gorge.

— Puisque nous sommes deux à nous porter garants de Mlle Whitford, je pense que tu dois accepter son témoignage et conclure ton enquête, affirma-t-il avant de se tourner vers le plus âgé des coureurs. N'es-tu pas d'accord, Woodward ?

Ce dernier hocha la tête.

— Je suis d'accord.

— Parfait. Voilà qui devrait régler les choses, dit Harry d'un ton ferme.

— Non.

Toutes les têtes dans la pièce se tournèrent vers Tom.

— Non ? répéta le duc qui semblait irrité.

— Cela ne règle pas les choses. Beatrix, Mlle Whitford, s'est donné beaucoup de mal pour me protéger.

Se déplaçant pour se tenir devant elle, Tom posa un genou à terre et lui prit la main. Pour la douzième fois au cours de l'heure écoulée, Beatrix eut le souffle coupé, mais pour une bien meilleure raison cette fois-ci.

Tom leva les yeux vers elle, et la poitrine de la jeune femme se gonfla de joie.

— Elle n'est pas ma maîtresse, mais je souhaite désespérément qu'elle devienne ma femme.

— Absolument pas ! tonna le duc, qui pointa la porte en regardant les coureurs. Sortez !

Puis il tourna un regard noir vers Harry.

— Vous aussi.

Harry resta à côté de Beatrix.

— Mlle Whitford est ma belle-sœur. Je ne pars pas.

Tom tourna la tête vers le duc alors que les constables, ainsi que le valet de pied et le majordome, quittaient la pièce.

— Vous ne pouvez pas me demander de partir aussi.

— Non. Je veux que vous retrouviez un peu de bon sens.

CHAPITRE 18

Thomas se releva et alla se placer de l'autre côté de Beatrix. Il lui prit la main, qui semblait froide même à travers le gant fin qu'elle portait. Il fut submergé par une envie de la prendre dans ses bras et de ne plus jamais la lâcher. Au lieu de cela, il allait supporter toutes les absurdités que le père de la jeune femme voudrait débiter.

— J'ai assez de bon sens pour reconnaître la force et la loyauté de cette femme, déclara Thomas. Dommage que vous n'en soyez pas capable.

Les narines de Ramsgate se dilatèrent quand il regarda Beatrix.

— Il sait ?

Elle hocha la tête.

— Tout comme Harry, répondit-elle, inclinant la tête vers Sheffield. Cependant, ils sont les seuls.

Elle haussa ensuite les épaules, puis elle poursuivit.

— Et tout comme ma sœur et mon frère, mais tu es déjà au courant.

— Ce ne sont pas ta sœur et ton frère.

— Attention, Ramsgate, l'avertit Harry d'une voix grave.

Beatrix aurait voulu que Selina soit là pour voir à quel point son mari était merveilleux. Mais bien sûr, elle le savait déjà.

— Beatrix a réussi à merveille à garder secrète la réalité de sa filiation, remarqua Thomas en lui serrant la main. Vous devriez en être reconnaissant. Et vous devriez aussi avoir des regrets. Quel genre de père abandonne sa fille après la mort de sa mère ?

— Je ne l'ai pas abandonnée ! protesta le duc, sur la défensive. Je l'ai envoyée à l'école. J'aurais pu la jeter à la rue.

— Cette école était horrible, répliqua Thomas, impatient de tuer le dragon capable de blesser sa bien-aimée. Lui avez-vous écrit au moins une fois ? Lui avez-vous rendu visite ?

Ramsgate agita la main.

— Bah. Les pères ne font pas ça.

— Je l'aurais fait.

Non, en vérité, Thomas n'y aurait jamais envoyé Regan.

— Elle s'est enfuie avant la fin de ses études. Ce n'était pas ma faute.

La colère de Thomas était à son comble.

— Elle était malheureuse. Les autres filles savaient qu'elle n'était pas désirée et profitaient de chaque occasion pour le lui rappeler.

Ramsgate plissa les yeux.

— C'était aussi une voleuse.

— Je ne pouvais pas m'en empêcher, rétorqua Beatrix, attirant les regards de Thomas et de Harry. Je ne peux pas toujours… me contrôler. Je n'ai jamais volé quoi que ce soit avant d'aller dans cette maudite école.

— Es-tu en train de dire que tu n'as pas pu t'empêcher de voler la demi-parure de ta mère ? s'enquit le duc d'un ton narquois.

— Oh, non ! Ça, je l'ai pris exprès, répondit-elle avec une fierté dans la voix qui faillit faire sourire Thomas, mais il se retint. Ces émeraudes sont *à moi*. Elle disait qu'elles m'appartiendraient. Comment savais-tu que celles que j'ai laissées étaient fausses ?

— Il y avait une minuscule inscription sur le bracelet : la date à laquelle Lottie et moi nous sommes rencontrés.

Thomas sentit un tremblement parcourir Beatrix et il la rapprocha de lui.

— Tu as laissé des faux bijoux à la place des vrais ? s'enquit Harry, qui posa sur la jeune femme un regard aussi incrédule qu'admiratif.

— Cela me semblait judicieux, car je me suis dit qu'il saurait que je les avais volés s'ils venaient à simplement disparaître. Il m'avait déjà accusée d'être une voleuse.

— Très avisé, murmura Thomas, et, cette fois, il sourit.

Beatrix fit un petit pas vers Ramsgate.

— Si tu savais qu'ils étaient faux, pourquoi n'as-tu pas signalé le vol ?

Le duc détourna le regard et toussa. Joignant les mains dans son dos, il reporta sa froide attention sur Beatrix.

— Au vu de tout le mal que tu te donnais pour les avoir, j'ai décidé que tu les méritais.

Beatrix resta bouche bée. Puis elle la referma.

— Très gentil de votre part, Ramsgate, constata Harry. Ce qui n'est pas gentil, en revanche, c'est votre ingérence dans la vie de Beatrix. Si Rockbourne souhaite l'épouser, pourquoi essayer de l'en empêcher ?

— Il devrait savoir dans quoi il s'engage… qui elle est vraiment.

Thomas lâcha la main de Beatrix et passa un bras autour de ses épaules. Il la serra contre son flanc.

— Je sais précisément qui elle est, et dans quoi je m'engage. Et je me lance volontairement, *joyeusement*, les yeux et les bras grands ouverts.

Il lança un regard à Beatrix, et il vit une larme rouler sur sa joue quand elle leva les yeux vers lui. Il l'essuya et lui sourit.

— Ne pleure pas, mon amour.

Elle lui sourit en retour, et le bonheur illumina son visage.

— Même en sachant que c'est une voleuse et une fille illégitime, vous vous en fichez ? l'interrogea Ramsgate, l'air totalement désemparé.

— Totalement. En fait, ce n'est pas vrai. Je me soucie de tout ce qui la concerne. Tout comme vous le devriez.

Ramsgate renifla. Beatrix prit une profonde inspiration.

— Je me dois de vous prévenir que notre secret ne le restera peut-être plus très longtemps. L'une des filles avec qui je suis allée à l'école m'a reconnue plus tôt dans la journée. J'ai fait comme si je ne la connaissais pas, mais elle a connu une Beatrix Linley et elle savait que j'étais ta fille.

Le visage de Ramsgate rougit.

— Tu leur as dit ?

Beatrix flancha contre Thomas.

— Je n'ai pas eu à le faire. Elles savaient toutes.

— Ces idiotes ! s'exclama le duc avec un rictus. Seule l'une des enseignantes de cette école aurait pu leur dire. À moins que tu ne l'aies fait.

— J'aime autant que personne ne sache la vérité, répondit Beatrix, regardant son père droit dans les yeux. Je préfère rester avec ma vraie famille… Selina, Rafe, et maintenant Harry et sa famille.

Thomas n'avait jamais été aussi fier de qui que ce soit. Il se pencha vers elle et lui murmura :

— Je ne t'ai jamais autant aimée qu'à cet instant.

Les yeux de la jeune femme brillaient quand elle leva le nez vers lui.

— Je t'aime aussi, affirma-t-elle, puis elle tourna la tête vers le duc. Donc, si cela ne te dérange pas, faisons comme si ce que tu as dit dehors était la vérité : je suis la fille d'*un* vieil ami. Et pas d'*une* vieille amie, parce que j'ai la même mère que mon frère et ma sœur.

Le duc se renfrogna, l'air dégoûté.

— Rassure-toi, j'en dirai le moins possible.

— Je dois avouer que je ne sais pas trop quoi penser de vous, Ramsgate, intervint Harry. Vous étiez prêt à laisser à Beatrix les bijoux de sa mère, et pourtant vous ne voulez rien avoir à faire avec elle.

— En fait, c'est tout à fait logique, répliqua Beatrix. Il est bien plus facile pour lui de faire une transaction. Il me donne les bijoux, en échange de quoi je le laisse tranquille.

Harry secoua la tête.

— Comme c'est… triste.

Beatrix se redressa, et Thomas posa une main dans son dos. Elle sortit une poignée d'émeraudes de sa poche et les tint dans sa paume.

— Si tu veux bien aller chercher les bijoux de ma mère, je peux te donner ceux-ci en échange.

— Garde-les.

Il alla à la porte pour appeler son majordome. Ils discutèrent à voix basse dans l'embrasure pendant un moment. Ramsgate revint.

— Ils seront là dans un instant. J'espère que nous en avons terminé, maintenant.

— Complètement, confirma Beatrix. Merci. Sans toi, je n'aurais jamais rencontré Tom.

Elle passa un bras autour de la taille de ce dernier.

— Et je n'aurais jamais rencontré Beatrix. Oui, merci. Du fond du cœur, ajouta Thomas, qui s'inclina.

— Pour que les choses soient claires, je ne veux pas assister à votre mariage.

— Et vous ne serez pas non plus invité, répondit joyeusement Thomas.

Ramsgate regarda longuement Beatrix, l'observant attentivement.

— Tu ressembles à ta mère. Elle serait heureuse de savoir que tu vas devenir vicomtesse. Je vous souhaite bonne chance à tous les deux, ajouta-t-il en se redressant.

Il passa une main sur son manteau et son ventre rebondi.

Puis il sortit.

Un instant plus tard, le majordome revint. Il tendit à Beatrix l'écrin de velours violet. Elle le prit avec révérence, son regard doux se posant sur le trésor.

— Puis-je vous raccompagner ? s'enquit le majordome avec plus qu'une pointe d'hostilité.

Beatrix lui adressa un sourire atrocement mielleux.

— *S'il vous plaît.*

Thomas l'escorta à l'étage inférieur, et Harry les suivit. Dehors, le vicomte fut ravi de constater que la foule s'était dissipée. Quelques personnes restaient sur la place et les observaient. Il conduisit rapidement Beatrix vers sa maison.

— Ah ! Mon cheval ! s'exclama Harry, ce qui poussa Thomas à s'arrêter et se retourner. Je crois que l'un de vos palefreniers l'a récupéré.

Il fit un signe de tête en direction de l'un des garçons d'écurie de Thomas qui s'occupait de sa monture.

— Je devrais sans doute y aller, déclara Beatrix, détachant son bras de celui de Tom.

Ce dernier n'en avait aucune envie, mais ceux qui restaient à les observer la verraient entrer dans sa maison sans chaperon.

— Je n'ai jamais autant détesté les règles qu'à cet instant.

Beatrix éclata de rire.

— Avant que je ne m'en aille… ma réponse est oui.

Tom ne s'était pas rendu compte qu'elle ne lui avait pas répondu. Tant de choses s'étaient passées au cours de la dernière demi-heure ! Il était libre. Non, pas libre. Il était désespérément lié à cette femme devant lui, sans défense, et il ne voulait pas qu'il en soit autrement.

— Je pourrais t'embrasser.

— Mais tu ne le feras pas parce que tu es bien trop correct, répliqua-t-elle avec un sourire. Pourquoi ne viendrais-tu pas dîner ?

— Euh, Beatrix ? les interrompit Harry. Nous sommes jeudi.

Le jeudi, ils dînaient généralement à Aylesbury House avec la famille de ce dernier. Elle tourna la tête vers lui.

— Y allons-nous ce soir ? Je croyais que vous étiez en lune de miel…

Harry haussa les épaules.

— Selina et moi avons décidé ce matin que nous irions. Que puis-je dire ? Elle aime ma famille. Pourquoi ne viendriez-vous pas aussi ? proposa-t-il en inclinant la tête vers Thomas. Puisque vous allez bientôt faire partie de la famille.

— Merci, je viendrai.

— À plus tard, dit Beatrix, qui commença à s'éloigner, mais Thomas l'arrêta.

Il saisit la main de la jeune femme et la porta à ses lèvres.

— Regan va être ravie d'apprendre que tu seras sa mère. Elle m'a demandé quand tu reviendrais.

Une lueur d'appréhension, puis d'espoir, brilla dans les yeux de Beatrix.

— Oh, Tom ! Puis-je vraiment être sa mère ?

— Je ne doute pas un instant que tu seras merveilleuse dans ce rôle, affirma-t-il.

À cet instant, Thomas sut qu'il avait pris la bonne décision… la meilleure de toute sa vie.

— Je pensais ce que j'ai dit au duc, affirma-t-il d'une voix douce. Je sais exactement qui tu es, et je veux absolument tout de toi.

— Bien, parce que tu es coincé avec moi.

Elle lui envoya un baiser, puis rejoignit Harry qui marchait à côté de son cheval en direction de Cavendish Square.

Thomas les regarda s'éloigner jusqu'à ce qu'ils disparaissent. Puis il se tourna et entra dans la maison, se demandant s'il serait difficile d'obtenir un permis spécial.

~

Après le dîner à Aylesbury House, la famille élargie se réunit dans la bibliothèque. Tout le monde était présent, y compris Rafe, et le frère de Harry, le vicomte Northwood. Mais Beatrix ne remarqua guère que Tom. Bien sûr, ils s'étaient retrouvés assis l'un à côté de l'autre au dîner, et ils avaient passé le repas à se toucher furtivement sous la table.

À présent, ils étaient rassemblés dans le salon, et Thomas s'adressa à tout le monde, Beatrix à ses côtés.

— Merci de m'avoir invité à dîner ce soir. Vous êtes sans nul doute déjà au courant, mais je tenais à vous annoncer officiellement mes fiançailles avec Mlle Beatrix Whitford. Elle a fait de moi le plus heureux des hommes.

— Ce n'est pas possible, intervint Harry, qui souriait de l'autre côté de la pièce, un bras passé autour des épaules de Selina, qui lui donna un gentil coup de coude.

Thomas se mit à rire.

— Très bien. Je sais que ces fiançailles vont déclencher un raz-de-marée de commérages au vu de ma courte période de deuil, mais comme me l'a assuré ma tante Charity, je serai pardonné puisque je suis un homme avec un enfant en bas âge.

Il lança un regard à sa tante, qui s'était également jointe à eux pour le dîner.

— Parce que, de toute évidence, tu as désespérément besoin d'une femme ! se moqua North.

— Il se trouve que c'est le cas, répliqua Thomas en regardant Beatrix. J'ai désespérément besoin de *cette* femme.

Beatrix sentit que son cœur était sur le point d'éclater. Elle *brûlait d'envie* de se retrouver seule avec lui, et elle espérait que ce serait possible plus tard.

— Pour cette raison, poursuivit Thomas, s'adressant une fois encore à tout le monde, j'irai demain chercher un permis spécial, pour que nous puissions nous marier samedi. Peut-être que les commères trouveront un autre sujet sur lequel s'épancher.

Il adressa un clin d'œil à Beatrix, qui ne put s'empêcher de rire.

— Que les gens parlent de ce qu'ils veulent, dit-elle.

— Juste ciel ! C'est rapide ! s'exclama lady Aylesbury. Comment pourrions-nous prévoir un petit déjeuner de mariage digne de ce nom ?

— Je préférerais quelque chose de petit… seulement les personnes présentes, en fait. Et ma fille, bien sûr. Et le mariage aura lieu chez moi, dit Thomas.

Beatrix et lui en avaient discuté en chemin pour le dîner. Elle s'était rendue chez Tom avec Selina et Harry. Tous ensemble, ils avaient ensuite parcouru à pied la courte distance qui les séparait d'Aylesbury House, sur Mount Street.

— C'est vraiment charmant, intervint Rachel, la sœur de Harry. Tant de mariages !

Elle se tourna ensuite vers leur frère, North, en haussant un sourcil.

— Je crois que ce doit être ton tour.

Les yeux de North s'arrondirent d'horreur.

— Pas moi. Lui.

Il pointa le pouce vers Rafe, qui se tenait à sa gauche. Ce

dernier secoua simplement la tête, puis but une gorgée de porto.

Sur la suggestion de Selina, Beatrix voulait demander à Rafe s'il accepterait de la conduire à l'autel. Elle était un peu nerveuse à ce sujet, mais son amie lui avait assuré qu'il serait ravi. Pour autant, Selina avait accepté de la soutenir lorsqu'elle le lui demanderait.

Alors que les conversations s'engageaient dans la pièce, Beatrix décida que c'était le bon moment. Elle échangea un regard avec son amie qui hocha la tête. Beatrix se tourna alors vers Tom.

— Tu veux bien m'excuser un instant ? Je dois parler à Rafe.

— Bien sûr.

Tom savait ce qu'elle voulait lui demander, car ils en avaient aussi discuté. Beatrix rejoignit Selina près de Rafe, et elles l'attirèrent dans le coin de la pièce.

— Voilà qui a l'air bien sérieux, plaisanta-t-il.

— Pas tout à fait, répondit Beatrix. J'ai une demande à te faire, et j'espère que tu ne la trouveras pas trop audacieuse, étant donné que nous ne nous connaissons pas depuis très longtemps. C'est juste que… eh bien… je me retrouve sans père ni frère.

— Ce n'est pas vrai ! intervint Selina. Tu as un frère. Il se tient juste là.

Elle leva vers Rafe un regard plein d'espoir.

— Oui, tu en as un, confirma ce dernier. De quoi as-tu besoin ?

— De quelqu'un pour me conduire à l'autel. Serais-tu d'accord ?

Rafe resta silencieux un moment. Ses yeux bleu vif se posèrent sur elle, la marque orange dans le droit lui conférant une intensité supplémentaire.

— Ce serait un honneur pour moi, lui dit-il d'une voix douce.

Beatrix se détendit.

— Oh, merci !

Il haussa un sourcil en la regardant.

— Tu ne pensais pas vraiment que je dirais non ?

— Je lui ai dit que tu ne refuserais pas, intervint Selina.

— Je ne prends jamais rien pour acquis, répondit Beatrix pour sa défense.

— C'est une excellente façon de voir les choses, déclara Rafe qui sortit un morceau de parchemin plié de sa veste. Je suis heureux d'avoir un moment pour discuter avec vous deux. Je n'ai pas cessé de penser à cette folie dont je me suis souvenue l'autre jour. Je l'ai dessinée.

Il déplia le parchemin avec une seule main et le leur montra.

Selina prit le dessin et le leva pour que Beatrix puisse l'étudier avec elle.

L'illustration était incroyablement détaillée. Elle montrait un petit bâtiment ressemblant à un temple, avec une statue de femme au centre. Il y avait des poissons et d'autres créatures aquatiques autour de la base.

— C'est stupéfiant ! s'exclama Beatrix. Je ne savais pas que tu étais un artiste talentueux.

Rafe ricana doucement.

— Je ne dirais pas que je suis talentueux.

Selina plissa le front en scrutant le dessin.

— Est-ce Aphrodite au centre ?

— Je crois que oui, répondit Rafe. Parce qu'elle venait de la mer.

— Tu te souviens d'un grand nombre de détails, remarqua Selina.

— Mon imagination remplit partiellement les trous, mais

je me rappelle la statue d'une femme, une déesse, j'en suis presque certain et de ce dauphin en particulier. Je me souviens aussi qu'il y avait d'autres poissons, même si je ne sais pas lesquels exactement, expliqua Rafe, repliant le papier avant de le ranger dans sa veste. J'aimerais retrouver cet endroit.

— J'imagine que ce ne devrait pas être trop difficile au vu de tous les détails dont tu te souviens, dit Beatrix, qui espérait sincèrement qu'il y parviendrait. Crois-tu que vous pourriez découvrir l'identité de vos parents ?

Les yeux de Rafe affichèrent une sombre détermination.

— C'est mon objectif.

Selina lui toucha le bras.

— Même si nous retrouvons la folie, nous ne trouverons peut-être pas nos parents. Et si ce n'était qu'un endroit qu'ils ont visité ?

— Dans ce cas, ils connaissaient sûrement le propriétaire, et je suis convaincu que cette personne aura forcément remarqué un couple en visite avec des enfants en bas âge. Surtout que ce couple est mort dans un incendie. Ce n'est pas le genre de choses que l'on oublie, même après vingt-sept ans.

— Comment comptes-tu retrouver la folie ? s'enquit Beatrix.

— J'ai prévu de montrer ce dessin aux gens, de leur demander s'ils ont déjà vu une telle folie, et leur dire que j'ai l'intention d'en construire une à Spring Hollow.

C'étaient les jardins d'agrément que Rafe possédait à Clerkenwell.

Selina lui sourit.

— C'est un plan brillant.

Rafe inclina la tête et souleva son verre de porto.

— Je l'espère.

Ils passèrent le reste de la soirée comme une famille était censée le faire, entre conversations et camaraderie. Au moment où Beatrix partit avec Tom, Harry et Selina, son visage était douloureux tant elle avait ri.

Le retour à la maison de Tom ne prit que quelques minutes. La calèche de Harry et Selina était déjà prête, car ils avaient envoyé à l'avance un valet de pied dans les écuries de Grosvenor Square.

— Je ne vais même pas faire semblant de te ramener avec nous, remarqua Selina, embrassant Beatrix sur la joue. Mais soyez discrets. Comme nous l'étions.

Elle envoya un sourire narquois à Harry.

Ce dernier l'aida à monter dans la calèche et les salua d'un signe de la main avant qu'ils partent.

Beatrix prit la main de Thomas et le guida vers la place.

— Où allons-nous ? s'enquit-il.

— Nous sommes discrets.

— Nous allons entrer par le jardin, n'est-ce pas ?

Elle plissa les yeux, l'air taquin.

— Franchir la porte d'entrée n'est *pas* discret.

Tom éclata de rire. Dès qu'ils quittèrent la place et se retrouvèrent dans l'allée menant aux écuries et à la grille arrière de son jardin, il la prit dans ses bras et l'embrassa.

Beatrix colla son corps contre celui de Tom et le serra fort. Elle s'éloigna à contrecœur et l'entraîna vers le jardin.

— Viens ! Sinon, nous n'arriverons jamais à l'intérieur.

— Désolé, j'ai attendu une éternité pour faire ça.

Riant, Beatrix le précéda dans le jardin. Ils s'avancèrent main dans la main jusqu'au balcon, où Beatrix s'arrêta net.

— Est-ce correct que nous vivions ici ?

— À cause d'elle ? demanda-t-il tranquillement.

Beatrix hocha la tête.

Il lui fit face, attrapant son autre main.

— Quand je regarde ce balcon, je t'imagine grimper sur le côté et presque valser avec moi. Je ne vois pas de tristesse. Je me sens heureux. Pour la première fois depuis une éternité, je me sens *heureux*.

— Oh ! tant mieux. Je n'ai vraiment pas envie de vivre ailleurs. Il y a quelque chose de délicieux dans l'idée de vivre à côté du duc et de le saluer comme le font les bons voisins.

Thomas éclata de rire. Il l'attira vers lui et l'embrassa à nouveau.

— Je t'adore, à un tel point !

— En revanche, j'espère que tu ne verras pas d'inconvénient à ce que je réaménage sa chambre, affirma Beatrix, sans avoir besoin de préciser qui était « elle ». Je me suis dit que nous pourrions en faire un salon familial moins formel que le grand salon, et plus grand que ton salon privé. Un endroit avec des jouets, et peut-être un petit lit où Regan pourrait dormir si elle descend. Non pas que cela me dérange qu'elle dorme avec nous. Simplement, je me disais qu'il pourrait y avoir des moments où… eh bien, quand nous…

Tom lui agrippa la taille et l'attira contre lui.

— Il y aura beaucoup de ces moments, y compris ce soir. Toi, mon amour, tu es brillante.

Agitant les sourcils, elle se tourna et se dirigea vers le treillis.

— Attends ! Tu ne vas pas grimper là avec ta robe !

Beatrix posa une main sur sa hanche.

— As-tu une meilleure suggestion ?

— Peut-être devrions-nous entrer et prendre les escaliers.

— Je peux le faire, insista-t-elle. À moins que tu ne penses que j'en suis incapable ?

Elle battit des cils en le regardant.

— Tu es capable de tout faire, j'en suis convaincu. Laisse-moi passer le premier pour pouvoir t'aider.

Tom escalada rapidement le treillis et sauta sur le balcon. Il lui tendit la main. Beatrix saisit la structure en fer et entreprit de monter.

— Ce n'est pas ma robe, le problème. Ce sont ces maudites chaussures ! s'exclama-t-elle.

Elle avait enfilé sa paire la plus robuste, étant donné qu'ils avaient prévu de marcher de chez Tom jusqu'à Aylesbury House.

— Ces accessoires sont tellement inutiles !

Tom l'aida à passer sur le balcon et la prit dans ses bras.

— Mais ces chaussures sont tellement jolies à tes pieds !

Beatrix baissa la voix, prenant un ton séducteur.

— Est-ce que mes pieds ne seraient pas plus beaux sans elles ?

Il l'emmena dans une valse impromptue, directement dans la maison, puis dans sa… dans *leur* chambre à coucher.

— Absolument, oui.

ÉPILOGUE

L'après-midi était lumineux et chaud, plus proche du mois d'août que du mois de juin. Thomas balançait le panier de pique-nique en marchant à côté de son cousin par alliance, le comte de Sutton. Devant eux se trouvaient leurs épouses et leurs enfants : son fils et la fille de Thomas.

Épouse.

Tom avait du mal à croire qu'il avait épousé Beatrix deux jours plus tôt. Il était *vraiment* l'homme le plus chanceux du monde, quoi qu'en pense Harry.

Beatrix marchait à côté d'Aquilla, et devant elles, les enfants couraient après les quatre chatons, dont deux allaient rentrer à la maison avec Regan pour son plus grand plaisir.

— Regarde, Bebe, ils poursuivent un papillon ! s'exclama la petite fille qui prit la main de Beatrix et la tira vers l'avant.

Ils gravirent la petite colline, et le lac apparut.

— Magnifique, constata Thomas.

Sutton se protégea brièvement les yeux.

— Merci. C'est un bel endroit, surtout à cette époque de l'année.

Ils descendirent la colline jusqu'à un terrain plat à l'ombre d'un grand chêne. Sutton déplia la couverture qu'il avait apportée, et Thomas posa le panier sur le bord.

— Regan ! Ne t'approche pas trop de l'eau, l'avertit son père.

— Oui, papa, répondit-elle, puis elle se tourna vers lui. Les chatons aiment-ils l'eau ?

Il lui sourit.

— Je ne crois pas, ma chérie.

— Oh, d'accord !

Regan partit en sautillant derrière le plus gros des chatons, gris et duveteux. Beatrix se plaça juste à l'extérieur de l'ombre et regarda de l'autre côté du lac, qui était long et étroit.

— Lord Sutton, cette folie fait-elle partie de Sutton Park ? s'enquit-elle, tournant la tête vers la couverture.

— Non. C'est Ivy Grove. Le lac sépare nos propriétés.

— À qui cet endroit appartient-il ? insista Beatrix.

— Au comte de Stone.

Thomas alla rejoindre Beatrix, passa un bras autour de sa taille et l'attira contre lui.

— Devereaux House n'a pas de folie, j'en ai peur.

Il avait hâte de lui montrer son domaine, plus tard dans l'été.

— C'est *cette* folie qui m'intéresse, expliqua-t-elle, le regard rivé sur le petit temple. C'est un dauphin qui se trouve à la base, n'est-ce pas ?

Thomas regarda plus attentivement.

— Oui, en effet. Et il y a une baleine à côté. Je pense que ce doit être Aphrodite au centre, pas toi ?

— Oui.

Beatrix tourna les talons et repartit vers la couverture.

Aquilla sortait la nourriture, mais les enfants étaient déjà en train de manger.

— J'ai peur de ne pas pouvoir les arrêter, dit-elle en riant.

— Êtes-vous allés près de cette folie ? s'enquit Beatrix, s'asseyant à côté de Regan, qui grignotait une fraise qui rougissait ses doigts.

— Oui, mais pas depuis un certain temps, répondit Sutton, puis il se tourna vers sa femme. Je ne crois pas que tu y sois déjà allée, n'est-ce pas, ma chérie ?

Aquilla secoua la tête.

— Non, jamais. Mais j'avoue la trouver fascinante. Les créatures marines sont splendides.

— Le comte de Stone, dites-vous ? demanda Beatrix, suscitant la curiosité de Thomas.

De quoi était-il question ?

Avant qu'il puisse poser la question, Beatrix le regarda et secoua imperceptiblement la tête. Elle mima en silence les mots « plus tard ».

Et ce fut donc bien plus tard, après leur retour à Londres, que Tom put interroger Beatrix au sujet de cette folie. Il était couché dans son lit, tandis que Beatrix sortait de la penderie, vêtue d'une chemise de nuit si transparente qu'elle aurait pu ne pas exister.

— J'aime beaucoup ta chemise de nuit. Mais, est-elle vraiment nécessaire ? s'enquit-il, soulevant les couvertures pour elle.

Elle baissa les yeux, puis haussa les épaules.

— Je suppose que non.

Puis elle la passa par-dessus sa tête et la jeta de côté avant de grimper dans le lit. Thomas éclata de rire en la serrant dans ses bras, ramenant les draps sur eux. Elle se blottit contre son torse tandis qu'il s'adossait à la tête de lit.

— Je suis impatient d'apprendre pourquoi tu t'es à ce point intéressée à cette folie aujourd'hui. De quoi s'agissait-il ?

Elle posa une main sur son torse.

— C'est extraordinaire, mais je crois que c'est la clé pour retrouver les parents de Selina et Rafe. Je t'ai dit qu'ils étaient morts dans un incendie, et que Selina et Rafe avaient été recueillis par un homme qui prétendait être leur oncle, mais s'est avéré n'avoir aucun lien de parenté avec eux.

Thomas n'était pas sûr de comprendre.

— Une folie est la clé pour les trouver ?

— Cette folie en particulier, précisa Beatrix. Rafe l'a dessinée de mémoire, jusqu'à la statue d'Aphrodite au centre et le dauphin à la base. Il se souvient d'avoir été assis sur les genoux de sa mère au bord d'un lac et d'avoir regardé cette folie. Ce doit être la même. Elle était là quand ils étaient enfants.

— Il en est certain ?

— Oui. Il l'avait oubliée, jusqu'à ce que j'offre son cadeau de mariage à Selina… ce collier en corail. Il est semblable à celui que portait leur mère. Quand Rafe l'a vu, il s'est rappelé la folie.

— Croit-il avoir visité cet endroit ?

— Il ne s'en souvient pas, mais peut-être le comte de Stone pourrait-il l'aider ? Il connaissait peut-être leurs parents ? s'enthousiasma-t-elle, les yeux brillants. Ne serait-ce pas merveilleux ?

— Oh que si ! Cependant, c'était il y a longtemps, n'est-ce pas ?

— Oui, mais il se souviendrait sûrement d'un couple qui est mort peu de temps après dans un incendie.

— Personne n'a cherché les enfants du couple ? s'enquit Thomas.

— *Ça*, c'est un mystère. Rafe ignore ce qui s'est passé, il sait simplement que leurs parents sont morts dans l'incendie, et que Selina et lui ont été sauvés.

— Par un homme qui prétendait être leur oncle. C'est suspect, n'est-ce pas ?

— En fait, ce n'est pas lui qui les a sauvés. C'est leur nourrice, expliqua Beatrix, posant la tête contre l'épaule de Tom. Rafe se rappelle la fumée, la chaleur, et la nourrice qui les a mis à l'abri, Selina et lui. Et qui lui a dit que leurs parents n'étaient plus là.

Thomas lui caressa l'épaule.

— Comme c'est tragique ! J'espère que cela les aidera à découvrir qui étaient leurs parents, dit-il avant de prendre une grande inspiration. Et pourtant, je m'inquiète de l'effet que cela aura sur toi. Si, tout à coup, ils ont des parents, qui seraient connus du comte de Stone, qu'en sera-t-il de toi, leur prétendue sœur ?

Beatrix tourna la tête et leva les yeux vers Tom, arborant un sourire.

— Tu es gentil de penser à moi, mais je me fiche de savoir ce qu'il en sera de moi. Deborah est toujours là, quelque part, et elle pourrait décider de dire à tout le monde que je suis une bâtarde.

Beatrix lui avait tout raconté au sujet de cette femme.

— Et je me fiche qu'elle le fasse, poursuivit-elle. Je me moque que les gens apprennent que je suis une fille illégitime, ou que je ne suis pas vraiment liée à Rafe ou Selina par le sang. J'ai tout ce que je désire, et tout ce dont j'ai besoin juste ici et à l'étage.

Elle se pencha pour l'embrasser.

Regan.

L'amour qu'éprouvait Beatrix pour sa fille était un cadeau qu'il chérirait jusqu'à la fin de ses jours.

— Je ressens exactement la même chose.

Tom l'embrassa à nouveau, sa langue se posant sur la sienne pour une tendre exploration. Cependant, ce n'était pas suffisant. Il descendit dans le lit et la fit rouler sur le dos.

Beatrix caressa le visage de son mari du bout des doigts.

— Cela ne te dérange pas d'être marié à une voleuse et une bâtarde ?

— C'est une grande amélioration par rapport à ma dernière épouse, répliqua-t-il avant de grimacer. Désolé, je n'avais pas l'intention de vous comparer ! Je suis tellement reconnaissant de t'avoir dans ma vie !

Beatrix lui offrit un doux sourire.

— Je sais. Nous avons tous les deux de la chance. Ce qui a commencé comme une scandaleuse aubaine entre deux inconnus est devenu quelque chose de bien plus grand.

— C'est devenu tout.

Tom baissa la tête et l'embrassa passionnément : d'abord sa bouche, puis son cou, puis plus bas encore.

Elle glissa les doigts dans les cheveux de son mari.

— Je t'aime, Tom.

— Et je t'aime, Beatrix.

Il leva le nez depuis son nombril et lui décocha un sourire malicieux.

— Laisse-moi te montrer à quel point.

Et c'est ce qu'il fit.

Vous voulez découvrir qui étaient les parents de Rafe et Selina? Une demoiselle de la bonne société, qui n'a plus aucune illusion, pourra-t-elle guérir le cœur d'un ancien criminel, ou ce dernier succombera-t-il aux ténèbres de son passé ? Découvrez-le dans le passionnant prochain livre de la série *Les Insaisissables : Les Imposteurs, Un voyou à briser* !

Merci beaucoup d'avoir lu *Une scandaleuse aubaine* ! Il s'agit du seconde livre de la trilogie *Les Insaisissables : Les Imposteurs*. J'espère que vous l'avez aimé !

Si vous voulez savoir quand mon prochain livre sera disponible et être averti des ventes spéciales, inscrivez-vous à ma newsletter en anglais sur https://www.darcyburke.com/join ou en français https://darcyburkefrancais.com/newsletter/ et suivez-moi sur les réseaux sociaux :

Facebook: https://facebook.com/DarcyBurkeFans
Instagram darcyburkeauthor

Vous aimez les romans Régence ? Découvrez mes autres séries historiques :

Les Insaisissables
Laissez-vous charmer par les douze célibataires les plus séduisants et les plus insaisissables de la société, ainsi que par les jeunes filles discrètes et marginales qui les font chavirer !

Il y a de l'amour dans l'air
Des contes de Noël classiques réconfortants (écrits après la Régence !) revisités au temps de la Régence, mettant en scène un village chaleureux, une fratrie de trois enfants, et le plus beau des cadeaux : l'amour.

Le Club des ducs fringants
Six livres écrits avec ma meilleure amie, Erica Ridley, auteure de best-sellers du New York Times. Rencontrez les hommes inoubliables de la taverne la plus célèbre de Londres, *Le Duc fringant*. Beaux, attirants, charmants et pleins d'esprit, une nuit avec ces séducteurs et voyous ne sera jamais suffisante…

J'espère que vous accepterez de laisser un avis sur le site de votre boutique en ligne ou de votre réseau préféré ! J'aime tellement mes lecteurs. Merci beaucoup!

xo,

Darcy

DU MÊME AUTEUR

Les Insaisissables

Le Comte sans héritier

L'inaccessible Duc

Le Duc Audacieux

Le Duc Malhonnête

Le Duc des Désirs

Le Duc Provocateur

Le Duc Dangereux

Le Duc Solitaire

Le Duc Ravageur

Le Duc Menteur

Le Duc Galant

Le Duc des Baisers

Le Duc Boute-en-train

Le Duc inattendu

Le Marquis charmeur

Le Vicomte blessé

Les Insaisissables : Les Imposteurs

Une capitulation secrète

Une scandaleuse aubaine

Un voyou à briser

Il y a de l'amour dans l'air

Le Comte flamboyant

Le Cadeau du marquis

La Joie du duc

Le Club des Ducs Fringants

Une nuit de séduction par Erica Ridley

Une nuit d'abandon par Darcy Burke

Une nuit de passion par Erica Ridley

Une nuit de scandale par Darcy Burke

Une nuit d'adieu par Erica Ridley

Une nuit de tentation par Darcy Burke

À PROPOS DE L'AUTEUR

Darcy Burke est l'auteure à succès USA Today de romance sexy, sentimentale historique et contemporaine. Darcy a écrit son premier livre à 11 ans, une fin heureuse entre un cygne accro à la magie et une femelle cygne qui l'aimait, avec des illustrations extrêmement pauvres.

Native de l'Oregon, Darcy vit en bordure des vignes avec son mari guitariste, une fille artiste d'un incroyable talent, et un fils débordant d'imagination qui écrira sans doute un jour mieux qu'elle (et peut-être dès demain). Ils forment une famille-à-chats un peu folle, avec deux bengals, un petit chat en quête de notoriété qui porte le nom d'un fruit, un vieux maine-coon rescapé plutôt arrogant, et une collection de chats du voisinage qui trainent sur la terrasse et entrent quelquefois. Vous trouverez Darcy au chai, dans son confortable fauteuil d'écrivain avec son portable et un ou trois chats sur les genoux, en train de plier son linge (ce qu'elle adore), ou encore devant le télévision avec sa famille. Ses havres de bonheur sont Disneyland, le week-end du Labor Day au Gorge, Le Danemark et partout au Royaume-Uni – tant que sa famille y est aussi. Retrouvez Darcy en ligne à https://www.darcyburkefrancais.com et suivez-la sur ses réseaux sociaux.

9 781637 262146